Diana Palmer

Entre el Amor y el Odio
Corazón Intrépido

Editado por HARLEQUIN IBÉRICA, S.A.
Núñez de Balboa, 56
28001 Madrid

I.S.B.N.: 978-84-671-7917-0
Depósito legal: B-43002-2009
Editor responsable: Luis Pugni
Impresión y encuadernación: LITOGRAFÍA ROSÉS, S.A.
C/. Energía, 11. 08850 Gavá (Barcelona)
Imágenes de cubierta:
Pareja: MASTER2/DREAMSTIME.COM
Caballos: MICHAELSVO.../DREAMSTIME.COM
Fecha impresión Argentina: 30.6.10
Distribuidor para México: CODIPLYRSA
Distribuidores para Argentina: interior, BERTRAN, S.A.C. Vélez
Sársfield 1950 Cap. Fed./ Buenos Aires y Gran Buenos Aires,
VACCARO SÁNCHEZ y Cía, S.A.
Distribuidor para Chile: DISTRIBUIDORA ALFA, S.A.

ÍNDICE

ENTRE EL AMOR Y EL ODIO

DIANA PALMER

I

El rancho de las afueras de Houston era extenso aunque irregular. Estaba circundado por una valla blanca impecable, que ocultaba otra eléctrica para retener a las reses Santa Gertrudis de Cord Romero. También había un toro, un toro especial, al que el padre de Cord, Matías Romero, uno de los toreros más famosos de España, había salvado de una lidia por su bravura excepcional, poco antes de que la muerte lo sorprendiera en Norteamérica. En cuanto Cord se hizo mayor y ganó dinero, viajó al cortijo que su tío abuelo tenía en Andalucía para organizar el traslado del viejo toro a Texas. Cord lo bautizó Hijito. Seguía siendo todo músculo, en particular en su enorme pecho, y seguía a Cord por todo el rancho como un perrito faldero.

Cuando Maggie Barton salió del taxi con la maleta, el enorme toro resopló y sacó la cabeza por encima de la valla. Maggie apenas le dedicó una mirada después de pagar al taxista. Había regresado a Houston precipitadamente desde Marruecos en un barullo de aviones perdidos, retrasos, cancelaciones de vuelos y otros obstáculos que la habían obligado a estar tres días de viaje. Cord, mercenario profesional y hermano de acogida de Maggie, se había quedado ciego. Lo más sorprendente de todo era que la había hecho llamar a través de su amigo común, Eb Scott. Maggie lo dejó todo para reunirse lo antes posible con él. Los retrasos habían sido pura agonía. Quizá, por fin, Cord se hubiera dado cuenta de que sentía algo por ella...

Con el corazón desbocado, pulsó el timbre del amplio porche delantero con su balancín, columpio y mecedoras verdes. Había tiestos de helechos y flores por todas partes.

Unos pasos bruscos y rápidos resonaron en los suelos de madera sin tratar de la casa, y Maggie frunció el ceño mientras se retiraba el pelo largo, negro y ondulado de sus consternados ojos verdes. No parecían las pisadas de Cord. Su hermano se movía con elegancia natural, con pasos largos, masculinos pero sigilosos, y lo que oía eran las pisadas cortas y delicadas de una mujer. Se quedó helada. ¿Tendría una novia de cuya existencia no había tenido noticia? ¿Habría malinterpretado la llamada de Eb Scott? Su aplomo se fue a pique.

La puerta se abrió y una rubia esbelta de ojos oscuros la miró con fijeza.

—¿Sí? —preguntó con educación.

—He venido a ver a Cord —barbotó Maggie. Empezaba a sufrir los efectos del *jet lag*. Ni siquiera se le ocurrió decir su nombre.

—Lo siento, pero ahora mismo no recibe visitas. Ha sufrido un accidente.

—Ya lo sé —afirmó Maggie con impaciencia, pero suavizó sus palabras con una sonrisa—. Dígale que soy Maggie. Por favor.

La joven, que debía de tener al menos diecinueve años, la miró con temor.

—Me matará si la dejo pasar. Ha dicho que no quiere ver a nadie. Lo siento mucho...

El *jet lag* y la irritabilidad se unieron para hacerle perder los estribos.

—Oiga, he recorrido casi cinco mil kilómetros... ¡Al diablo con todo! ¿Cord? —gritó hacia el interior de la casa—. ¿Cord?

Hubo una pausa. Después, una exclamación fría y áspera.

—¡Déjala pasar, June!

June se hizo a un lado enseguida. Maggie se inquietó al oír la aspereza de la voz grave de Cord; dejó en el porche la maleta, que June miró con curiosidad antes de cerrar la puerta.

Cord estaba de pie junto a la chimenea en el espacioso salón. Sólo de verlo a Maggie se le alegraba el corazón. Era alto y delgado, aunque musculoso en su delgadez, un tigre humano que no temía nada ni a nadie en este mundo. Se ganaba la vida como soldado profesional, y pocos podían comparársele. Era apuesto, de tez cetrina y pelo azabache ligeramente ondulado. Tenía los ojos grandes, hundidos, de color castaño oscuro. Cuando Maggie entró en el salón, estaba exhibiendo un ceño borrascoso pero, salvo las señales rojas en torno a los ojos y a las mejillas, parecía el mismo de siempre. Como si pudiera verla. Lo cual era ridículo, claro. Le había estallado una bomba en la cara mientras intentaba desactivarla. Eb le había dicho a Maggie que se había quedado ciego.

Se lo quedó mirando. Aquel hombre era el amor de su vida; en su corazón nunca había dejado espacio a nadie excepto a él. Le asombraba que Cord nunca se hubiera percatado de ello en los dieciocho años que sus vidas llevaban entrelazadas. Ni siquiera el matrimonio trágico y fugaz de Cord había alterado aquellos sentimientos. Al igual que él, Maggie estaba viuda... pero no lloraba la muerte de su marido como él lloraba la de Patricia.

Bajó la vista inexorablemente a su boca amplia y cincelada. ¡Qué bien recordaba sus besos en la oscuridad! Había sido una delicia estar en los brazos de Cord después de años de angustioso anhelo. Pero el placer no tardó mucho en convertirse en dolor. Cord no sabía que ella era inocente, y estaba demasiado ebrio para darse cuenta cuando ocurrió. Fue justo después de que su esposa se suicidara, la noche en que la madre de acogida de él y de Maggie murió...

—¿Cómo estás? —inquirió desde el umbral. Cord tensó ligeramente la mandíbula, pero sonrió con frialdad.

—Hace cuatro días, me explotó una bomba en la cara. ¿Cómo diablos crees que estoy? —replicó con sarcasmo.

Menos alegrarse de verla, cualquier cosa. Adiós a sus fantasías; Cord no la necesitaba, no quería tenerla a su lado, como en los viejos tiempos. Y ella había acudido veloz como una centella. Qué risa.

—Me sorprende que incluso una bomba haya podido alterarte —comentó con su autodominio acostumbrado. Hasta sonrió–. El Hombre de Hierro repele las balas, las bombas y, sobre todo, a mí.

Cord no se inmutó.

–Te agradezco que hayas venido a verme. Y con tanta prontitud –añadió.

Maggie no entendía el comentario; daba la impresión de creer que había demorado la visita.

–Eb Scott me llamó y me dijo que estabas herido. Dijo... –vaciló, sin saber si debía revelar todo lo que Eb le había dicho. «De perdidos, al río», pensó, pero rió para camuflar sus emociones–. Dijo que querías que viniera a cuidarte. Tiene gracia, ¿eh?

–Es hilarante –afirmó Cord, muy serio.

Maggie no intentó disimular el dolor que le produjo aquel latigazo sarcástico. A fin de cuentas, Cord no podía verla.

–Así es nuestro Eb –corroboró–. Un bromista empedernido. Imagino que... ¿Cómo se llama? June. Imagino que ella ya está cuidándote –añadió con una alegría forzada.

–Así es. June me cuida. Estaba aquí cuando volví a casa –recalcó por motivos que solo él comprendía–. No necesito a nadie más. Es dulce y bondadosa, y se preocupa por mí.

–Y bonita –añadió Maggie con una sonrisa falsa.

—¿Verdad que sí? Bonita, inteligente y buena cocinera. Y además, rubia —apuntó con una voz suave y fría que desató escalofríos por la espalda de Maggie. El comentario no le extrañó; Cord sentía debilidad por las rubias. Su difunta esposa, Patricia, lo había sido. Había amado a Patricia...

Deslizó los dedos por la correa del bolso que llevaba colgado del hombro y advirtió con sorpresa lo cansada que estaba. Había vagado de aeropuerto en aeropuerto durante tres días, arrastrando la maleta, preguntándose con agonía lo grave que estaría Cord mientras hacía lo posible por volver a casa, con él... para que Cord la tratara como si se estuviera inmiscuyendo. Quizá fuera así. Eb debería haberle dicho la verdad, que Cord seguía sin quererla en su vida, ni aun estando ciego.

Le dirigió una larga mirada de angustia y encogió los hombros con desazón.

—Bueno, más claro no has podido ser —dijo en tono agradable—. Yo, desde luego, no soy rubia. Me alegro de ver que sigues en pie, aunque siento lo de tus ojos —añadió.

—¿Qué pasa con mis ojos? —preguntó con aspereza y un ceño fiero.

—Eb me dijo que te habías quedado ciego.

—«Temporalmente» ciego —la corrigió—.

Ahora ya veo bastante bien, y el oftalmólogo espera que me recupere por completo.

A Maggie le dio un vuelco el corazón. ¿Podía ver? Advirtió entonces que la estaba observando y no sólo mirando al vacío. Le incomodaba saber que había podido vislumbrar la desolación y la preocupación en su rostro.

—¿En serio? ¡Eso es maravilloso! —exclamó, y forzó una sonrisa convincente. Empezaba a tomarle el tranquillo. Mantendría un semblante alegre en todo momento, como una escultura de pedernal. Podría alquilarla para celebraciones, aunque aquella situación no lo fuera.

—¿Verdad que sí? —afirmó Cord, pero su sonrisa no resultaba agradable.

Maggie volvió a ajustar la posición de la correa del bolso; le daba vergüenza haberse precipitado a volver a Houston. Se había quedado sin trabajo, no tenía dónde vivir y sólo sus ahorros para mantenerse hasta encontrar un empleo. Nunca aprendía.

—Gracias por venir —dijo Cord con expresión hostil y tono apenas cortés—. Siento que tengas que irte tan pronto —añadió—. Te acompañaré hasta la puerta.

Maggie enarcó la ceja y lo miró con sarcasmo.

—No hace falta que me eches a patadas

—dijo—; ya he captado el mensaje. No soy bienvenida. Perfecto. Me iré tan deprisa que patinaré por el pasillo.

—Siempre tan bromista —la acusó con frialdad.

—Es mejor que llorar —repuso Maggie en tono agradable—. Iré a que me vea un psiquiatra. ¡No sé por qué me he molestado en venir!

—Yo tampoco —corroboró él con tono ácido—. Tarde, mal y nunca.

Era un comentario enigmático, pero Maggie estaba demasiado furiosa para interrogarlo.

—No hace falta que te extiendas en indirectas; ya me voy —lo tranquilizó—. De hecho, sólo será cuestión de unas cuantas entrevistas más y lo arreglaré todo para que no tengas que volverme a ver.

—Eso sería un placer —repuso Cord con mordacidad. Seguía mirándola con enojo—. Organizaré una fiesta.

Estaba cargando las tintas, como si estuviera furioso con ella por alguna razón. Quizá su presencia bastara para enfurecerlo; no era ninguna novedad.

Maggie se limitó a reír; llevaba años perfeccionando su camuflaje emocional. Resultaba peligroso bajar la guardia con Cord; no tenía el menor escrúpulo para hundir el cuchillo. Eran viejos adversarios.

—No espero una invitación —le dijo con complacencia—. ¿No has pensado en jubilarte pronto, ahora que todavía tienes la cabeza sobre los hombros?

Maggie le dirigió una última larga mirada, convencida de que sería la última vez que vería su hermoso rostro. Había leído que era un castigo divino atisbar el paraíso para luego ser arrojado de nuevo al mundo terrenal. Eso le pasaba a Maggie, que había conocido el placer absoluto de la pasión de Cord sólo en una ocasión. A pesar del dolor y la vergüenza, y de la furia consiguiente de Cord, nunca había podido olvidar la maravilla de sentir sus labios sobre la piel por primera vez. Le dolía sentir el rechazo de Cord en aquellos momentos, y tenía que disimular. No era fácil.

—Gracias por preocuparte por mí —se burló él.

—Ah, cuando quieras —repuso Maggie en tono alegre—. Pero la próxima vez que metas las narices en una bomba y necesites cuidados, llámame tú en persona. Y puedes decirle a Eb que tiene un pésimo sentido del humor.

—Díselo tú misma —le espetó—. Estuvisteis prometidos, ¿no?

«Sólo porque no podía tenerte a ti», pensó Maggie, «y tu matrimonio me estaba matando».

Pero no dijo nada más. Sonrió con despreocupación, arrancó la mirada de él, giró limpiamente sobre sus talones y echó a andar hacia la puerta. Acababa de traspasar el umbral cuando Cord la llamó a regañadientes, con voz ronca.

—¡Maggie!

No vaciló ni siquiera un segundo. Ella también estaba furiosa: por haber recorrido cinco mil kilómetros en vano, por haber sido lo bastante estúpida para querer a un hombre que nunca le había correspondido, por haber creído a Eb Scott cuando le dijo que Cord quería verla.

June estaba en el pasillo con el ceño fruncido. El ceño se intensificó cuando vio el rostro de Maggie y el dolor que ella intentaba ocultar con valentía.

—¿Se encuentra bien? —preguntó en un rápido susurro.

Maggie era incapaz de hablar en aquellos momentos. June era el nuevo amor de Cord, y Maggie no soportaba tener que mirarla. Se limitó a asentir con brusquedad.

—Gracias —masculló sin detenerse.

Salió por la puerta principal y la cerró. A pesar de haberla llamado, Cord no había salido tras ella. Tal vez hubiera sentido unos remordimientos fugaces por haber sido tan grosero. Tenía un sentido de la hospitalidad muy arraigado, pero sabía por experiencias pasadas que a Cord no le remordía mucho la conciencia. Mientras tanto, sólo pensaba en sacarle los ojos a Eb Scott. Estaba felizmente casado, y Maggie sabía que no la había llamado con malicia, pero le había creado una angustia inenarrable al hablarle del accidente de Cord. ¿Por qué se habría puesto en contacto con ella?

Permaneció de pie en el porche delantero, tratando de sobreponerse. Houston estaba a unos treinta kilómetros de distancia, y había despachado al taxista porque pensó que se quedaría en el rancho cuidando a Cord. ¡Qué ingenua!

Miró hacia la autovía. En fin, como decían, caminar era un ejercicio excelente. Se alegraba de haberse puesto zapatillas en lugar de tacones con su bonito conjunto gris de chaqueta y pantalón. Podría meditar en su estupidez durante el paseo a Houston; Cord ni siquiera se había dignado a ofrecerse a llevarla en coche.

Arrastró la maleta por los peldaños y echó a andar por la senda de entrada con creciente regocijo por lo absurda que era su situación. Bajó la vista a la maleta con soporte de ruedas con una sonrisa caprichosa.

—Ni siquiera tengo un caballo sobre el que perderme en el horizonte. Bueno, estamos solas tú y yo, vieja amiga —dijo, y dio una palmada a la maleta—. ¡Andando!

En el salón, Cord Romero seguía de pie junto a la chimenea, paralizado de ira. June se asomó, consternada.

—Parecía preocupada por usted —empezó a decir.

—Claro —exclamó con una fría carcajada—. Estamos a veinte minutos de Houston y no ha podido venir antes. ¡Menuda preocupación!

—Pero si tenía una... —intentó decir June, dispuesta a hablarle de la maleta que Maggie había dejado en el porche. Pero Cord la interrumpió alzando una mano.

—No sigas —le ordenó con firmeza—. No quiero oír ni una palabra más sobre ella. Tráeme una taza de café, ¿quieres? Después, dile a Red Davis que venga.

—Sí, señor —dijo June.

—Y dile a tu padre que quiero verlo cuando haya terminado de supervisar el cargamento de esas reses que hemos escogido —añadió, porque el padre de June era el capataz.

—Sí, señor —repitió la muchacha, y se fue.

Cord maldijo entre dientes. Hacía semanas que no veía a Maggie; era como si hubiera desaparecido de la faz de la tierra. Hasta se había pasado por su apartamento una vez, aunque ella no se había dignado a abrir la puerta pese a su insistencia. Tampoco contestaba al teléfono. No quería reconocer que la había echado de menos, ni que le abrasaba el alma que hubiese esperado cuatro días a interesarse por su salud.

Sus vidas llevaban entrelazadas desde que él tenía dieciséis años y ella ocho, cuando la señora Amy Barton, una mujer de mundo cuya hermana trabajaba en el centro de acogida para menores, los acogió en su casa. Los padres de Cord habían muerto en un incendio durante sus vacaciones en Houston. A Maggie la había abandonado su familia más o menos por la misma fecha, y los dos se encontraban en el centro de menores. La señora Barton, una mujer sin hijos y solitaria, tuvo el impulso de hacer de madre de acogida para las dos criaturas. Con el tiempo, adoptó a Maggie.

Cord se metió en líos con la ley a los dieciocho años, y Maggie fue su roca. A los diez años, era tan madura con sus consejos y lealtad hacia él que la señora Barton se reía a pesar de lo que sufría por la situación difícil en la que se encontraba Cord. Maggie sentía un fiero instinto protector hacia su hermano de acogida. Cord recordaba cómo le apretó la mano cuando lo llamaron a declarar ante el juez, y sus susurros de que todo saldría bien. Maggie siempre había cuidado de él. Cuando su esposa, Patricia, se suicidó, Maggie permaneció a su lado durante la investigación y el funeral. Cuando la señora Barton murió, Maggie le ofreció amoroso consuelo, y él la recompensó con dolor...

Le resultaba insufrible pensar en aquella noche; era uno de los peores recuerdos de su vida. Miró por la ventana hacia el pasto en el que vagaba su enorme toro Hijito e hizo una mueca al evocar el semblante de Maggie hacía escasos minutos. La vida de su hermana de acogida tampoco había sido un camino de rosas. Cord no sabía nada sobre su infancia, ni por qué la habían apartado de su padrastro. La señora Barton se había negado a hablar del tema, y Maggie había rehuido la pregunta desde que la conocía.

Inexplicablemente, Maggie se casó menos de un mes después de la muerte de la señora Barton con un hombre que apenas conocía. No fue una relación dichosa. Su marido, un banquero acaudalado, le sacaba veinte años y estaba divorciado. Cord recordaba haber oído que ella había sufrido un accidente doméstico y que su marido había muerto en un accidente de tráfico cuando ella todavía se estaba restableciendo.

Cord regresó de África al enterarse, sólo para ocuparse de ella. Maggie estaba en casa, demasiado enferma para asistir al funeral de su marido por motivos que nadie le explicó. No quiso saber nada de él. Se negó a hablarle, a mirarlo siquiera. Le dolió, porque conocía la razón. La noche en que la señora Barton murió, se acostó con Maggie. Había estado bebiendo; fue una de las dos únicas ocasiones en su vida en que se había emborrachado, y la había lastimado. Por increíble que pareciera, Maggie era virgen. No recordaba gran cosa de lo ocurrido, solo lágrimas y sollozos violentos, y la perplejidad que él había sentido al comprender que no era la mujer experimentada por quien la había tomado. La ira que sintió hacia sí mismo se tradujo en duras acusaciones contra Maggie por lo ocurrido. Incluso a través de la niebla del tiempo, todavía veía sus lágrimas de angustia, el cuerpo trémulo envuelto en la sábana mientras él se cernía sobre ella, desnudo y poderoso, descargando su rabia.

Desde entonces, sólo se habían visto en contadas ocasiones, y la incomodidad de Maggie en presencia de él era obvia. Cuando enviudó, recuperó su apellido de soltera, se entregó a su trabajo como vicepresidenta de una firma de inversiones y rehuyó a Cord por completo. Debería haberlo complacido; él la había rehuido durante años antes de la muerte de Amy Barton. No sabía por qué se había casado con Patricia en un vano intento de cortar de raíz la inexplicable obsesión que sentía por Maggie; había hecho lo posible durante años para que ella no se acercara demasiado a él.

Cord había querido a su bonita madre norteamericana y adorado a su padre español. El final trágico de ambos en un incendio del que él había salido indemne lo marcó a una temprana edad: conocía el peligro que conllevaba el amor y que desembocaba en la agonía de la pérdida. El suicidio de Patricia intensificó su dolor, y el fallecimiento de la señora Barton fue la gota que desbordó el vaso. Le arrebataban todo lo que amaba, todos sus seres queridos. Era más fácil, mucho más fácil, dejar de albergar sentimientos profundos.

Su trabajo en la comisaría de policía de Houston, interrumpido por el servicio militar en la Operación Tormenta del Desierto, lo aficionó al peligro y lo condujo al FBI. Tras el suicidio de Patricia, del que se sentía culpable por razones que no había compartido con ningún otro ser vivo, empezó a trabajar como mercenario profesional. Estaba especializado en explosivos, y era eficiente en su trabajo. O lo había sido, hasta que se había dejado arrastrar a la trampa que le había tendido un viejo adversario de Miami. Su instinto lo había salvado de una muerte segura. Maggie no lo sabía, y él no tenía motivos para contárselo. Era evidente que no le preocupaba su salud, ya que se presentaba en el rancho con tanto retraso. Cord sabía que su adversario intentaría acabar con él otra vez, pero no pensaba dejarse sorprender en esa ocasión.

Se apartó de la ventana con un suspiro y lamentó profundamente el trato tan grosero que había dirigido a Maggie. Él era el único responsable del desagrado y la indiferencia que despertaba en ella. De haber albergado un poco de afecto hacia él, no habría esperado tanto a visitarlo; habría estado desesperada por verlo. Se rió de su propia idiotez. La había hecho sufrir, la había tratado con frialdad y la había apartado de su vida siempre que había podido a lo largo de los años y, de pronto, estaba resentido porque no le preocupara mucho que lo hubieran herido. Sólo estaba recogiendo la cosecha de sus malos actos; la culpa no era de Maggie.

En un instante de vulnerabilidad, la había

llamado por su nombre mientras intentaba hallar las palabras adecuadas para disculparse, pero su orgullo le había impedido salir tras ella. Maggie se había ido y, seguramente, nunca volvería. Él se lo había buscado.

Maggie se encontraba a medio camino entre la casa y la carretera principal, caminando entre pulcras vallas blancas, cuando el ruido de una camioneta que se acercaba veloz por detrás la hizo apartarse del asfalto. Pero en lugar de pasar de largo, la camioneta se detuvo y la puerta del pasajero se abrió. Red Davis, uno de los capataces del rancho de Cord, se inclinó hacia delante con el sombrero de paja bien calado sobre su pelo rojo y ojos azules. Sonrió.

—Hace demasiado calor para arrastrar una maleta hasta Houston. Sube —le dijo—. Te llevaré.

Maggie rió entre dientes; aquel acto de bondad inesperado la había conmovido. Vaciló unos instantes.

—No te enviará Cord, ¿verdad? —preguntó con aspereza. De ser así, no pondría el pie en aquella camioneta de seis ruedas y doble cabina.

—No —contestó—. No sabía que traías equipaje, y yo no se lo diría aunque me torturara

–juró llevándose una mano al corazón, y con un brillo travieso en la mirada. Maggie rió.

–Entonces, gracias –colocó la maleta en el asiento de atrás y se sentó en la cabina al lado de Davis. Se ajustó el cinturón de seguridad.

–Deduzco que no has venido de la ciudad –indagó el capataz cuando la camioneta volvía a rugir camino abajo.

–Déjalo estar, Red. No importa.

–Has venido con una maleta –insistió–. ¿Por qué?

–Eres un pelma, Davis.

–No puedo evitarlo –sonrió–. Vamos, Maggie. Dile al tío Red por qué has aparecido con ese baúl sobre ruedas.

–Está bien, vengo de Marruecos –reconoció por fin–. Directamente de Marruecos, a decir verdad, a pesar de los retrasos y las anulaciones de vuelos. Hace treinta y seis horas que no duermo. Esperaba encontrarlo ciego e indefenso –rió–. Debí imaginármelo. Arremetió contra mí en cuanto puse el pie en la casa y me echó a patadas –movió la cabeza–. Como en los viejos tiempos. Hay cosas que no cambian nunca. Verme lo saca de quicio.

–¿Qué hacías en Marruecos? –preguntó el capataz, perplejo.

–Disfrutar de unas vacaciones antes de incorporarme a mi nuevo empleo —confesó—. Ahora será mi mejor amiga quien ocupe mi puesto. Así que aquí me tienes, con todas mis posesiones mundanas en una maleta, sin un lugar en el que vivir, ni trabajo... nada —suspiró y reclinó la cabeza en el respaldo de cuero con los ojos cerrados—. Ya debería haber escarmentado, ¿no crees?

A Red Davis no le pasó desapercibida la velada referencia a su hermano de acogida. Él no tenía una relación estrecha con Cord Romero, pero reconocía el amor no correspondido cuando lo veía. Le daba pena aquella mujer fuerte y bonita que se encontraba en apuros, y se preguntó por qué su jefe no se percataba de su interés por él. La trataba con suma indiferencia, al menos, desde que Davis trabajaba para él.

—Además —añadió en un tono que la delataba más de lo que imaginaba—, ahora tiene a June para que lo cuide, ¿no?

Davis le lanzó una mirada extraña.

—No como tú piensas —le informó. Maggie se puso alerta al instante.

—¿Cómo dices?

—June es la hija de Darren Travis —le explicó—. Es el encargado del ganado, cuida de las reses Santa Gertrudis. June está haciendo de gobernanta y cocinera temporalmente, hasta que Cord encuentre una sustituta para la mujer que llevaba antes la casa, y que se ha vuelto a casar. Además, June está enamorada de un policía de Houston, y viceversa. Cord le da miedo. Le pasa a la mayoría. No es el jefe más agradable del mundo, y sus cambios de humor son impredecibles.

Maggie estaba muy confundida.

—Pero si me dijo... —bajó la voz—. Insinuó que June y él estaban juntos.

Davis rió entre dientes.

—June suele utilizar a su padre de intermediario para hacerle llegar sus peticiones a Cord; cree que es el terror en persona. Me dijo una vez que dudaba que existiera una mujer lo bastante valiente para plantarle cara. La sorprendía que hubiera estado casado.

—Nos sorprendió a todos, en su día —recordó Maggie a regañadientes. Su matrimonio la hirió terriblemente. Fue un noviazgo fugaz. Maggie deseó morir cuando lo vio entrar por la puerta con Patricia. Su madre de acogida, Amy Barton, se quedó igual de perpleja. Nadie tomaba a Cord por un hombre de familia.

—Hace años que no se le ve con ninguna mujer —dijo Davis en tono pensativo—. Sale de vez en cuando, pero nunca trae a nadie a casa, y nunca regresa muy tarde. Tiene gracia; es un hombre bien parecido de treinta y pocos años, rico, y de profesión arriesgada. Las mujeres tendrían que estar peleándose por él, pero vive como un recluso.

—Seguramente a causa de su profesión. Sabe que cada misión podría ser la última. Supongo que no se lo desea a ninguna mujer.

—Pero el peligro os atrae, ¿verdad?

—A mí, no —mintió con un bostezo—. Preferiría casarme con el empleado de una hamburguesería que con un especialista en explosivos. Entre hamburguesas y patatas fritas, no hay peligro de salir volando —añadió en tono jocoso, haciendo reír a Davis.

Maggie y Eb Scott habían estado prometidos fugazmente poco después de la boda de Cord y Patricia. Pensándolo bien, sólo había sido un compromiso entre amigos, un intento fútil por parte de ella de olvidarse de Cord. No había existido atracción física entre Eb y ella; Cord había dado por hecho que se acostaban, de ahí su patente horror al descubrir la inocencia de Maggie años más tarde, la noche en que la señora Barton murió. Pero Maggie nunca había podido pensar de forma íntima en ningún hombre salvo en Cord... al menos, hasta que compartieron la intimidad. Sus recuerdos más temibles y lejanos de la sexualidad se habían mezclado con otros de incomodidad y vergüenza. ¿Por qué, Señor, por qué no podía quitarse a Cord de la cabeza, del corazón?

—Hace mucho que conoces a Cord, ¿verdad? —reflexionó Red.

—Desde que yo tenía ocho años y él dieciséis —murmuró con voz somnolienta, mecida por el balanceo de la camioneta—. Eso de que los hermanos están siempre como el perro y el gato se aproxima bastante a la realidad, ¿sabes? —murmuró—. Aunque seamos hermanos de acogida.

—¿En serio? —dijo Davis, casi para sus adentros.

—En serio —Maggie bostezó y el siguiente comentario de Red no llegó a sus oídos. Se sumergió en el breve olvido del sueño.

No era un trayecto largo, pero cuando Davis la zarandeó y se despertó, tuvo la sensación de que acababan de salir del rancho. Maggie abrió los ojos y advirtió que estaban en las afueras de Houston.

—Perdona que te haya despertado, pero ya hemos llegado. ¿Dónde quieres que te deje? —preguntó Davis con suavidad.

—En un hotel bueno, bonito y barato —murmuró Maggie con ironía—. Tendré que mantenerme de mis ahorros hasta que consiga otro trabajo, y no dan para mucho.

—Debiste decírselo —la regañó Red con una mueca.

—¡Ni hablar! —deslizó las uñas pintadas de rosa sobre su bolso blanco—. No soy su responsabilidad; sólo quería ayudarlo. Tiene gracia, ¿no? Cord no necesita a nadie; nunca ha necesitado a nadie —desvió la mirada hacia la ventanilla. No era una llorona, sino una mujer fuerte, independiente y enérgica. Los golpes de la vida la habían curtido, pero estaba cansada, con sueño, y el frío rechazo de Cord le había afectado mucho. Se sentía momentáneamente débil y no quería que Davis se diera cuenta.

—No está bien —masculló Davis con enojo—. No está bien que te haya dejado marchar sin ni siquiera saber si tenías un medio de volver a la ciudad.

—Ni se te ocurra mencionarle la maleta ni el viaje —declaró Maggie con impaciencia al ver su semblante—. ¡Ni se te ocurra, Red!

—No le diré lo de la maleta —accedió cruzando mentalmente los dedos—. Hay un buen hotel en el centro de la ciudad en el que se aloja mi madre cuando viene a verme. No es caro —añadió—. Te gustará.

—Está bien —asintió Maggie—. Servirá. Creo que podría dormir durante toda una semana.

—No lo dudo.

–Mañana, compraré el periódico y buscaré trabajo –volvió a bostezar–. Mañana será otro día.

–Siento que éste haya sido tan duro –le dijo Davis mientras detenía la camioneta frente a un hotel agradable pero anodino del centro de la ciudad.

–Últimamente, siempre lo son –murmuró Maggie con una sonrisa–. La vida es una prueba de fuego, ¿lo sabías? Una carrera de obstáculos. Si sobrevives, te dan alas y puedes volar por ahí, sintiendo lástima de los vivos.

–¿Eso crees?

–Claro. Cuando pienso en Cord, deseo reencarnarme en un tocón para hacer que se tropiece dos veces al día –comentó con ironía. Se volvió hacia él–. Gracias por traerme, Red. Muchas gracias. Habría sido un paseo muy largo.

–De nada.

Rodeó la camioneta y le sacó la maleta. Maggie entró en el hotel arrastrándola. Se registró, subió a su habitación, cerró la puerta con llave, se quitó el traje, se puso el pijama y se dejó caer sobre la cama. Borró el hermoso rostro de Cord de su mente y cerró los ojos. Segundos más tarde, estaba dormida.

II

Después de pasarse casi toda la noche en vela, Cord se sentó en la cocina a desayunar. El día anterior había repasado los últimos datos sobre el ganado con el padre de June, y estaba satisfecho con el programa de crianza y las cifras de venta. Por la noche, telefoneó al barracón para tratar con Red Davis de un problema del sistema de irrigación, ya que Red era el encargado de los materiales y equipos del rancho, pero el vaquero que contestó a su llamada dijo que Davis había salido con una chica, como siempre. Cord se preguntó cómo un hombre tan bocazas y presuntuoso podía atraer a tantas mujeres. Su vida social estaba muerta, en comparación. Pero se avenía a sus necesidades, pensó. No tenía tiempo para mujeres.

La puerta de atrás se abrió justo cuando masticaba el último bocado de tostada con huevos revueltos, y Davis entró bostezando. Llevaba el sombrero bien calado y estaba fresco como una lechuga con unos vaqueros azules limpios y una camisa a cuadros de mangas cortas. Tenía veintisiete años, varios menos que Cord pero, a veces, parecía mucho más joven. Jamás pasaría los malos tragos que él había vivido a lo largo de sus treinta y cuatro años. ¿No decían que no era la edad, sino el kilometraje lo que envejecía a las personas? «Si yo fuera un coche usado», pensó, «estaría en el desguace».

—Me han dicho que anoche preguntó por mí, jefe —dijo Davis enseguida, y sacó una silla de la mesa para sentarse a horcajadas sobre ella—. Lo siento, había salido con una chica.

—Siempre estás saliendo con chicas —murmuró Cord mientras tomaba café. Davis sonrió con picardía.

—Hay que estar a la que salta. Algún día, estaré viejo y decrépito como usted.

—¡Y yo que estaba pensando en subirte el sueldo! —exclamó Cord con sarcasmo.

—Prefiero que me sobren las chicas, no el dinero —dijo Davis, y volvió a sonreír de oreja a oreja.

—Olvídalo. Volvemos a tener problemas con ese sistema de irrigación. Quiero que llames al técnico y le digas que esta vez quiero que lo arregle de verdad, que le cambie las piezas que hagan falta en lugar de sujetarlas con celo y alambre.

—Eso le dije la última vez.

—Entonces, llama al servicio de atención al cliente y diles que envíen a otro técnico. El sistema está en garantía —añadió—. Si no pueden arreglarlo, no deberían venderlo. Quiero que esté listo para mañana, ¿entendido?

—Entendido, jefe. Haré lo que pueda —pero no se levantó. Se quedó mirando a Cord, vacilando.

—¿Te preocupa alguna cosa? —preguntó Cord sin preámbulos. Davis hizo un dibujo con el dedo en el respaldo de la silla de madera en la que estaba sentado.

—Sí, una cosa. Prometí no decirlo, pero creo que debería saberlo.

—¿Qué es lo que debería saber? —preguntó Cord en tono distraído mientras apuraba el café.

—La señorita Barton traía una maleta —declaró, y reparó en la repentina atención que le prestaba su jefe—. Vino directamente desde el aeropuerto. Se encontraba en Marruecos. Me dijo que tardó tres días en volver aquí. Apenas se tenía en pie.

Al recordar el trato frío que le había dispensado, Cord se quedó atónito.

—¿Que estaba en Marruecos? ¿Qué diablos hacía allí? —estalló.

—Al parecer, había aceptado un trabajo en el extranjero. Había aprovechado para irse de vacaciones con una amiga unos días antes. Vino en cuanto tuvo noticia de su accidente —la mirada del joven se tornó acusadora—. Regresaba a Houston a pie, arrastrando la maleta, cuando yo salía con la camioneta. La llevé a la ciudad.

Cord sintió el ácido en la boca del estómago. La expresión que afloró en sus rasgos disipó la indignación de los ojos de Davis.

—¿Adónde la llevaste? —preguntó Cord en tono contenido y sin mirar a los ojos a su empleado.

—Al hotel Estrella Solitaria, del centro de la ciudad.

—Gracias, Davis —dijo con aspereza.

—De nada. Me pondré manos a la obra con ese sistema de irrigación —añadió mientras se ponía en pie. Cord ni siquiera lo vio salir; estaba reviviendo los dolorosos minutos de conversación con Maggie. Había dado por sentado que le importaba un comino su salud cuando, en realidad, había recorrido medio mundo aprisa y corriendo sólo para verlo. Había sacado unas conclusiones erróneas y la había puesto de patitas en la calle. Debía de estar dolida y furiosa, y volvería a marcharse; quizá a algún lugar remoto en el que ni siquiera él podría encontrarla. Aquello dolía.

Enterró el rostro entre las manos con un gemido. Conocer la verdad no resolvía el problema, sólo complicaba las cosas. Se preguntó si no sería más bondadoso dejarla marchar, dejar que pensara que no significaba nada para él, que mantenía una relación íntima con June. Pero se sentía extrañamente reacio a hacer eso. Lo avergonzaba pensar que Maggie hubiera sacrificado su trabajo por él.

Sólo podía hacer una cosa. Debía buscarla y reconocer su error. Después, si Maggie se iba, al menos, no se despedirían con los puños en alto.

Le pidió a uno de los ayudantes del rancho que lo llevara a la ciudad y se puso gafas oscuras para mantener el engaño de que se había quedado ciego. No pensaba anunciar a los cuatro vientos su recuperación; todavía no. En recepción le dieron el número de la habitación de Maggie, le pidió a su ayudante que lo condujera al ascensor, subió a la planta correspondiente y se coló en el dormitorio con una destreza aprendida en una docena de operaciones secretas por todo el mundo.

Maggie dormía en una enorme cama de matrimonio, moviéndose con desazón. Hacía calor, pero estaba acurrucada bajo la colcha como si fuera invierno. Cord no recordaba haberla visto dormir nunca destapada, ni siquiera en pleno verano, cuando el aire acondicionado de la señora Barton se averiaba. Qué extraño, nunca se había fijado...

Parecía más joven cuando dormía. Recordó la primera vez que la vio, cuando Maggie tenía ocho años. Se aferraba a un osito de peluche deshilachado y parecía haber vivido un infierno. No sonreía. Se escondía detrás de la amplia cintura de la señora Barton y miraba a Cord como si fuera responsable de los siete pecados capitales.

Había tardado semanas en acercarse a él. Maggie quería a la señora Barton, pero se sentía incómoda entre chicos y hombres y rehuía cualquier acto social. Cord lo atribuyó a la edad. A medida que se hacía mayor, empezó a aferrarse a Cord. Él era su ancla, y a pesar de la diferencia de edad, se mostraba posesiva con él. Era introvertida por naturaleza, pero pareció intuir que Cord necesitaba a una persona alegre y feliz para sacar lo mejor de él y desarrolló su sentido del humor, empezó a pincharlo y a jugar con él. Maggie le había enseñado a reír.

Contempló su rostro pálido y cansado sobre la almohada blanca y se preguntó por qué siempre la había tratado como a una extraña. Con ella se mostraba hostil o sarcástico, pero nunca amable ni alegre. Maggie le había ayudado más que nadie en su vida excepto su madre de acogida. Quizá, pensó, fuera porque lo conocía demasiado bien. Maggie veía más allá de su fachada arisca. Sabía que tenía pesadillas sobre la noche en que sus padres murieron en un incendio de hotel; sabía que el suicidio de Patricia lo torturaba; sabía que cuanto más sarcástico era, más se esforzaba por ocultar sus heridas. No podía esconderle nada.

Ella, en cambio, le ocultaba toda su vida. Apenas la conocía. Había sido una niña triste, medrosa y asustadiza con manías y miedos extraños. Había rehuido las relaciones como si fueran el mismísimo diablo y, sin embargo, se había casado con un hombre mucho mayor al que apenas conocía y había enviudado a las pocas semanas. Nunca hablaba de su marido.

Vivía para su trabajo y solía tener la cara de póquer de un juez.

Parecía tan frágil, tan vulnerable, tumbada sobre la cama... Incluso dormida, daba la impresión de estar atormentada. Y cansada. No era de extrañar; había viajado directamente desde Marruecos sólo para que él le diera con la puerta en las narices. Ni siquiera le había preguntado si tenía algún medio de volver a la ciudad. Era imperdonable.

Vaciló un instante antes de alargar la mano y tocarle el brazo a través de la tela de algodón que lo cubría.

Maggie estaba soñando. Caminaba al sol por un prado de flores silvestres. A lo lejos, un hombre reía y le abría los brazos, un hombre alto y moreno. Echó a correr hacia él, lo más deprisa que pudo, pero no lograba salvar la distancia. Él la miraba desde lejos, como un gato jugando con un ratoncillo desesperado. Cord, pensó. Era Cord, y estaba jugando con ella, como siempre había hecho. Podía oír su voz, con la misma claridad que si estuviera en la habitación, con ella...

Una mano la estaba zarandeando. Gimió a modo de protesta; no quería despertarse. Si abría los ojos, ya no vería a Cord.

–¡Maggie! –dijo la voz grave e insistente. Ella profirió una exclamación de sorpresa y abrió los ojos. No estaba soñando. Cord estaba sentado en el borde de la cama, con una mano apoyada en la almohada, detrás de su cabeza.

Cord observó su rostro, exento de maquillaje, enmarcado por mechones negros y ondulados. Llevaba pijama, una chaqueta y un pantalón que la cubrían por completo. Solía desconcertarlo que Maggie comprara trajes caros para ir a trabajar y que durmiera con prendas unisex. Nunca se había puesto ropa provocativa, ni siquiera de adolescente, ni la había visto pasear por la casa en pijama de pequeña. No entendía cómo no se había fijado antes.

Maggie reparó por fin en él y su rostro se contrajo.

–¿Qué haces aquí?

Cord encogió se encogió de hombros. No le gustaba reconocer sus faltas, pero se lo debía a Maggie.

–No sabía que estabas en Marruecos. Pensaba que seguías en Houston y que habías esperado cuatro días enteros a interesarte por mi salud.

Maggie oía los latidos desenfrenados de su propio corazón. Cord nunca le había dado explicaciones. A lo largo de los años, se había acostumbrado a sus pullas, a su hostilidad, a su sarcasmo. Nunca se disculpaba ni daba muestras de preocuparse por lo que ella pensara de él. Devoró con la mirada su rostro fuerte y bello.

—Debo de estar soñando —murmuró.

—Qué pena —dijo Cord mientras observaba su rostro somnoliento con una leve sonrisa—. No suelo disculparme.

—No le dijiste a Eb que querías que viniera, ¿verdad?

Detestaba reconocerlo, pero no estaba acostumbrado a mentir.

—No.

Maggie rió con pesar.

—Debí imaginármelo.

—¿Por qué buscaste un trabajo en el norte de África? —le preguntó Cord de sopetón.

—Estaba cansada de la rutina. Necesitaba cambiar. Necesitaba correr una aventura.

—Has perdido tu trabajo por mi culpa —insistió con el ceño fruncido.

—¡Ya ves! Hay trabajos por todas partes, y tengo experiencia en inversiones. Ya encontraré algo. Preferiblemente —añadió en tono jocoso—, en una multinacional, para que puedan enviarme al extranjero y no tengas que verme el pelo otra vez.

—¿Por qué quieres marcharte del país? —preguntó con irritación.

—¿Qué hay aquí para mí? —se limitó a replicar—. Tengo veintiséis años, Cord. Si no hago algo, me marchitaré y me extinguiré. No quiero pasar los mejores años de mi vida desplazándome todos los días al centro de Houston para jugar con cifras; ya no soy una niña. Si tengo que trabajar, al menos que sea en un lugar exótico. Y, preferiblemente, en algo arriesgado y emocionante —dijo casi como una reflexión.

—¿Por qué tienes que trabajar? —preguntó Cord con el ceño fruncido—. Amy nos dejó a los dos un poco de dinero. Además, Bart Evans tenía muchas acciones y tú eres su viuda.

El rostro de Maggie se endureció.

—No me quedé con un solo centavo de su dinero. Ni propiedades, ni acciones, ni ahorros. ¡Nada!

Aquello era una sorpresa.

—¿Por qué no?

Maggie bajó los ojos a la colcha y los cerró fugazmente para ocultar una oleada de dolor.

—Casarme con él me costó lo que más quería en la vida —dijo en tono ronco y trémulo. Era una frase enigmática que Cord no comprendía.

—Nadie te obligó a casarte con él —señaló, y con más amargura de la que había imaginado.

«Eso crees tú», pensó Maggie, pero no lo

dijo en voz alta. Cerró los dedos en torno a la colcha y lo miró con valentía.

—¿No fue un matrimonio feliz, Maggie? —preguntó Cord en voz baja.

—No —lo miró a los ojos sin pestañear—. Y eso es lo único que pienso decir —añadió con firmeza—. Remover el pasado no sirve de nada.

—Antes yo también pensaba así —repuso Cord—. Pero el pasado es lo que moldea nuestro futuro. Nunca superé la muerte de Patricia.

—Lo sé.

Lo dijo de una forma singular.

—¿Qué quieres decir?

—Que últimamente no eres un donjuán, que se diga.

Aquello lo hirió en su orgullo. Era cierto que no tenía relaciones y que no vivía como un casanova, pero no le agradaba que ella lo supiera. Sus ojos oscuros llamearon.

—No sabes nada de esa faceta de mi vida —le dijo con frialdad—, y nunca lo sabrás.

En el rostro de Maggie asomó una mirada de incredulidad, y Cord deseó haberse mordido la lengua. Se había acostado con ella en una ocasión, aunque el recuerdo no fuera grato para Maggie. Había sido un comentario irreflexivo.

—Pensándolo bien... —empezó a decir con brusquedad.

—Tú mismo lo has dicho —lo interrumpió Maggie alzando una mano—. No tengo por qué saber nada de esa faceta de tu vida.

Cord inspiró hondo con lentitud.

—Te hice daño.

Maggie se puso colorada como un tomate. No estaba dispuesta a dejarse arrastrar a aquella conversación.

—Olvídalo, Cord. Pasó hace mucho tiempo. Ahora tengo que levantarme y empezar a buscar trabajo. Si no te importa salir de aquí para que pueda cambiarme...

Pero Cord no quería olvidar.

—Tienes veintiséis años y eres viuda —dijo con aspereza, irritado por su pudor—. Y conozco cada centímetro de tu cuerpo, así que deja de hacerte la tímida.

Maggie apretó los dientes con tanta fuerza que temió rompérselos. Lo miraba con furia.

—No sabes cuánto aborrezco el recuerdo de aquella noche —le espetó. Las palabras lo hirieron, como Maggie había pretendido, porque se puso en pie con brusquedad.

—Sabías que estaba borracho —le recordó y advirtió que ella se tapaba con las sábanas hasta la barbilla, como si no soportara siquiera que él la mirara—. De no ser así, jamás te habría tocado.

—Yo también había bebido mucho —replicó

Maggie–, o jamás habría dejado que me tocaras.

–Ahora que ya hemos aclarado ese punto... Siento lo que ocurrió.

–¡Dos disculpas en un solo día! –exclamó Maggie con sorpresa burlona–. ¿Tienes una enfermedad mortal e intentas ganar puntos ante Dios ahora que todavía puedes?

Cord prorrumpió en carcajadas genuinas. Lo transformaban. Se le iluminaban los ojos, y su rostro se volvía tan hermoso que dolía mirarlo. Maggie lo imaginaba riendo así con Patricia, su esposa. Quizá hubiera sido feliz también con otras mujeres a lo largo de los años, pero sólo le sonreía a Maggie si ella lo hostigaba, así que procuraba hacerlo. Era una forma de llamar su atención, aunque fuese la única.

–Puedes venir al rancho y alojarte allí mientras buscas trabajo –sugirió Cord de repente. A Maggie le dio un pequeño vuelco el corazón, pero no lo miró a los ojos.

–No, gracias. Me gusta este lugar.

Era evidente que la negativa lo había tomado por sorpresa.

–¿Qué pasa? ¿Tienes miedo de que pierda los estribos y te eche en mitad de la noche?

–No me extrañaría –dijo con resignación, y elevó la vista para recorrer con la mirada los cortes y cicatrices recientes–. Es un milagro que no hayas perdido la vista –dijo con suavidad.

–Cierto. Pero no voy a hacer público que no ha sido así. ¿Te has fijado en las gafas de sol? –añadió, y señaló las lentes que llevaba en el bolsillo de la camisa–. Hasta le pedí a uno de mis empleados que me trajera aquí y subiera conmigo en el ascensor, para mantener el engaño –no dijo por qué, pero hizo tintinear las llaves que llevaba en el bolsillo–. Ándate con ojo mientras estás en la ciudad –añadió de improviso–. Estoy casi seguro de que mi accidente ha sido una trampa que me ha tendido un viejo enemigo. Si tengo razón, volverá a pisarme los talones dentro de poco, para asegurarse de que no lo echo del negocio. No descartaría que atacara a alguien cercano a mí.

–Entonces yo estoy fuera de peligro –replicó Maggie con insolencia. Cord le lanzó una mirada furibunda.

–Eres mi familia. Si no lo sabe ya, lo averiguará. Podrías correr peligro. Creo que tiene contactos aquí, en Houston.

–Has tenido muchos enemigos a lo largo de los años, y ninguno de ellos me ha considerado tu familia, aunque tú lo hagas.

–No sé qué te considero –dijo en tono casi

distraído, con mirada reflexiva–. Nunca me he tomado la molestia de pensar en ello.

–Podrías hacerlo entre sorbo y sorbo de café –rió.

–No te vendas barato –le regañó Cord de forma inesperada.

Maggie lo miró a los ojos con un intenso dolor reflejado en el semblante. A veces, los recuerdos le resultaban insufribles. Cord no sabía nada sobre su pasado, y esperaba que nunca lo descubriera. No entendía por qué estaba siendo tan amable con ella; debía de sentir remordimientos.

–Ahórrate los halagos, Cord –le dijo con una leve sonrisa–. Sé lo que piensas de mí.

Cord regresó a la cama y se sentó a su lado. Le puso una mano en la mejilla y le levantó el rostro para poder mirarla mejor. Notaba la tensión en su cuerpo, el aliento contenido, los latidos frenéticos de su corazón. Sus ojos verdes reflejaban la reacción involuntaria de su cuerpo. Aquello, al menos, nunca cambiaba. Tal vez detestara el recuerdo de su noche de intimidad, pero seguía atrayéndola irremediablemente. En cierto modo, saberlo lo consolaba.

–No sigas jugando conmigo –susurró Maggie con voz tensa, diciéndole con la mirada que odiaba la atracción que reflejaban sus ojos.

Resultaba casi doloroso físicamente tenerlo tan cerca, ver el perfil cincelado de sus labios y recordar las sensaciones que despertaban, percibir la fuerza cálida de aquel cuerpo poderoso.

Cord leyó todas aquellas reacciones con precisión académica. Elevó su orgullosa cabeza y entornó los ojos. Desplegó la mano sobre la mejilla de Maggie y le rozó los labios con el pulgar, arrancándoles una exclamación. Hundió la otra mano en su gruesa melena y la empujó hasta tumbarla sobre él.

Los senos de Maggie quedaron aplastados contra el amplio pecho de vello recio envuelto en una delgada camisa de algodón. Lo miró con deseo incontenible. Cord deslizó la mano por su garganta, acariciándola, torturándola, al tiempo que elevaba la cabeza y sus labios se iban acercando a los de ella de forma enloquecedora.

—¿Qué te hace pensar que estoy jugando? —murmuró con aspereza.

Maggie le hundió las uñas en el hombro mientras permanecía inmóvil, vulnerable, ansiando que Cord salvara los centímetros que los separaban y uniera su boca a la de ella. Podía oler el café que había tomado para desayunar, y la fragancia limpia y silvestre de su piel. Por el cuello abierto de su camisa asomaba el vello que le cubría el pecho amplio y musculoso, y recordó sin querer el roce de aquel vello sobre sus senos en el único momento de sus vidas en que creyó que la deseaba de verdad. Incluso el recuerdo del dolor y el bochorno posteriores no reducía las reacciones que Cord despertaba en ella. Era suya, lo mismo que a los ocho años, y él lo sabía. Siempre lo había sabido.

Automáticamente, Maggie elevó los dedos fríos y trémulos a la mejilla de Cord, al pelo grueso y oscuro de la sien, donde una suave onda la perfilaba. Siempre lo sentía limpio al tacto, siempre olía bien. Se sentía a salvo a su lado, a pesar de su hostilidad. Era el primer hombre de su joven vida que le había procurado una sensación de seguridad. Era el único hombre en quien había confiado.

Cord tomó su mano y la sostuvo con fuerza mientras la miraba a los ojos. De pronto, se la llevó a los labios y le besó la palma con algo parecido a la desesperación, cerrando los ojos mientras saboreaba la suavidad de su piel.

Maggie percibía la fiebre en él, pero no la entendía. Cord no la deseaba; en realidad, no. Nunca la había deseado. Pero parecía... atormentado. La miró con pasión.

—Te hago sufrir siempre que te toco —susurró—. ¿Crees que no lo sé?

Maggie no podía arrancar la mirada de él.

—No puedes darme nada, lo sé. Siempre lo he sabido —rió con dolor—. Da lo mismo.

Cord la atrajo hacia él y la estrechó entre sus brazos para besarle el pelo. Inspiró hondo y sintió cómo lo abandonaba toda la ira y la tristeza de los últimos años. Apoyó la mejilla en su pelo negro y suave y cerró los ojos. Era como volver a casa.

Ella también lo abrazó, e inspiró la fragancia limpia de su cuerpo musculoso mientras se esforzaba por no responder a la pasión que despertaban sus caricias. Cord deslizó una mano por su melena y sonrió despacio.

—Me encanta el pelo largo —murmuró. Maggie no contestó, no hacía falta. Cord sabía que lo llevaba largo para él—. Somos veneno el uno para el otro. Tal vez —empezó a decir con lentitud—, convendría que empezaras de cero en alguna otra parte, en algún lugar... lejano.

—A mí me convendría, desde luego —murmuró con voz ronca. Con los dedos le acariciaba el pelo de la sien—. Pero ¿quién te cuidaría si me fuera? —añadió en tono bromista para camuflar el ansia que sentía por él.

Cord inspiró de forma audible y abrió los brazos, liberándola con brusquedad.

—¡No necesito que nadie me cuide! —exclamó con aspereza.

La tregua había acabado; había durado poco. Maggie sonrió con tristeza mientras contemplaba cómo se ponía en pie y se apartaba de la cama.

—No dejes que te dé un ataque por una forma de hablar —le regañó. Cord tenía una mirada candente.

—Me voy.

—Ya me he dado cuenta.

Llegó a la puerta del dormitorio, pero de pronto se acordó de Gruber. Casi había perdido la vista, si no la vida, por el deseo de venganza de aquel hombre. Maggie estaba sola y era vulnerable, y Gruber tenía contactos en Houston.

—Sigo queriendo que te alojes en el rancho —dijo con aspereza.

—No malgastes saliva —repuso Maggie en buen tono—; no pienso ir.

—Si te ocurriera algo... —empezó a decir con voz tensa, y le sorprendió el miedo que le oprimía el corazón. Si a Maggie le ocurriera algo, se quedaría solo en el mundo. No tendría a nadie.

—Tu vida sería más sencilla —terminó Maggie en su lugar, con insolencia.

—Eso no es cierto —le espetó Cord.

—Claro que lo es, pero no te gusta reconocerlo. Puedo llamar a la policía si necesito ayuda. Mientras tanto, buscaré un trabajo lo antes posible y saldré pitando de Houston —sonrió con deliberación—. Así podrás volver a sonreír. ¡Ni siquiera te pediré que me envíes una tarjeta por Navidad!

Cord quiso decir algo, pero no pudo. Se limitó a mirarla con irritación. Ella adoptó una pose seductora, consciente de que lo enfurecería. Apartó el cuello del pijama de su esbelto cuello.

—¿Quieres devorarme antes de irte? —sugirió con una mirada traviesa—. Puedo llamar al servicio de habitaciones y pedirles que nos suban un preservativo de emergencia —añadió, y movió las cejas de forma sugerente.

—¡Maldita seas! —masculló con furia. Se dio la vuelta con brusquedad y dio un portazo sin volver la cabeza. Maggie lo vio salir con ojos centelleantes. Siempre sabía sacarlo de sus casillas. Se enorgullecía de ello, porque ni siquiera su preciada Patricia había podido hacerlo. Era la única arma de su arsenal, y un estupendo flotador para su orgullo. Claro que era un farol. Se estremecía de pies a cabeza sólo de imaginar qué habría pasado si Cord le hubiese seguido el juego.

III

La visita de Cord afectó a Maggie. Transcurrieron varios minutos hasta que se sobrepuso lo bastante para ducharse, vestirse y bajar a desayunar. Tomó algo ligero y buscó las direcciones de varias agencias de empleo en el listín telefónico. Después, empezó a recorrerlas.

Acababa de salir de la tercera oficina de la lista, sin ningún resultado, cuando tropezó con una morena alta a la que no había visto doblar la esquina.

—Vaya, lo siento —se disculpó Maggie, que la había agarrado del brazo para que no se cayera—. No miraba por dónde iba... —vaciló; la mujer le resultaba familiar—. ¡Eres Kit Deverell! —exclamó, y sonrió de oreja a oreja—. Nos conocimos en un seminario de inversiones hace dos años; estabas con tu marido. Nos hemos visto en otros seminarios desde entonces. Soy Maggie Barton.

Los ojos de Kit Deverell se iluminaron al reconocerla.

—¡Pues claro! Eres la hermana de acogida de Cord.

Maggie se puso seria al instante, a la defensiva. Kit hizo una mueca.

—Lo siento, lo he dicho sin pensar. Verás, mi jefe es Dane Lassiter, el dueño de la agencia de detectives Lassiter. Conoció a Cord hace varios años, cuando fundó la agencia... Uno de sus empleados cumplió el servicio militar con él.

—Sí. Le... Le he oído a Cord hablar de él un par de veces, en las contadas ocasiones en las que hablábamos —añadió con una sonrisa burlona.

—No os lleváis muy bien, ¿verdad? —preguntó Kit con mirada comprensiva—. No debí mencionar a Cord. Pero ¿qué haces en una oficina de empleo, si puede saberse? —añadió—. Eres vicepresidenta de la agencia de inversiones Kemp, ¿no?

—Lo era. Renuncié al puesto para aceptar un trabajo en Qawi, pero la cosa no cuajó —se limitó a decir—. Ahora estoy sin trabajo.

—Pues Logan tiene una vacante en su firma

de inversiones –prosiguió Kit, y rió entre dientes–. ¿No parece cosa del destino? En serio, su socio lo dejó para irse a vivir a Victoria, en Canadá. Logan se está tirando de los pelos intentando llevar todas las cuentas él solo. Por favor, ven para que te haga una entrevista –añadió, y agarró a Maggie del brazo–. Me ha pedido que haga estudios bursátiles en mi tiempo libre, y lo odio. Verás, trabajo para Lassiter como rastreadora. Tuve que convencer a Logan, pero no es un trabajo muy peligroso y tenemos una niñera estupenda para nuestro hijo Bryce. Me salvarías la vida si pudieras quitarme esa carga. ¿Lo harías, por favor?

Maggie rió de puro deleite.

–Si hay algún puesto libre, me encantaría que me hicieran una entrevista. En realidad, tenía pensado buscar un trabajo en el que poder pedir un traslado al extranjero, pero podría aceptar este temporalmente mientras tu marido me busca un sustituto permanente y yo encuentro algo con proyección internacional...

–Funcionaría –dijo Kit con una sonrisa–. ¡Vamos!

Maggie acudió a la entrevista. Logan Deverell era un hombre gigantesco de pelo moreno, alto y musculoso, pero sin un gramo de grasa. Era evidente que se desvivía por su esposa, y viceversa.

—Eres la respuesta a mis oraciones —le dijo a Maggie cuando se estrecharon la mano y se sentaron en el amplio despacho de Logan. Tenía el escritorio de roble repleto de fotos de Kit y de un granujilla de unos dos años de edad—. Tom Walker y yo éramos socios hasta que se fue a vivir a Jacobsville. Después, me asocié con otro, pero se casó hace algunos meses y se ha mudado a Victoria, donde vive la familia de su esposa, que ya espera su primer hijo. Así que, aquí me tienes, sin saber qué hacer y con trabajo hasta el cuello.

—Entonces, me alegro de haber aparecido en el momento justo —rió Maggie—. Renuncié a un puesto lucrativo para regresar corriendo a Houston cuando me enteré de que Cord se había quedado ciego —suspiró y sonrió con nerviosismo—. Confiaba en encontrar algo estable en el extranjero.

—Estaremos atentos por si nos enteramos de algo —prometió Logan—, si es eso lo que quieres. Pero, mientras tanto, ¿qué tal si trabajas para mí? Hasta podrás disfrutar de un despacho para ti sola —añadió con una carcajada—. Hemos ocupado la suite contigua. Lassiter y sus hombres ocupan toda la tercera planta; entre los dos, decidimos comprar el edificio. Lo que no utilizamos, lo alquilamos. Se paga solo.

—Y —señaló Maggie— es una buena inversión.

—Cierto —rió Logan.

Le explicó en qué consistía su trabajo, le habló del sueldo y Maggie aceptó encantada, aunque seguía queriendo irse de Houston. Vivir cerca de Cord resultaba doloroso una vez tomada la decisión de cortar los lazos con él. Ya había perdido demasiados años ansiando a un hombre que no sentía nada por ella.

Aunque, durante unos segundos, en la habitación del hotel, había visto el fuego del anhelo en su mirada. Cord la había deseado. Claro que Maggie no podía conformarse con eso; necesitaba su amor, y sabía que nunca lo tendría. Imaginaba que Cord quería vivir y morir solo. Maggie, no. Quizá algún día podría conocer a un hombre que la satisficiera, y hasta podría olvidarse de Cord. Todo era posible, incluso con su pasado.

Empezó a trabajar para Deverell a la mañana siguiente. Era un negocio complicado, pero le gustaban su apuesta por los bonos y acciones, y los fondos que recomendaba. Tenía un sistema informático de vanguardia y un experto cuyo trabajo se limitaba a escanear Internet en busca de precios de acciones y actualizaciones de datos. Logan era honrado, sincero, y no fingía saberlo todo. Poseía un tacto innato que, según Kit le dijo en privado, era relativo. Logan tenía genio y no le importaba exteriorizarlo; sólo era diplomático cuando le convenía.

Al quinto día de trabajo, Kit y Maggie salieron a almorzar con la esposa de Dane Lassiter, Tess. Dane y Tess tenían un niño y una niña, y Tess se comportaba como si fueran auténticos milagros. Después, Kit le explicó que Dane había albergado la convicción de que no podía tener hijos. Tess lo había amado de forma irremediable y obsesiva durante años. Hizo falta un embarazo inesperado y casi una tragedia para convencer a Dane de que merecía la pena arriesgarse por el amor. A pesar de sus comienzos turbulentos, los Lassiter eran toda una institución en la ciudad. Raras veces se los veía a cada uno por su lado, y solían salir del trabajo en familia.

Maggie conoció a Dane Lassiter aquel mismo día. El antiguo ranger de Texas era alto y moreno y, sin ser un adonis, poseía una autoridad y un aplomo impactantes que se combinaban con la dosis justa de arrogancia para volverlo atractivo. Había comenzado como policía de Houston, y todavía tenía contactos en la comisaría. De hecho, reclutó allí a sus primeros hombres cuando abrió la agencia de detectives. Uno de sus agentes y Cord habían sido policías en la misma época.

Cuando regresaron a la oficina de Logan, Kit le contó a Maggie que los Lassiter estaban trabajando en una misión muy arriesgada: querían cerrar una agencia internacional que servía de tapadera para el contrabando humano. No se contentaban con introducir a inmigrantes ilegales en los Estados Unidos, sino que comerciaban con niños en África Occidental y Sudamérica, donde los vendían para trabajar en minas y en latifundios. Hasta estaban implicados en pornografía infantil, y tenían una sede en Amsterdam. Vendían niños a una multinacional un tanto turbia a través de la agencia. Se decía que Raúl Gruber era el director general de la multinacional... pero había resultado imposible vincularlo a la empresa.

—¿Que compran y venden niños como si fueran animales? ¡Será una broma! —exclamó Maggie—. Estamos en el siglo veintiuno.

—Lo sé —dijo Kit con tristeza—, pero en el mundo suceden cosas horribles. Mientras los medios de comunicación se ceban en el último escándalo político y sexual, hay gente que vende a niños de seis y siete años como esclavos para que trabajen sin parar durante doce o catorce horas al día. No hay leyes que regulen el trabajo infantil en esas zonas rurales y los niños se consideran un bien prescindible.

—Eso es ignominioso —dijo Maggie con furia ronca.

—Estoy de acuerdo. Por eso me alegro de que Dane aceptara el caso. Colabora con toda una retahíla de agencias federales: el Servicio de Inmigración, Aduanas... incluso el Ministerio de Asuntos Exteriores, y la Interpol. Este negocio ilegal tiene ramificaciones por todo el país, y oficinas en varios estados —vaciló—. Una de ellas está en Miami, y Dane dice que el accidente de Cord no fue precisamente un accidente. El hombre implicado en la trata de esclavos es un viejo adversario de Cord al que han relacionado hace poco con esta red infantil. Cord sabe cosas sobre él que no quiere que revele.

A Maggie le dio un vuelco el corazón.

—Cord me dijo que anduviera con cuidado —dijo despacio—, que un viejo enemigo suyo podría ponerme en su punto de mira, pero no le di mucha importancia.

—Pues será mejor que se la des —dijo Kit—. Y, si quieres, puedes contarle a Cord lo que estamos investigando —añadió—. Dane y sus hombres te protegerán, igual que a mí. Si conseguimos reunir pruebas suficientes contra ese gusano, lo meteremos en chirona para siempre. Pero hará falta tiempo y paciencia. Y mucha cautela.

—No veo a Cord, así que no podré decirle nada —repuso Maggie en tono comedido—. Ahora mismo, no nos hablamos.

—Lo siento.

—¿Hay algo que pueda hacer para ayudarte con el caso? —preguntó Maggie—. Mi vida es tan aburrida e insípida que, ahora mismo, hasta vigilar a alguien resultaría emocionante.

Su amiga rió.

—No pensarías así si tuvieras que hacerlo. Pero te tendré en mente —consultó su reloj—. Vaya, tengo que darme prisa o llegaré tarde a la oficina. Si no te veo antes de la salida, que pases un buen fin de semana. Logan está muy contento contigo. Imagino que ya lo sabes.

—Me alegra que me lo digas —dijo Maggie sonriendo—. Me gusta mucho mi trabajo. Siento no poder quedarme mucho tiempo.

—Entonces, ya somos tres —dijo Kit con sinceridad.

Cuando Maggie regresó al hotel, encontró un mensaje de Cord en el que le pedía que lo llamara. Maggie vaciló. No le apetecía mantener otra conversación airada, pero estaba preocupada por él, en particular, desde que conocía el peligro que corría en manos de su enemigo. No soportaba la idea de que pudiera pasarle algo.

Telefoneó al rancho. Contestó un hombre y, un par de minutos más tarde, Cord se puso al teléfono.

—He recibido tu mensaje —le dijo en tono formal. Cord vaciló, algo nada propio de él.

—Ven a casa a cenar esta noche.

Los ojos que Cord no podía ver destellaron. Maggie estaba sorprendida.

—¿Es una invitación o un decreto real?

—Una invitación —contestó Cord, riendo entre dientes—. Tenemos tarta de cerezas de postre —añadió.

—Aprovéchate de mi debilidad, ¿quieres?

—Acabo de hacerlo. No podrás resistirte, ¿verdad?

Estaba cansada y hambrienta, pero ansiaba verlo.

—Está bien. Pediré un taxi...

—Y un cuerno. Pasaré a recogerte. Dame quince minutos.

Colgó antes de que ella pudiera replicar.

Se despojó del traje de oficina y se puso unos vaqueros y una bonita camiseta de manga corta a rayas rojas y blancas y un chaleco gris. No era alta costura, pero le sentaba bien y realzaba su esbelta figura.

Se dejó el pelo suelto para Cord y sacó un jersey ligero del armario por si acaso refrescaba por la noche. Mientras esperaba, pensó en lo que Kit le había contado, en Gruber y sus intereses y, en particular, en el comentario sobre la red de pornografía infantil. Detestaba a las personas que se aprovechaban de la inocencia de los niños sólo para obtener beneficios económicos. La ponía fuera de sí.

Cord llamó a su puerta transcurridos quince minutos exactos. Maggie salió de la habitación y cerró la puerta con llave. Cord llevaba unos pantalones de pinzas de color beis, camisa de sport y cazadora de tonos beis y marrones. Estaba muy apuesto.

—Me alegro de que no te hayas puesto ropa formal —dijo cuando entraron en el ascensor. Pulsó el botón de la planta baja y se volvió para observarla—. Será una cena sencilla de chile con carne y pan de maíz.

—Y tarta de cerezas —quería asegurarse de que no lo olvidaba. Cord sostuvo su mirada y sonrió despacio.

—Amy siempre te hacía una el día de tu cumpleaños. Era una de las pocas ocasiones en que sonreías de verdad. Amy decía que dudaba que hubieras celebrado tu cumpleaños ni una sola vez en tu corta vida.

—Y tenía razón —se ciñó el bolso y el jersey y sus ojos reflejaron la vieja tristeza—. Cuando mi padre murió, perdí las ganas de reír. Después, mamá dejó que la neumonía se la llevara sólo dos años después.

Cord frunció el ceño. Aquello era una novedad.

—Cuando tenías ocho años —dedujo. Maggie alzó el rostro.

—Bueno... no. Cuando tenía seis.

—Entonces, ¿dónde estuviste hasta que Amy nos acogió? ¿Tenías abuelos?

Maggie se estremeció.

—Un padrastro —contestó en voz baja y llena de dolor.

Cord empezaba a hacerle otra pregunta cuando el ascensor se detuvo. Maggie lo precedió y se dirigió a la puerta principal, ante la cual estaba aparcado el coche. Cord sabía que no lo estaban siguiendo, así que había bajado la guardia.

Un padrastro. Al parecer, Maggie había vivido con él durante dos años antes de que Amy Barton los hubiera acogido. Tenía un millar de preguntas, pero ella se cerraría en banda. No hacía falta leer el pensamiento para saber que no estaba dispuesta a responder a ninguna otra pregunta personal; su mirada severa hablaba por sí sola.

—¿Qué tal va la búsqueda de empleo? —preguntó cuando se acercaron al lujoso deportivo negro de Cord.

—Ya estoy trabajando —dijo Maggie—. Logan Deverell me ha contratado para su firma de inversiones, aunque sólo de forma temporal. Su mujer, Kit, trabaja para la agencia de detectives Lassiter, que está en el mismo edificio. Dicen que conoces a Dane.

—Así es —afirmó él con brusquedad. Le abrió la puerta y la ayudó a subir antes de rodear el vehículo y sentarse detrás del volante. Pero no arrancó de inmediato. Apoyó el brazo en el respaldo del asiento de Maggie y la miró—. Lassiter lleva casos peligrosos —señaló—. No me gusta que trabajes tan cerca de él.

—¿No creerás que me importan tus gustos? —replicó ella con una sonrisa. Cord apretó la mandíbula.

—Hablo en serio. Lassiter y su esposa se vieron envueltos en un tiroteo hace varios años, en su propia oficina. De todos es sabido que aceptan casos que otros detectives ni siquiera se plantean resolver.

—Voy a trabajar en el mismo edificio que él, no en la misma oficina —señaló Maggie—. Soy asesora financiera, no detective. Aunque el cambio de profesión, ahora mismo, resultaría tentador —añadió para irritarlo.

Estaba reaccionando de forma desmedida; Cord lo sabía, pero no podía contenerse. La idea de que pudiera ocurrirle algo a Maggie lo intranquilizaba. Sin pensar, alargó la mano y atrapó un mechón de pelo largo y oscuro para sentir su suavidad.

—Ahora mismo, el simple hecho de estar en Houston es peligroso para ti —dijo en voz baja—. Te estás metiendo en algo de lo que ni siquiera soy capaz de hablar.

Y que ella ya conocía, gracias a Kit. No se lo dijo.

—Tengo veintiséis años —señaló Maggie mientras intentaba no reaccionar a la caricia sensual de sus dedos. Cord la miró a los ojos; los de él parecían turbulentos, amenazadores, llenos de secretos.

—En algunos sentidos, eres increíblemente ingenua —replicó—. El mundo es un lugar terrible. No sabes lo tenebroso que puede ser.

—¿Eso crees? —rió Maggie sin humor.

Cord no entendió la reacción. Maggie guardaba secretos, y se preguntó cómo serían de horribles. Nunca se habían hecho confidencias porque él siempre la había mantenido a raya emocionalmente. Por primera vez en la vida, lo lamentó.

–Te noto triste –comentó Maggie sin pensar. Cord hizo una mueca.

–Eres la única persona que recuerda nuestros años con Amy –dijo despacio–. Mi roce con la ley, el suicidio de Patricia, la enfermedad y la muerte de Amy.

–Todo son malos recuerdos.

–¡No! –la miró a los ojos–. También hubo cosas buenas. Picnics. Fiestas de cumpleaños. La vez que Amy nos regaló un tren de juguete por Navidad, que debió de costarle muchos sacrificios porque ya había consumido gran parte de su fortuna. Y su mirada de perplejidad cuando a ti te encantó tanto como a mí. Pasábamos horas tumbados en la alfombra, en la oscuridad, viendo dar vueltas al tren iluminado.

–Sí –Maggie sonrió al recordar–. Y te ayudé a hacer los edificios a escala. Estabas en la universidad por aquella época, y poco después lo dejaste e ingresaste en el cuerpo de policía. Amy estaba destrozada. Yo también –añadió, y bajó los ojos.

–Las dos creíais que saldría con los pies por delante a la primera semana –se burló.

—Debimos imaginar que no. Siempre has sido concienzudo y reflexivo.

—Salvo una vez —entornó los ojos—. La noche en que Amy murió.

Maggie se apartó de él y sintió el tirón en el cuero cabelludo. Cord tuvo que soltarle el pelo para no seguir lastimándola.

—Eso fue hace mucho tiempo —dijo mientras se masajeaba la cabeza con los dedos y eludía la mirada de Cord. Éste le preguntó de improviso:

—¿Te acostaste alguna vez con tu marido?

Maggie profirió una exclamación y echó mano al tirador de forma impulsiva. Ya estaba saliendo del coche cuando Cord tiró de ella con suavidad y volvió a cerrar la puerta. En la posición que estaba él, tan cerca y con su sólido pecho cerniéndose sobre el de ella, la hacía temblar. Maggie distinguió los círculos negros que circundaban sus iris de color castaño oscuro. Vio las pestañas gruesas, rectas y cortas de sus párpados. Olió el café en su aliento y la fragancia limpia de su cuerpo y de su ropa.

—Eso pensaba yo —dijo Cord pasado un minuto—. Nunca entendí por qué te casaste con él. No teníais nada en común, y era veinte años mayor que tú. Fue muy precipitado, ni siquiera había pasado un mes desde la muerte de Amy, y uno de tus compañeros de trabajo dijo que apenas lo conocías. Todo el mundo pensó que te casabas por el dinero. Era rico.

—No puedo... No pienso hablar de él —protestó Maggie con voz entrecortada—. Cord, por favor...

Él notó la mano con que intentaba apartarlo, pero no hizo caso.

—Dijiste que te costó algo muy preciado. ¿El qué?

La mirada de Maggie se posó en su boca amplia y firme, en los dientes blancos y perfectos que se vislumbraban entre sus labios entreabiertos. Recordaba su tacto. Pese al recuerdo de dolor y vergüenza, el ansia persistía. Se preguntó si Cord se daría cuenta.

Se daba cuenta. Notaba la respiración agitada de Maggie en los labios, veía su pulso acelerado en la base de su cuello, hasta sentía la frescura de sus dedos perfectamente cuidados a través de la camisa. Lo deseaba. Eso, al menos, nunca cambiaba.

Le tocó la barbilla con los dedos y la acarició cerca de los labios.

—Otra vez en el punto de partida —susurró Cord. Se inclinó y se detuvo justo por encima de la boca entreabierta de Maggie. Permaneció allí, acariciándole la comisura de los labios de forma enloquecedora y trazando pequeños dibujos sensuales en su labio inferior.

Maggie gimió. Interrumpió el sonido justo cuando emergía de su garganta, pero sabía que él lo había oído.

Cord le acarició la nariz con la suya y sintió la suavidad de sus labios en las yemas de los dedos. Seguía siendo perfecta para él, la mujer más perfecta que había conocido, tanto física, mental como emocionalmente. No podía acercarse a ella sin que lo atrajera como un imán. Se sentía a merced de ella, y lo detestaba.

—Cord —gimió Maggie, al tiempo que se elevaba hacia él y le hundía los dedos en el pelo de la sien a modo de súplica. Ansiaba sentir aquellos labios firmes aplastando los de ella y enloqueciéndola de placer.

Cord se acercó y unió su pecho al de ella de forma involuntaria. Sentía los senos llenos de Maggie, las puntas duras que se le clavaban en la piel a través de la ropa. Maggie lo tentaba con la boca, siguiendo la suya, elevándola para que la besara. Inspiró la fragancia de rosas que emanaba y supo que estaba perdido. Necesitaba abrazarla, besarla, no podía evitarlo. ¡Tenía que hacerlo!

El ruido repentino de las puertas de un coche al abrirse le hizo enderezarse. Vio a tres hombres saliendo de una berlina varias plazas más allá; los miraban con regocijo.

Volvió a sentarse detrás del volante sin mirarla. Arrancó, metió la primera y no prestó atención a las miradas de los tres hombres que se dirigían al hotel.

A Maggie le temblaban las manos; quería chillar y arrojar algo. Era la segunda vez que dejaba que la torturara de deseo. ¿Y se había resistido, había protestado, lo había apartado? Por supuesto que no. Se había derretido en cuanto él la había tocado. «¡Viva tu autodominio, chica!», se dijo con silencioso desprecio.

Cord no la miró hasta que no salieron de la ciudad. Estaba más serena, pero parecía destrozada. No se lo reprochaba, él se sentía igual. No deseaba aquella atracción, pero no podía combatirla. Siempre la había sentido, pero cada vez le costaba más controlarla.

—No te flageles por lo ocurrido —le dijo Cord en tono despreocupado—. Puede que hayamos estado demasiado tiempo solos últimamente.

—¡June se quedaría boquiabierta si te oyera!

Cord rió al oír aquel comentario mordaz. La miró con ironía.

—Está saliendo con un agente de la comisaría —le dijo—. A su padre le cae bien, pero cree que June es demasiado joven para casarse. Ella no está de acuerdo.

Maggie enarcó las cejas, pero no dijo una palabra.

—Estaba furioso porque habías esperado cuatro días para venir a verme y a saber si la ceguera era permanente.

No era una gran explicación, pero Maggie lo entendió. June era una arma que él había empleado contra su corazón. Resultaba escalofriante que la conociera tan bien.

Cord la miró al tomar la larga senda de entrada bordeada de vallas blancas.

—Es increíble, ¿verdad? —reflexionó él en voz alta—. Me entiendes sin necesidad de explicaciones.

—Es mutuo —dijo Maggie, y desvió la mirada al viejo toro de lidia que pastaba detrás de la valla—. Puede que sea una especie de taquigrafía mental.

—O percepción extrasensorial —murmuró Cord con ironía.

—Algún día tendremos que averiguar si funciona a través del océano —replicó Maggie con insolencia.

Fue un golpe bajo.

—¿Por qué no vienes a vivir aquí? —le preguntó Cord de improviso—. Podrías aprender el negocio de la ganadería. Y en los ratos libres jugaríamos con los trenes de juguete. Tengo una habitación entera dedicada a ellos, con edificios, túneles, montañas e incluso arroyos —apoyó el brazo en el volante y la contempló con tristeza—. Sólo nos tenemos el uno al otro.

Maggie lo miró a los ojos. Estaba pálida, confusa, inquieta. Frunció el ceño.

—No hagas eso —dijo con irritación—. No hables como si me necesitaras. Nunca lo has hecho y nunca lo harás. Soy un recuerdo del pasado, nada más.

—Nuestras vidas están entrelazadas. No puedes romper un vínculo de dieciocho años así, sin más —señaló él . Algunos matrimonios se rompen en un abrir y cerrar de ojos.

La alusión la dejó helada, y desvió la mirada.

—No pretendía ofenderte —se apresuró a decir Cord, malinterpretando su reacción.

—Es que los matrimonios felices no existen.

—Dane Lassiter discreparía —reflexionó Cord—. Y tu amiga Kit.

Maggie se encogió de hombros.

—Tuvieron suerte.

—¿Y crees que tú no podrías tenerla?

Maggie se puso a rebuscar en su bolso.

—No quiero volverme a casar.

—Maggie —vaciló Cord—. ¿No quieres tener hijos algún día?

La pregunta la impulsó a mirarlo a los ojos. El dolor, la angustia, el tormento que Cord vio en ellos lo dejaron helado. Maggie abrió la puerta y salió. Él la siguió, decidido a averiguar a qué se debía aquella mirada, cuando Red Davis detuvo su camioneta a la misma altura que el deportivo de Cord.

—El sistema de irrigación funciona como un reloj, jefe —dijo con una sonrisa—. Y han prometido sustituir cualquier pieza que vuelva a fallar.

—Buen trabajo.

—Gracias. ¿Cómo estás, Maggie? —la saludó el capataz con una enorme sonrisa. A Cord le llamearon los ojos.

—No te pago para que coquetees con mi hermana de acogida —le espetó al joven, y no hablaba en broma.

Davis lo vio. Cortó en seco, se despidió con la mano y salió disparado de nuevo por la carretera del rancho.

La actitud de Cord dejó perpleja a Maggie. Se parecía mucho a los celos, pero era una suposición arriesgada. Haría falta un milagro para poner celoso a Cord.

Entró detrás de él en el salón, donde dejó el bolso, y lo siguió al comedor. Había cuatro servicios en la mesa, y un hombre de pelo canoso ocupaba uno de ellos mientras June servía la comida.

—¡Hola! —saludó la joven a Maggie—. Espero que te guste el chile con carne y el pan de maíz.

—Me encantan. ¿Y creo que también hay tarta de cerezas? —añadió en tono esperanzado. June sonrió y lanzó una mirada a Cord.

—He oído que hay una persona a la que la vuelve loca. Mi tarta de cerezas es famosa. Hasta puedes tomarla con helado de vainilla, si quieres. Casero —añadió.

Maggie sonrió.

—Creo que he muerto y he subido al Cielo.

IV

La cena resultó agradable. El padre de June, un vaquero veterano, era un hombre simpático y tenía un sinfín de anécdotas divertidas que contar. Una de ellas la protagonizaba un mustang al que había intentado domar en uno de sus primeros trabajos. El animal saltó la valla del corral con él aferrándose a duras penas a las riendas justo cuando la mujer del jefe se acercaba en su reluciente Cadillac descapotable. Momentos después, el caballo estaba sentado en el asiento de atrás. Maggie se desternillaba de risa.

—¿Qué hiciste? —preguntó.

—Me levanté del suelo y eché a correr como alma que lleva el diablo. Me subí a mi vieja camioneta y salí disparado sin ni siquiera pedir la paga de la semana —movió la cabeza—. Lo peor de todo fue que volví a ver al dueño hace unos años, cuando trabajaba en un rancho de las afueras de San Antonio. Resulta que por aquel entonces ya tenía problemas con su mujer, pero después del arrebato que le dio aquel día, se divorció de ella. Me dijo que todavía se reía de mí y de ese mustang cuando se acordaba.

—Te lo tenías merecido por haber salido huyendo —dijo June. Su padre rió entre dientes.

—Cierto. He huido de pocas cosas desde entonces. Pero tenía dieciocho años y era un vaquero novato. Un poco como Red Davis ahora.

Cord entornó los ojos.

—Davis es un fastidio. Si no fuera tan bueno con las máquinas y el inventario, ya sería historia.

—Bueno —rió Darren Travis—, también se le dan bastante bien los caballos. Y no olvides que convenció a ese periodista para que no hiciera un reportaje sobre tu trabajo en el FBI.

—Podría haberlo convencido yo mismo —replicó Cord con aspereza.

—Sí —dijo Travis, y carraspeó—. Pero Red lo hizo sin usar los puños.

—Útil o no, será mejor que se ande con cuidado.

Maggie saboreaba el chile con carne en silencio, escuchando el diálogo con regocijo pero sin hacer comentarios. Era consciente de que June la miraba con curiosidad, y a Cord también. Se preguntó qué podía estar llamándole la atención.

Cord podría habérselo dicho, pero no quería. Davis había prestado más atención de la cuenta a Maggie, y eso no le hacía gracia. Hasta aquel momento, Davis había sido uno de sus empleados favoritos.

—Cord me ha dicho que es usted viuda —dijo Travis de improviso, sonriendo a Maggie por encima de la cuchara llena de chile—. ¿Su marido no era Bart Evans, de Houston?

Maggie se puso rígida.

—Sí.

—Papá... —lo regañó June, tratando de evitar problemas. Su padre le restó importancia con un ademán.

—No estoy husmeando, pero lo conocía, por eso lo he mencionado. De cuando vivía con su segunda esposa —recordó, sin percatarse de la incomodidad que le estaba creando a Maggie—. Se llamaba Dana —dijo con una leve sonrisa—. Era dulce y bonita, incapaz de matar a una mosca —su rostro se endureció—. Evans tuvo la culpa de que la hospitalizaran.

Cord hizo una mueca de horror. Sabía que

Maggie se había quedado rígida. Miró a Travis con el ceño fruncido.

—¿Que hizo qué?

Travis parpadeó al ver la agitación que había causado en los demás comensales.

—¡Ay, lo siento! No pensé que...

—¿Por qué tuvo la culpa de que la hospitalizaran? —preguntó Cord, implacable.

Travis lanzó una mirada de disculpa a Maggie, que se había quedado pálida e inapetente.

—Le dio una paliza porque se le quemó el tocino —explicó—. No era la primera vez, pero fue cuando ella lo confesó. La obligué a que se lo dijera a la policía, y su marido fue detenido y acusado de malos tratos. Evans lo negó, por supuesto, y después pidió disculpas a Dana e intentó que volviera con él —añadió con enojo—. Pero yo no estaba dispuesto a consentirlo. Los hombres que maltratan a las mujeres no saben parar. La llevé a un buen abogado y la convencimos de que pidiera el divorcio. Ni siquiera quiso aceptar la compensación económica. Era tan buena persona... —dejó la cuchara en el plato con dolorosa lentitud—. Dos meses después, sufrió una apoplejía que le dejó medio cuerpo paralizado. Dijeron que podía ser efecto de las palizas, pero nadie pudo demostrarlo. Evans tenía un abogado excelente.

A Cord se le hizo un nudo en el estómago. ¿Cómo habría sido el matrimonio de Maggie con aquel hombre? Se la quedó mirando con enojo contenido. Ella nunca le había contado nada de todo aquello, y no había duda de que lo sabía.

—Lo siento —le dijo Maggie a Travis de forma inesperada—. Sé que todavía sigue en la residencia de ancianos.

La inspiración de Travis fue audible.

—¿Ah, sí?

Maggie asintió.

—Cuando mi marido... murió —estuvo a punto de atragantarse con la palabra—, hice que dividieran sus propiedades entre sus dos ex esposas. Había de sobra para mantener a Dana con desahogo durante el resto de su vida, incluso para contratar a los mejores especialistas en el tratamiento de la apoplejía. No sé si sabrá que ahora puede hablar, y que está recuperando otras funciones, como leer y escribir. No sé si se acordará de usted, pero le agradará recibir visitas. No tiene familia.

Cord estaba atónito.

—¿Vas a verla? —le preguntó.

—A menudo. Con lo que quedó después de repartir las propiedades de Bart, fundé un programa para esposas maltratadas que subvenciona su educación o el aprendizaje de un oficio.

—Madre del amor hermoso —dijo Travis, y miró a Maggie con afecto—. Es usted extraordinaria, señorita Barton. Extraordinaria.

—Pensé que era una manera de reparar lo que hizo. Quizá no fuera mala persona al comienzo de su vida. Tenía un problema con el alcohol que no quería reconocer —se encogió de hombros—. Después, se convirtió en un problema de drogas que tampoco quería reconocer. Era autodestructivo.

—Era un asesino en potencia —afirmó Cord con frialdad, sin saber cuánto se había acercado a la verdad. Maggie no lo miró; no podía correr el riesgo de revelar lo acertada que había sido su suposición.

—Lo era —corroboró Travis—. Dana me dijo que su primera esposa se quedó paralítica de una herida que sufrió en la cadera. Se marchó del estado para alejarse de él.

—La encontré en Florida —sonrió Maggie—. Estaba trabajando en un hogar de ancianos y entrenando a un equipo de béisbol de la tercera edad. No puede correr, pero sí batear —miró a Cord con timidez—. Está empleando su parte del dinero para fundar un campamento de béisbol para jubilados. Creo que tiene a un ex vicepresidente y a dos ex gobernadores en el mismo equipo.

Todos rieron, pero Cord veía a Maggie con

otros ojos. Era una faceta que nunca le había revelado; realizaba buenas obras sin que nadie lo supiera.

—Sufrió mucho, como la pobre Dana, y se merecía algo bueno en la vida —dijo Travis, mirando a Maggie con interés—. Pero usted no se quedó con nada. ¿Por qué?

Maggie elevó su taza de café con manos rígidas y tomó un sorbo.

—No quería nada de él.

—Entonces, también debe de tener malos recuerdos —dedujo Travis con los ojos entornados.

Maggie no contestó; tampoco lo miró, pero le temblaron los dedos al dejar la taza en el plato. Cord sintió un estallido en su interior. Arrojó la servilleta sobre la mesa, se puso en pie y tiró de Maggie.

—Ya tomarás después la tarta de cerezas. Quiero hablar contigo —y se despidió de June y de su padre con una leve inclinación de cabeza, antes de conducirla a su despacho. Cerró la puerta y la miró con enojo—. ¿Por qué siempre tengo que enterarme de todo por terceras personas? —inquirió—. ¿No pudiste decirme que esa rata te maltrataba? Habría fregado el suelo con él.

—¿Cuándo? ¿Cuando estabas en África? —le

espetó Maggie—. ¿En Oriente Medio? ¿En Centroamérica? ¿Y cómo habría podido localizarte? ¿Y por qué habrías querido escucharme? ¡Me odiabas!

Eran preguntas dolorosas. Los remordimientos lo habían impulsado a huir del país después del funeral de Amy; ni siquiera podía mirar a Maggie a los ojos cuando recordaba lo ocurrido entre ellos. Se dio la vuelta y hundió las manos en los bolsillos.

—Eb podría haberme localizado —dijo en tono sumiso.

—Puedo resolver mis problemas yo sola, Cord, tanto si lo crees como si no —se sentó en el brazo de un sillón de cuero—. Ya había puesto en marcha la petición de divorcio cuando Bart... se estrelló. Lo hice desde el hospital... —se interrumpió, pero fue demasiado tarde. Vio el fulgor de su mirada.

—¿Desde el hospital?

—Está bien, fui su tercera víctima, pero sólo en aquella ocasión —añadió con firmeza—. Y supo en cuanto lo hizo que se lo haría pagar. Se lo dije antes incluso de que llegara la ambulancia —Maggie tenía una expresión extraña, llena de odio e indignación—. Llamé a mi abogado y a la policía, en ese orden, y le dejé un recado a Eb —confesó, y bajó la mirada.

—¿Por qué a Eb y no a mí? —replicó Cord, irritado.

Porque Eb habría sabido cómo localizar a Cord, y Maggie deseó tenerlo a su lado en aquel momento, para poder compartir el dolor y la ira con él. Pero Eb tardó un tiempo en contestar a su llamada y, para entonces, ella ya había recobrado la sensatez. Se limitó a decirle que había sufrido un accidente y que no quería que se lo dijera a Cord porque carecía de importancia. Mintió más que habló, como estaba haciendo en aquellos momentos. Estaba harta de tantos embustes, pero no quería que Cord averiguara la verdad. No serviría de nada, salvo para herirlo.

—Bart tenía miedo de ti —recordó en voz baja—. Creo que fue por eso por lo que salió huyendo. Subió al coche y salió disparado en cuanto llegó la ambulancia. Había estado bebiendo. Se estrelló contra un poste de teléfono a ciento cuarenta kilómetros por hora. Murió al instante.

—Y no fue una gran pérdida —añadió Cord con aspereza—. En todo este tiempo, jamás has dicho una palabra —le reprochó, acercándose.

—El pasado, pasado está, Cord —repuso Maggie mientras recorría su semblante con la mirada como si lo acariciara—. Ya has sufrido bastantes tragedias tú solo, sin que tengas que cargar con mis problemas. No somos parientes.

Aquello dolía, dolía mucho. Estaba imaginando a Maggie de rodillas, apaleada por un borracho, lo bastante herida como para ingresar en el hospital y sin nadie que pudiera protegerla. Deseó con todas sus fuerzas poder retroceder en el tiempo y ser menos egoísta. Si se hubiera quedado en Houston, en lugar de salir corriendo para lamerse las heridas, Maggie no habría tenido que sufrir tanto. Le había fallado, y no era la primera vez.

—Has vivido un infierno —murmuró Cord con voz triste—. Y tengo la sensación de que no conozco de la misa la media —el rubor de Maggie le indicó que había acertado, y se preguntó qué otros sucesos terribles estaría escondiendo—. No te fías de mí lo bastante para confiarme tus secretos, ¿verdad?

—Ya tienes bastantes tú solo. Yo no cuento los míos —se puso en pie—. Quiero mi tarta de cerezas.

La agarró de la cintura justo cuando pasaba junto a él.

—Todavía no. Evans debió de tener un motivo para pegarte, por muy borracho que estuviera. ¿Cuál fue?

A Maggie se le desbocó el corazón. Recordó el rostro furioso de Bart cuando comprendió que Cord era el responsable de su situación. Estaba indignado, furioso, decidido a matarla. Bart la amenazó y le aseguró que jamás lo deshonraría. ¡Pensaba eliminar el problema! Y la golpeó una y otra vez, hasta que ella se precipitó por la barandilla de la escalera y cayó sobre una mesa de mármol. Maggie peleó, aunque no le sirvió de nada. Cuando chocó contra la mesa y la rompió, y sintió el intenso dolor en su vientre supo lo que Bart había hecho. Le gritó y lo amenazó, anunciándole lo que Cord le haría cuando se enterara. No estaba tan ebrio como para no recordar quién era Cord y cómo se ganaba la vida. Bart logró marcar el número de emergencias y esperó a que llegara la ambulancia antes de subirse a su lujoso coche y salir precipitadamente de la ciudad.

La huida acabó con él; pero Maggie tenía su propia pérdida que afrontar.

—Cualquiera diría que los recuerdos te estuvieran matando —comentó Cord, y la devolvió al presente. Se acercó más a ella—. Háblame. Cuéntame.

Lo miró con ojos tristes y movió la cabeza.

—Ya pasó.

Cord movió despacio los dedos por el costado de Maggie y observó su reacción.

—Te gusta que te toque —murmuró en voz baja—. No sé cómo no me he dado cuenta antes. Quizá no quisiera darme cuenta.

Maggie intentó apartarse, pero fue en vano.

—Muy pronto me iré al extranjero —le recordó, pero detestaba el jadeo de su voz—. No tendrás que volver a darte cuenta de nada.

—Me quedaré completamente solo —dijo él con solemnidad—. Y tú también.

—Siempre he estado sola —replicó Maggie con voz ronca—. Suéltame.

Cord atrapó las manos que le oprimían el pecho y las colocó en torno a su propio cuello. Maggie se estremeció e intentó apartarse, pero Cord la rodeó con los brazos y la mantuvo cautiva.

—No, no estás sola —dijo con suavidad—. Ya va siendo hora de que los dos aceptemos lo nuestro.

—¡Yo no quiero aceptar nada! —exclamó Maggie con pánico en la mirada—. ¡Sólo quiero que me sueltes!

Cord frunció el ceño, plenamente consciente de su erección y de que Maggie podía sentirla e intentaba apartar las caderas.

—Te doy miedo —susurró, conmocionado. Ella se mordió el labio inferior.

—A esta distancia, me da miedo cualquier

hombre y, sobre todo, tú —balbució con lágrimas en los ojos—. Por favor, suéltame.

Cord dejó que se apartara hasta una distancia decente, pero no la desasió del todo.

—Es imposible que la noche que estuvimos juntos te haya traumatizado tanto —dijo, pensando en voz alta—. Porque siempre has usado ropa que camuflaba tu figura. Te vistes como una anciana para meterte en la cama. Ni siquiera coqueteas... salvo aquella noche que salimos juntos a cenar y nos encontramos con Eb Scott, y tan sólo lo hiciste para irritarme.

—Nunca comprendí por qué me invitaste a salir. Acababas de regresar al país.

—Fue un impulso —dijo con suavidad. Alargó el brazo y acercó la mano a la mejilla de Maggie para acariciarla—. Quería saber si el matrimonio te había cambiado. Y así era, pero no como esperaba. Estabas aún más tensa y nerviosa que antes. Ahora entiendo por qué.

—No, no lo entiendes —dijo Maggie con brusquedad, mirándolo a los ojos.

Cord se inclinó hacia delante y acercó los labios a los párpados de ella, obligándola a cerrarlos. Maggie se estremeció un poco y, después, se relajó y se dejó abrazar. Cord le besó las cejas, deslizando la lengua con suavidad sobre ellas, las mejillas, la nariz, y de nuevo los ojos.

Era la caricia más tierna que Maggie había recibido en toda su vida. La dejó sumisa aun cuando no se le pasaba por la cabeza someterse.

Cord le acarició la espalda y enredó los dedos en su espesa melena.

–Me encanta el pelo largo –susurró junto a su sien–. Y lo sabes.

Ella cerró los dedos en torno a los cabellos cortos de Cord, que estaban frescos al tacto. La abrasaba un ansia insatisfecha que no había sentido desde hacía años, en concreto, desde la noche de la muerte de Amy, cuando Cord empezó a tocarla y ella vibró de placer.

El recuerdo la hizo vacilar y volvió a ponerse rígida. Él alzó la cabeza para contemplar su mirada asustada.

–Estaba bebido –dijo con mucha suavidad, como si le hubiera leído el pensamiento–. Ningún hombre debería tocar jamás a una mujer en ese estado. No fui violento contigo, pero te hice daño de todas formas, porque estaba fuera de control.

Maggie lo miraba con ojos muy abiertos, inseguros y curiosos.

–No lo entiendes –murmuró Cord–. El hombre debe controlar su deseo el tiempo necesario para excitar a su compañera –dijo con suavidad–. Las mujeres tardan más tiempo en encenderse, sobre todo, cuando es su primera vez.

Maggie se sonrojó un poco, pero no bajó la mirada.

–Tu cuerpo no me rechazó, pero estabas tensa y avergonzada y yo fui demasiado deprisa –dijo con el ceño fruncido–. Recuerdo haber pensado lo extraño que me resultaba que tu cuerpo no me pareciera virginal pero tus reacciones, sí.

Maggie cerró los ojos y aborreció su pasado. Ignoraba que un hombre pudiera adivinar esas cosas. Cord, por su parte, la miraba con creciente sospecha. Una mujer de la que hubieran abusado sexualmente de niña... Le levantó la barbilla y clavó su mirada candente en los labios de Maggie.

–Debí hacer esto hace años –murmuró mientras se inclinaba–. Te besé aquella noche, pero nuestras bocas apenas se rozaron. Esta vez –susurró con voz ronca–, voy a hacer mucho más...

Maggie esperó, casi sin aliento, a que Cord cambiara de idea de improviso, a que se oyera un portazo o a que cualquier incidente disipara la nebulosa de sensualidad en la que la había envuelto con sus caricias.

No pasó nada, y Cord unió su boca firme a los labios entreabiertos de Maggie. Fue como ninguna otra vez. Sintió la textura de los labios de Cord mientras los deslizaba despacio sobre los de ella, saboreando, atormentando. Era como si estuviera haciendo un esbozo de su boca con un delicado pincel de arena. Maggie se quedó muy quieta mientras él la seducía con caricias hábiles y pausadas.

Maggie sintió el roce del pulgar de Cord en la comisura de los labios, palpando su suavidad mientras la besaba, disfrutando de su textura, de su lenta reacción. Le mordisqueó el labio inferior y sonrió cuando ella se acercó a él por primera vez.

—Eso es —susurró. Los labios de Cord se abrieron paso entre los de ella y vaciló entre pequeños jadeos—. Ábrelos, pequeña —susurró—. Ábrelos y déjame entrar...

Las palabras, desconocidas, graves y sensuales, provocaron en ella una reacción inesperada. Sintió una oleada de calor por todo el cuerpo, y la bajada de todas sus defensas. Arqueó la espalda para acercarse a él y abrió los labios.

Maggie sintió cómo él la apretaba contra sus caderas; notó la erección de Cord, pero no protestó. Resultaba embriagador sentir su deseo, saborear el calor y el poder de su boca mientras él exploraba la de ella en profundidad. Ni siquiera al comienzo de aquella noche terrible habían compartido aquellas caricias lentas y seductoras que le hacían desear sentir las manos de Cord en su piel desnuda. La intensidad de su propio anhelo la asombraba. Nunca había conocido el deseo, salvo por pequeños y contados momentos con Cord. Aquello era una incursión en el mundo de los sentidos, un lento banquete de sabores y roces.

Ni siquiera se había dado cuenta de que tenía los dedos en el borde de la camisa de Cord, ni de que él se la estaba levantando para incitarla a deslizar los dedos por debajo. Maggie corrió a acariciarle el pecho; Cord profirió una exclamación cuando ella enterró los dedos en su vello y se apartó, insegura.

Cord tenía el rostro contraído, los pómulos sonrojados, los labios henchidos tras el contacto largo e íntimo con los de ella.

—Me gusta —le dijo a Maggie con voz ronca—. Espera —se sacó la camisa por encima de la cabeza y la soltó. Ni siquiera se molestó en mirar dónde aterrizaba antes de volver a colocar las manos de Maggie sobre su cuerpo y guiarlas por su piel. Cord vibraba, se estremecía, con aquel juego amoroso casi inocente—. No tengas miedo —susurró cuando volvió a inclinarse hacia su boca–. Me cortaría el brazo antes de volver a hacerte daño.

Maggie percibía aquella verdad en la ternura de sus caricias, en el roce exquisito de sus labios sobre los de ella. Cedió a las sensaciones negándose a pensar en el pasado o en el futuro. Aunque fuera lo único que llegara a disfrutar, disfrutaría de aquello. Se puso de puntillas y unió sus caderas a las de él. Cord gimió con aspereza y se inclinó para levantarla en brazos.

La condujo al diván y la depositó con cuidado sobre él. Se tumbó a su lado y, con los labios debajo de la camiseta de Maggie, fue desabrochando botones y cierres. Ella notó cómo se estremecía levemente al deslizar los labios sobre la piel suave de su pecho. Pero justo cuando retiraba el sujetador, Maggie experimentó una punzada de miedo y retuvo la prenda sobre su pecho.

Cord no estaba enfadado; se limitó a sonreír. Volvió a inclinarse, abrió los labios y los deslizó sobre la suave piel que sobresalía por encima del borde del sujetador. Ella contuvo el aliento cuando sintió su lengua allí.

Había algo que ella debía hacer; no lograba recordar lo que era. Los labios de Cord siguieron invadiendo su pecho y ella arqueó la espalda y apartó la tela. ¡Era una sensación tan deliciosa...! Quería que cubriera con su boca la minúscula punta dura que ansiaba la caricia. Quería que la besara...

Oyó la risa de Cord junto a su pecho. Maggie no se había dado cuenta de que había hablado en voz alta, ni que su repentina debilidad acrecentaba la fuerza y virilidad de Cord.

—Haces que me sienta como un gigante —susurró junto a su piel. Deslizó la mano por sus costillas, notando el movimiento ondulatorio de su cuerpo. Ella gimió de pura frustración, fuera de sí en su único propósito de perseguir placer. Con su pasado, resultaba impensable.

Cord alzó la cabeza y la miró a los ojos.

—¿Quieres que te acaricie con la lengua? —susurró con sensualidad.

—¡Sí! —gimió ella, olvidándose del orgullo y del bochorno, mientras se retorcía de anhelo—. Cord, por favor...

—Haría cualquier cosa por ti —susurró él con voz ronca—. ¡Cualquier cosa!

Se inclinó sobre ella y le quitó el sujetador de las manos para arrojarlo al suelo junto a la camiseta y al chaleco. Cord tenía el rostro tenso de placer, de ansia. Acarició su seno firme y bonito con su pequeña corona rosada como si lo fascinara. Después, se inclinó con un leve gemido y lo cubrió con ternura con los labios.

Oyó el gemido impotente de placer de Maggie cuando empezó a lamerla, moviendo la lengua con fuerza sobre el pezón, y la presión áspera le arrancó una pequeña exclamación gutural de sorpresa. Ella elevaba el cuerpo hacia él para retenerlo, para tentarlo.

—¿Te gusta? —preguntó Cord con voz ronca.

—Sí... Sí... —apretó los labios contra la garganta de Cord para saborear su piel en candente silencio—. Por favor... No pares...

—No sé si podría —rió con aspereza, y volvió a inclinarse sobre ella.

Cuando por fin volvió a unir su boca a la de Maggie, ella lo recibió con avidez, atrayéndolo con los brazos. Cord estaba perdido. Se movía con brusquedad entre las piernas envueltas en vaqueros de Maggie, dominado por el deseo. Ella se estremecía, gemía y se aferraba a él mientras la besaba. Sólo un poco más, sólo un poco más...

Notó el cuerpo de Maggie moviéndose contra el suyo y comprendió casi demasiado tarde lo que ocurría. Gimió y se apartó de ella con brusquedad. Se sentó en el diván y se inclinó hacia adelante, con la cabeza entre las manos. Se estremecía una y otra vez con fiero dolor.

Maggie se incorporó también, y sus senos desnudos le rozaron la espalda.

—Cord —susurró, aturdida.

—¡No me toques! —estalló Cord, y la apartó justo a tiempo. Se puso en pie a duras penas, todavía temblando, se dirigió al mueble bar situado detrás del escritorio y se sirvió un whisky con manos trémulas.

Maggie se estaba vistiendo a toda prisa, horrorizada y asqueada de su propio comportamiento. Oía las voces de su pasado, acusaciones, susurros, exclamaciones de desagrado. Era igual que una cualquiera; les había oído decirlo, susurrarlo. ¡Y a su edad!

Se puso en pie con los ojos muy abiertos, temblando. Corrió hacia la puerta y salió mientras Cord seguía intentando sobreponerse.

Se había dejado el bolso, pero no importaba, no pensaba volver por él. Salió por la puerta y se sentó en el porche, rezando para que nadie hubiese visto ni oído lo ocurrido en el despacho de Cord. ¿Cómo podría volver a mirarlo a la cara? Deseaba morir.

En aquel momento, la puerta principal se abrió y Cord salió al porche. Se detuvo al verla sentada en el balancín, abrazándose con fuerza. Ella contempló sus piernas largas y poderosas, y las lustrosas botas de cuero negro. No alzó la vista; no podía. Estaba demasiado avergonzada. Cord ya tenía un buen motivo para odiarla.

V

Pero el desagrado que Maggie había esperado oír no llegó. Cord se sentó a su lado y le pasó un brazo por detrás, sobre el respaldo del balancín. Se la quedó mirando hasta que ella elevó su rostro avergonzado y lo observó. No parecía enfadado ni asqueado, sino silencioso, curioso. Amable.

—Tenemos que charlar largo y tendido sobre los peligros de unas caricias intensas —dijo con una leve sonrisa. Ella se ruborizó hasta las orejas y volvió a bajar la vista—. Maggie, no has cometido ningún pecado capital —dijo con suavidad—. ¿Te importaría dejar de mirarme con esa cara de perrito apaleado?

Maggie no reparó en las lágrimas que le caían

por las mejillas hasta que no oyó la exclamación de sorpresa de Cord y sintió sus brazos rodeándola y trasladándola a su regazo. La sostuvo con suavidad, acariciándole el pelo, hasta que los sollozos remitieron.

—No tengo pañuelo —comentó Cord con pesar, y utilizó los dedos para desprender las últimas lágrimas de las pestañas de Maggie.

—Yo tampoco —Maggie hurgó en su bolsillo y encontró una toallita de papel que se había guardado después de usarla para secarse las manos. ¡Qué previsora!, pensó con desconsuelo mientras se sonaba la nariz.

Cord puso el balancín en movimiento sin dejar de abrazarla y movió la cabeza mientras contemplaba el ganado de pelo rojizo que pastaba en sus praderas.

—No sé cómo pude pensar que tenías experiencia —declaró.

—¡Mi vida privada no es de tu incumbencia!

—Entonces, ¿por qué dejaste que te quitara el sujetador? —le preguntó Cord en tono razonable.

Maggie le golpeó el pecho con su pequeño puño. Cord lo atrapó, riendo, y lo abrió para retener la mano de Maggie sobre su camisa. Se estiró y suspiró, con el semblante más relajado que ella le había visto nunca.

—Tengo que volver a la ciudad —dijo Maggie con voz tensa.

—Todavía no has tomado el postre. Disfrutarás de la tarta de cerezas y el helado de vainilla casero cuando tus ojos recuperen la normalidad.

Sabía a qué se refería; debían de estar hinchados y enrojecidos, como siempre que lloraba.

Cord se estaba haciendo una imagen de Maggie que no se parecía en nada a la mujer que creía conocer. Había algo sexual en su pasado, un recuerdo desagradable y remoto, quizá de su infancia. Si había vivido dos años con un padrastro, sólo Dios sabía lo que habría sufrido.

—¿Todavía montas a caballo? —preguntó Cord con voz pausada.

—Hace años que no.

Cord deslizó los dedos por las uñas largas y rosadas de Maggie.

—Has suavizado tus gustos, ¿no? —murmuró en tono distraído—. Siempre te pintabas las uñas de rojo.

—El rosa dura más —contestó.

—Podrías volver mañana —prosiguió Cord—. Daremos un paseo a caballo.

Maggie se preguntó si no le convendría más escapar al tercer mundo con una ONG. Resultaba más fácil estar con Cord cuando la odiaba. De pronto, debía elegir entre volver a huir o entablar una relación sexual con él. No estaba preparada para eso, quizá nunca lo estaría.

Cord se percató de su silencio y de su expresión preocupada. La obligó a mirarlo.

—No voy a seducirte —le dijo—. Te lo prometo.

A Maggie le tembló el labio, y bajó la vista al cuello de la camisa de Cord. Él la estrechó entre sus brazos y apoyó la mejilla en el pelo suave de su sien mientras seguían meciéndose en el balancín, al compás del ruido metálico de las cadenas. El ganado mugía a lo lejos, y oyó ladrar a unos perros... seguramente, los de su vecino más próximo; ladraban por cualquier cosa. El sonido resultaba extrañamente reconfortante al atardecer. También se oía el canto de los grillos y los pájaros, y la fragancia de la madreselva y del jazmín impregnaba el aire húmedo de la noche.

—Tienes luciérnagas por todas partes —murmuró Maggie, observando cómo lanzaban destellos verdes mientras revoloteaban entre las flores y los árboles cercanos al porche.

—Solías cazarlas y meterlas en frascos con agujeros en la tapa.

—Y Amy me obligaba a liberarlas —rió Maggie con suavidad–. No soportaba ver a nadie en cautividad, ni siquiera un insecto. Pero eran bonitas.

–Son más bonitas cuando vuelan –la regañó Cord.

Maggie cerró los dedos en torno a la tela suave de su camisa. Era incapaz de resistirse cuando la abrazaba. Lo lamentaría, se dijo, pero lo único que lograba sentir era pura felicidad.

–Podríamos dar un paseo a caballo mañana –repitió Cord. Ella vaciló.

–Tengo muchos papeles que revisar –dijo por fin–. Pero gracias de todos modos.

Cord alzó la cabeza y la miró a los ojos.

–Vas a dar un enorme paso atrás y rehusar cualquier invitación que te haga de ahora en adelante –adivinó con precisión–. Después, abandonarás el país lo antes posible para no sufrir otro lapsus de autodominio conmigo. ¿Lo he resumido bien?

–Sí –confesó ella, porque a aquellas alturas era absurdo mentir. Cord le acarició el pequeño lóbulo de la oreja.

–Huir no es la respuesta.

–No pienso ser tu amante –replicó Maggie con aspereza–. Por si acaso se te había pasado por la cabeza.

–No, no se me había ocurrido –dijo Cord

con idéntica sinceridad. La miraba con rostro solemne–. Nunca debí tocarte estando borracho. Me descompongo cuando pienso en el daño que te hice aquella noche.

Maggie enarcó las cejas. No esperaba lamentaciones, y menos de él. Cord nunca se había comportado como si se arrepintiera; de hecho, la había culpado a ella por el sórdido incidente.

–Sí, lo sé, te eché la culpa –dijo al ver su expresión–. Me detestaba a mí mismo. Ni siquiera me atrevía a pensar en lo que había hecho, y menos a alguien que siempre me había dado afecto y consuelo.

–No lo habías dicho nunca.

–¿Cómo iba a hacerlo? –se encogió de hombros–. El orgullo es el principal obstáculo para una disculpa, y tenía a manos llenas. Fue duro ser un niño español en una ciudad norteamericana. Al principio, no encajaba en ningún lado.

–No lo recuerdo así.

–Tú ni siquiera te diste cuenta de que era extranjero –replicó Cord–. Te erigiste en mi protectora el primer día que estuvimos juntos. Dominabas el español incluso a los ocho años; nunca me dijiste dónde lo habías aprendido.

–Me enseñó mi madre –dijo Maggie–. Su

madre era de Sonora, México. Y su abuela luchó con los rebeldes de Pancho Villa durante la revolución mexicana. Mamá tenía una fotografía de su abuela envuelta en cintos de munición y sosteniendo una carabina.

–Uno de los tíos abuelos de mi padre luchó con Villa –dijo Cord, gratamente sorprendido–. Su hijo todavía cría toros de lidia. Vive en el norte de Málaga, en Andalucía. Es tío abuelo mío.

–Nunca imaginé lo difícil que debió ser para ti vivir aquí al principio –reflexionó Maggie.

–Lamentaba no haber muerto con mis padres en ese incendio –recordó Cord–. No tenía a nadie en España que pudiera hacerse responsable de mí y, como mi madre era ciudadana norteamericana, no podían deportarme. Acabé donde tú, en el centro de acogida de menores. Estaba sumido en el dolor y la ira por mi destino, odiaba a Dios y a todo el mundo –la miró a los ojos con atención–. Entonces Amy me llevó a su casa y allí estaba una silenciosa niña con modales de muchacho que me hablaba en un español hermosísimo cuando me negaba a contestar en inglés –sonrió–. Hacías que me sintiera en casa, dondequiera que estuvieras. Cuando me metí en líos de drogas, permaneciste sentada a mi lado, sosteniéndome la mano y prometiéndome que todo saldría bien. Se reían de mí por eso. Un tipo alto y fuerte como yo a los dieciocho recibiendo consuelo de una nena de diez años.

—Era madura para mi edad.

—Y sigues siéndolo —le dio la mano y le apretó los dedos con fuerza—. Tú y yo tenemos un vínculo común. Siempre lo he sabido, aunque me molestara e intentara fingir que no existía —la miró a los ojos—. Ya no puedo seguir fingiendo. Después de lo que acaba de ocurrir entre nosotros.

Maggie se desasió y se puso en pie de golpe, respirando con dificultad.

—Por favor, no quiero... No puedo hacer eso.

Cord se colocó frente a ella. El ocaso era espectacular, un estallido de tonos rojos, dorados y anaranjados, pero Maggie no lo estaba mirando.

—No voy a pedirte nada —le dijo Cord con suavidad—. Sé que tienes miedo, y no voy a acorralarte. Podemos ser amigos, si eso es lo único que quieres. Antes, fui sincero contigo —dijo con voz grave, ronca; sus ojos oscuros casi resplandecían de emoción—. Te daría lo que tú quisieras, Maggie. Cualquier cosa.

Maggie se estremeció, al igual que la primera vez que se lo había oído decir. Incluso en aquellos momentos, Cord hablaba con una ternura infinita. Pero era demasiado pronto. Se volvió hacia la puerta principal.

—Quiero mi trozo de tarta.

—Un segundo —la acercó a la luz de la ventana y le miró los ojos. Sonrió y le tocó los labios con suavidad—. Estás bien. No querría que los Travis pensaran que te he hecho llorar, aunque haya sido así.

—Cuando me empujaste, pensé que te desagradaba mi comportamiento —balbució Maggie—. Me sentí... sucia.

Cord cerró los ojos y maldijo en silencio.

—¡Jamás! —exclamó con aspereza, y la miró lleno de pesar—. Sólo intentaba ahorrarte otra experiencia traumática —le dijo con sinceridad—. Es demasiado pronto para esa clase de intimidad, y no sólo para ti, para mí también. Somos personas distintas. Me quedé de piedra al enterarme de los malos tratos de tu marido y me avergoncé de la manera en que me había comportado contigo. La situación se me fue de las manos —se encogió de hombros—. Te besé y no pude parar —sus ojos se oscurecieron y bajó la mirada, como si le diera vergüenza reconocerlo—. Te aparté antes de poder cometer otro error estúpido que no pudiera deshacer.

—Ah —dijo Maggie, sorprendida—. ¿Fue por eso?

—Fue por eso, Maggie —la miró a los ojos—. ¿Creías que me desagradabas? Qué risa. Creí morirme cuando te solté. Nunca... —se interrumpió y le dio la espalda.

—¿Nunca? —lo apremió poniéndole una mano en el brazo. Cord levantó la cabeza, pero no la miró.

—Nunca había deseado tanto a una mujer.

Maggie lo soltó, pero sus palabras resonaron en su cabeza. No era desagrado, sino deseo lo que Cord sentía. Deseo incontenible. Ella también había sucumbido a él.

Fueron educados y cordiales el uno con el otro mientras tomaban la tarta y el café, pero los dos se habían encerrado en sí mismos. Eludieron tocar cualquier tema personal. Sonrieron, charlaron y después, Cord llevó a Maggie de regreso a su hotel. A pesar de las protestas de ella, la acompañó hasta su habitación.

—Es demasiado tarde para que vagues sola por los pasillos de un hotel —le dijo cuando se detuvieron ante su puerta—. Puede que llegue con varios años de retraso, pero voy a cuidar mejor de ti.

Ella le lanzó una mirada curiosa.

—No te molestes —le dijo—. Sólo me quedaré en Houston hasta que encuentre el trabajo que busco.

—Y después, ¿adiós para siempre? —preguntó Cord con semblante severo. Maggie no podía mirarlo y decir que sí.

—Cuanto más lejos estemos el uno del otro, mejor. Mi presencia sólo serviría para envenenarte la vida. Ninguno de los dos está pensando en algo permanente, y a mí ni siquiera se me pasa por la cabeza entablar una relación pasajera. No estoy hecha para aventuras fugaces y apasionadas.

—Será una broma —rió Cord—. Tú, teniendo una aventura con alguien, ni siquiera si ese alguien soy yo.

Ella lo miró a los ojos, curiosa, con la tarjeta magnética insertada en la ranura de su puerta.

—¿Por qué?

—Tienes más inhibiciones de las que te imaginas —dijo con suavidad. Movió la cabeza—. Necesitarás un hombre paciente para superarlas todas.

—Una cualidad que nadie te achacaría jamás —replicó con dulzura. Cord frunció los labios.

—No sé... Pensé que lo estaba haciendo bastante bien hace un rato.

Maggie captó el sentido de sus palabras y le

lanzó una mirada furibunda. Cord sonreía de oreja a oreja, el maldito. Por primera vez desde que ella tenía uso de razón, la miró de arriba abajo con patente sensualidad.

—Tienes un cuerpo precioso —le dijo—. Eres esbelta, pero tus senos son perfectos...

—¡Deja de hablar de mis senos! —exclamó, y cruzó los brazos para protegerse.

—Es mejor que hacer lo que estoy pensando —repuso sin dejar de mirarlos con los labios fruncidos. Maggie sintió un calor fulminante como un rayo y se ruborizó—. Ya veo que sabes de qué estoy hablando —añadió Cord.

—¡Eso no es cierto!

Cord bajó la mirada a sus labios.

—Me encantaría darte un beso de buenas noches, Maggie —dijo en un tono de voz que le produjo un hormigueo en los dedos de los pies—. Pero dudo que saliera de tu cuarto si lo hiciera.

Maggie no lograba idear una respuesta ingeniosa. Cord la desarmaba cuando le hablaba en aquel tono sedoso y suave, y él lo sabía. La miró a los ojos, y la sonrisa se extinguió.

—No te abordaré por sorpresa ni te presionaré. Pero te deseo.

—Ya te he dicho...

—Y es recíproco. Podrás hacerme tuyo cuando quieras —prosiguió, como si ella no hubiese hablado. Tenía una mirada implacable, sensual—. Donde quieras: en la cama, en el suelo, contra una pared, no me importa. Pero la decisión será tuya y el cómo también. A partir de ahora, ni siquiera te tocaré a no ser que tú me lo pidas —añadió en voz baja.

—No... No te entiendo —tartamudeó. Él alargó el brazo y le acarició la mejilla.

—He trabajado muchos años como defensor de la ley. Reconozco a una niña violada cuando la veo —dijo con brusquedad—. Aunque haya tardado años en darme cuenta.

Maggie retrocedió.

—No hagas eso —dijo Cord con aspereza—. No es nada de lo que debas avergonzarte. No es culpa tuya.

Las lágrimas le anegaron los ojos. Se estaba mareando. El pasillo empezó a dar vueltas al tiempo que los terribles recuerdos se agolpaban en su mente, atenazándola, aterrorizándola.

—Cord —susurró, y se desmayó a sus pies.

Cuando volvió en sí, yacía en la cama, sobre la colcha. Cord estaba sentado junto a ella, acercándole un vaso de agua a los labios. Estaba pálido a pesar de su tez cetrina.

Maggie alcanzó a tomar un sorbo y se atragantó. Cord dejó el vaso en la mesilla y la ayudó a incorporarse. Le acariciaba el pelo mientras ella luchaba por recuperar el aliento y la cordura.

—Lo siento —dijo Cord—. Debí mantener la boca cerrada.

Maggie tragó saliva; Cord no imaginaba la clase de recuerdos que había resucitado. No eran tan sencillos ni directos como su suposición daba entender. Era normal, las personas hacían conjeturas sin concebir la depravación en la que algunos hombres podían caer en su búsqueda de la buena vida, del dinero rápido.

—No es nada, Cord —dijo con voz débil—. Ha sido una semana muy dura. El *jet lag* me ha afectado con retraso.

Cord la miraba con preocupación; no se lo tragaba.

—¿Por qué no vuelves al rancho conmigo?

—No lo entiendes —le dijo Maggie, moviendo la cabeza—. Todo ocurrió hace mucho tiempo. Ya lo he superado, de verdad.

—Claro que lo has superado, cielo. Por eso te has desmayado.

Parpadeó al oír aquel apelativo cariñoso. Conocía a Cord desde hacía dieciocho años, y a ella nunca le había dirigido ninguno. Lo oyó reír con suavidad.

—¿He descubierto un punto flaco? Tendré que explotarlo.

—No funcionará dos veces seguidas —repuso con firmeza.

—Claro. Cariño —susurró. Maggie se sonrojó y vio cómo a él le brillaba la mirada de puro deleite—. Ya se me ocurrirán otros antes de que nos volvamos a ver. El miércoles o el jueves estaré libre. Puedes escoger la película y el restaurante.

—¿Cord...?

—No voy a tocarte —repitió—. Cena y película, nada más.

—No me atormentes, Cord.

Cord vaciló; daba la impresión de estar atormentada. Tomó una de sus manos y le dio un apretón cariñoso.

—Tienes todo el derecho del mundo a sentirte como te sientes; no te lo reprocho. Pero no me eches por completo de tu vida, Maggie. Hasta podría conformarme con la amistad, si eso es lo único que puedes ofrecerme.

El comentario era sorprendente. Y poco fiable, porque Maggie había percibido su anhelo. Qué ironía que ella lo amara pero no pudiera imaginarse haciéndole el amor, y que él la deseara sin amarla.

—Podríamos volver a ser hermanos de acogida —le dijo.

—¿Como cuando éramos pequeños? —preguntó Cord, sin sonreír. Ella asintió—. Si eso es lo que quieres, de acuerdo —la soltó y se puso en pie—. Pero piénsalo bien, Maggie. Hay muchas mujeres en el mundo, y a algunas de ellas no les parecería un sacrificio ser mi amante.

El comentario la hirió, como era de esperar. Tomó el vaso de agua y bebió. No dijo nada. Sabía que Cord le estaba dando un ultimátum, pero no pensaba aceptarlo.

—¿No dices nada? —la apremió. Aguardaba con visible impaciencia, mirándola con enojo. La ansiaba sólo con mirarla, y Maggie le estaba cerrando la puerta cuando ni siquiera había metido la llave en la cerradura.

—No te preocupes, te he entendido. Me darás la espalda si no estoy dispuesta a acostarme contigo. Hay mujeres haciendo cola, esperando —sonrió—. Qué afortunado.

—Ha sido un golpe bajo —reconoció con la mandíbula apretada.

—Buenas noches, Cord.

Cord salió al pasillo, pero se dio la vuelta casi al instante. Maggie se había desmayado por culpa de la referencia que había hecho a su pasado. Tenía miedos ocultos. Y allí estaba él, presionándola, cuando había prometido no hacerlo. Era su frustración la que hablaba, no su

corazón. La miró atenazado por los remordimientos.

—Soy un mentiroso; hago promesas que no
cumplo —se encogió de hombros—. Yo tampoco
querría salir conmigo después de lo mal que
me he portado esta noche. Pero cierra la puerta
con llave, ¿de acuerdo?

—De acuerdo —dijo Maggie, y se levantó
para hacer lo que le pedía. Cord se encogió de
hombros y echó a andar por el pasillo con las
manos en los bolsillos.

Maggie contempló cómo se alejaba. Cuando llegó al ascensor, entró y, justo cuando se
disponía a pulsar el botón, la sorprendió observándolo. Vaciló e hizo un pequeño ademán,
como si quisiera salir del ascensor y volver con
ella. La idea la asustaba; no estaba preparada
para eso. No podría soportar otro abrazo apasionado aquella noche después de todo lo que
Cord había dicho.

Retrocedió al interior de su cuarto y cerró
la puerta con fuerza antes de recostarse en ella
con el corazón desbocado.

VI

Maggie durmió poco durante el fin de semana y se presentó el lunes en la oficina con ojos somnolientos. Al ducharse se había vuelto a avergonzar al descubrir en el espejo una señal roja en el pecho, donde Cord la había acariciado. Había otras señales suaves, todas ellas testimonio del tórrido episodio.

Nadie podía ver las señales, por supuesto, pero los recuerdos bastaban para quitarle el sueño. Tras años de fantasías estériles, la realidad era una sorpresa tan grande que apenas podía digerirla.

Cord era un amante maravilloso. Maggie había descubierto lo que se había estado perdiendo y lo que perdería si aceptaba un trabajo en el extranjero.

Pero ¿de qué serviría quedarse allí? No podía esperar nada de él, a pesar de su cambio de actitud. Cord no quería casarse, y ella sí. Le había mentido para proteger su orgullo, pero le habría encantado casarse con él, darle hijos. «Hijos». El dolor la traspasó como un cuchillo. Terminó de vestirse y se negó a seguir pensando en él.

Tenía entrevistas con dos clientes y, por fortuna, fue lo bastante astuta para convencerlos de que estaba concentrada en su trabajo. A mediodía, Kit la invitó a almorzar; llevaba una cámara fotográfica consigo.

—¿Para qué es eso? —le preguntó.

—Vamos a almorzar en el restaurante contiguo a la agencia en la que trabaja el tipo al que investigamos —le explicó con una sonrisa—. Espero verlo con alguien, cualquiera, a quien podamos fotografiar. Todavía no sabemos muy bien qué contactos tiene.

—¡Buena idea! ¿Sabe tu marido lo que tramas? —se apresuró a añadir.

—No —dijo Kit, y frunció el ceño—. Y ni se te ocurra contárselo. Logan no me entiende, pero éste es mi trabajo. Ojos que no ven, corazón que no siente.

Almorzaron en un restaurante con parrilla

dos puertas más allá de una oficina de empleo de fachada lujosa.

—¿Estás segura de que es ése el local? —preguntó Maggie entre dientes cuando pasaron delante—. ¡Es muy elegante!

—Pues claro, ésa es su tapadera. Y no sólo en Texas, también tienen agencias en Florida y en Nueva York —le explicó Kit—. Pero Lassiter dice que las demás son legítimas, una fachada para ésta, JobFair, que trata con la multinacional controlada por Gruber que comercia con niños robados.

—Vivimos en un mundo siniestro.

Pidieron la comida y tomaron café mientras esperaban.

—¡Mira, ahí están! —gimió Kit con la mirada clavada en el escaparate—. Se irán antes de que pueda sacar la cámara.

—De eso nada. Sígueme con la cámara, corre —Maggie se levantó, sorteó las mesas y salió a paso rápido a la calle. Dos hombres, uno de corta estatura y medio calvo, el otro alto, moreno y de rostro severo, hablaban en la acera en un idioma que parecía español.

—¡Jake! —exclamó Maggie, y avanzó deprisa hacia el hombre más alto con una enorme sonrisa—. ¡Cuánto me alegro de verte! Me parecía que eras tú... —dejó la frase en el aire deliberadamente y fingió avergonzarse—. Vaya, lo siento. Lo he confundido con un compañero de trabajo. Perdone.

Se dio la vuelta y se alejó deprisa, rezando para que Kit hubiese obrado con rapidez. Volvió a entrar en el restaurante conteniendo el impulso de volver la cabeza y contemplar la reacción de los hombres.

Kit sonreía de oreja a oreja cuando regresaron a la mesa.

—¡He conseguido la foto! ¡Qué astuta! —exclamó—. Hoy invito yo.

—Ha sido emocionante —dijo Maggie, casi sin aliento—. Puede que haya nacido para detective. ¿Sabes quiénes eran?

—El más bajito es el hombre al que investigamos; se llama Álvaro Adams. Pero creo que el alto es el socio con el que intentamos relacionarlo, el que se ocupa de la trata de niños africanos, Raúl Gruber. Trabaja principalmente desde Madrid, pero tiene contactos en JobFair y creemos que Adams y él son socios de la multinacional. Da miedo pensarlo. Nosotros pasamos toda la información que reunimos a las agencias del gobierno.

—Espero que puedan neutralizar el negocio.

—Nosotros también.

—¿Se fijaron mucho en mí cuando me di la

vuelta? —preguntó Maggie, porque el hombre alto le resultaba vagamente familiar.

—Gruber no dejó de mirarte —Kit confirmó sus peores sospechas—. Como si te hubiese reconocido. ¿No es de locos?

A Maggie le dio un vuelco el corazón. ¿No se trataba del hombre que había intentado matar a Cord? Debía confirmarlo. Pero no le dijo nada a Kit; no quería que la mujer de su jefe se apesadumbrara, porque la idea de hacerse la encontradiza había sido de ella. Pero no lograba lamentarlo. Tenía la sensación de estar haciendo algo importante, algo que merecía la pena. Además, había saboreado la emoción del riesgo.

¡No le extrañaba que Cord no pudiera dejar su trabajo!

Pasó el resto de la jornada como en una nebulosa, convencida de que no quería dedicarse el resto de su vida a recomendar inversiones bursátiles. ¿Y si el señor Lassiter necesitara otra empleada?

Pero su acción insensata la preocupaba. Empezaba a comprender lo peligroso que podía llegar a ser Gruber. Si sabía quién era ella y sospechaba que lo estaba espiando, corría un grave peligro. Así que cuando regresó a su hotel, telefoneó al rancho. Cord no estaba, pero dejó recado de que la llamara y se dirigió a su pequeño salón en camiseta y pantalones cortos, descalza, para anotar las últimas cifras bancarias en el portátil.

Pasaron dos horas en un abrir y cerrar de ojos. El timbre insistente de la puerta la sobresaltó. Echó un vistazo por la mirilla y vio a Cord, vestido con vaqueros y botas de diseño, camisa azul, lazo y sombrero de ala ancha. Sorprendida, porque sólo le había pedido que le telefoneara, le abrió. Cord la miró de arriba abajo con admiración antes de entrar y cerrar la puerta tras él.

—Quería decirte... —empezó a decir Maggie. Cord se inclinó, la levantó en brazos y la besó con anhelo.

Maggie se olvidó de lo que iba a decir. Dejó que la besara, embrujada por el roce suave de sus labios. No la apremiaba ni se mostraba insistente. La besaba despacio, con delicadeza y suave sensualidad. Maggie se derritió.

Cord alzó la cabeza y la miró a los ojos con una ceja enarcada.

—¿Sí? ¿Qué querías decirme?

Maggie no podía respirar y, mucho menos, pensar.

—Llevas un sombrero de vaquero —señaló.

—Es que soy un vaquero. ¿Qué querías decirme?

—No puedo pensar —rió, avergonzada.

—Me halagas —frunció los labios—. ¿Quieres que lo vuelva a hacer?

Maggie tragó saliva.

—Ahora mismo, no.

—Al menos, resulta prometedor —dijo Cord mientras la dejaba de pie frente a él con suavidad—. ¿Qué hacías?

—Meter datos —señaló su ordenador—. Me olvidé de la hora.

—Es evidente. ¿Qué tal si te ponemos un bonito vestido y salimos a cenar a un asador que conozco?

—El vestido me lo pongo yo —le informó.

Cord suspiró.

—Adiós al postre —frunció el ceño—. No es que me importe pero ¿por qué me llamaste?

Maggie se retiró el pelo con ademán nervioso.

—Iba a hablarte del hombre que hemos visto durante el almuerzo, paseando con Álvaro Adams —empezó a decir.

El buen humor de Cord se esfumó. De pronto, se puso terriblemente serio, y ella vislumbró al hombre en que se convertía cuando trabajaba como mercenario.

—¿Cómo conoces a Adams y dónde lo has visto?

—Kit lo reconoció. Lassiter está investigando a qué se dedica. Almorzamos en un restaurante cercano a su lugar de trabajo, esa agencia de colocaciones JobFair —prosiguió; la expresión severa de Cord despertaba su curiosidad—. Había un hombre con él, era alto y moreno y tenía una cicatriz en la boca...

—¡Gruber! —exclamó—. ¿Ya está en Houston? ¡Santo Dios! ¿Te vio?

—Bueno, Kit quería sacarles una foto y estaban a punto de irse, así que lo saludé y simulé haberme confundido de persona. No se dieron cuenta de que se la sacaba —se apresuró a añadir, porque Cord empezaba a asustarla.

—Insensata —dijo entre dientes—. Raúl Gruber es el hombre que dejó la bomba que casi me mata. No es idiota. Ya debe de saber quién eres y con quién estabas, de modo que tanto tú como la lunática de tu amiga estáis en peligro.

—Debería llamar a Kit —dijo, preocupada.

—Deberías hacer la maleta —replicó Cord con firmeza—. No vas a quedarte aquí sola ahora que Gruber sabe quién eres. Ve a recoger tus cosas, enseguida. No pienso irme sin ti. Kit es la mujer de Logan Deverell, ¿verdad?

—Sí, pero...

—Lo llamaré por teléfono cuando lleguemos al rancho. Pero ahora, haz las maletas. Vas a dejar este hotel ahora mismo.

Maggie vaciló; la estaba arrollando. Era una mujer moderna y no debía ceder sin más. Había docenas de libros escritos sobre hombres como Cord; podría haber leído alguno.

—¿A qué esperas, a que entre una bala por la ventana? —estalló al ver que no se movía—. ¡No pienso discutir contigo! Ese hombre se arriesga a perder millones si lo descubren. Ha matado a niños, por el amor de Dios. No vacilará con una mujer obstinada.

Maggie se puso en jarras y lo miró, iracunda.

—Ahora, escúchame tú a mí...

Estaba demasiado preocupado y exasperado para andarse con delicadezas. La levantó, se la echó al hombro y salió al pasillo. Cerró la puerta mientras ella le aporreaba la espalda y la condujo al ascensor ante las miradas divertidas de otros huéspedes.

—¡Cord! —chilló, avergonzada de estar en pantalones cortos y en aquella postura. Él la tomó en brazos.

—Ya, ya, cariño —dijo con suavidad, e intercambió una mirada de afecto con una pareja de ancianos que bajaba en el ascensor—. Está en estado de buena esperanza –les confió, para horror de Maggie–. Me preocupa incluso que ande.

Maggie quiso decir algo, pero no tuvo ocasión. Ya estaban atravesando el vestíbulo cuando Cord dejó de hablar. Un minuto después, descalza como estaba, la depositó en el asiento del pasajero de su camioneta.

–Subiré a recoger tu ropa y tu ordenador –le dijo, muy satisfecho de sí mismo.

–¡No tienes llave! –masculló.

–¿Cómo crees que entré el día siguiente de tu llegada al rancho?

–Sinvergüenza.

–A mucha honra –repuso con regocijo–. Soy mercenario profesional. Conozco todo tipo de trucos que tú ignoras. No te muevas de ahí, ahora mismo vengo.

Minutos después estaban en el rancho. Maggie, avergonzada de su aspecto, entró en un bonito dormitorio detrás de Cord, que acarreaba su equipaje y el portátil. Por fortuna, nadie los había visto entrar.

La habitación estaba decorada en tonos rosados y azules, y disponía de una cama con dosel.

–Vaya –murmuró–. El que decoró esto era amante de los encajes, ¿eh?

Cord se dio la vuelta.

—Yo la decoré —Maggie se preguntó para quién, porque había comprado el rancho tras la muerte de Patricia—. ¿A quién le gustan los muebles de estilo provenzal y las cortinas Priscilla? —inquirió con paciencia.

—A mí —barbotó Maggie—. Pero... ¿por qué querrías decorar una habitación para mí?

—Demencia pasajera —murmuró—. El viernes iré al psiquiatra a que me examine.

Maggie no podía dejar de mirarlo.

—¿De verdad has hecho esto por mí? —tartamudeó, incrédula.

—¿Por qué te sorprendes tanto? —se acercó y le puso las manos en los hombros—. Ya te lo he dicho, eres una parte muy importante de mi vida. Siempre pensé que acabarías pasando la noche en el rancho, aunque sólo fuera los fines de semana.

—Nunca dijiste nada —contestó con tristeza—. Ni siquiera lo insinuaste.

—Me cuesta dejar que la gente se acerque a mí —confesó a regañadientes, sin poder mirarla a los ojos—. Perdí a mis padres, a mi esposa, a Amy... No tengo un buen historial de... afecto.

Iba a decir amor, pero no pudo pronunciar la palabra. Maggie lo entendía. Sabía lo que era la traición; le costaba confiar en las personas.

—Sé cómo te sientes —dijo, despacio—. Excepto que a ti te han abandonado por circunstancias que no podían controlar, ni siquiera Patricia. A mí me han traicionado las personas que tenía más cerca.

—¿Quién? —preguntó Cord con suavidad.

—Casi todo el mundo —contestó, lamentando su desliz. Se apartó y se acercó a su maleta—. Voy a cambiarme.

—¿Qué tienen de malo los pantalones cortos? —preguntó, distraído—. Estás en tu casa.

—Sólo me los pongo cuando estoy sola.

Cord la observaba con mirada especulativa.

—¿Quién abusó de ti, Maggie?

Ella soltó los vaqueros que acababa de sacar. Cord fue a cerrar la puerta y se acercó de nuevo a ella. La obligó a mirarlo.

—Fue tu padrastro, ¿verdad? —Maggie lo miró con pavor—. ¿Has recibido terapia?

—Nunca he sido capaz de contárselo a un desconocido.

Cord le acarició las mejillas con los pulgares; sostenía su rostro entre las manos.

—Conozco a una mujer. Es mercenaria, pero también psicóloga. Es dura de pelar y sincera; creo que te caería bien. Resulta fácil hablar con ella, y podría ayudarte.

—¿Eso crees?

Cord se inclinó para que ella tuviera que mirarlo a los ojos.

—¿Acaso quieres pasarte el resto de tu vida sola, sin familia ni hijos?

—No sé si podré tener hijos —dijo con voz ronca por el dolor. Cord dejó de acariciarla.

—¿Por qué?

—La paliza que me dio Bart fue... terrible —confesó con vacilación—. Me caí sobre una mesa de mármol y la rompí. Me dañé un ovario. El otro funciona... pero los médicos me dijeron que podría resultarme difícil concebir.

Cord ideó de inmediato modos y maneras de dejarla embarazada, y se quedó atónito. Ni los hijos ni la familia habían sido una prioridad en su vida. Su trabajo lo predisponía a la soledad.

—Difícil, pero no imposible —dijo con voz ronca, y se puso tenso de la cabeza a los pies. Rió al sentir la inesperada erección.

—¿Qué te hace tanta gracia?

—Al pensar en niños me he puesto a cien —frunció los labios—. Es la primera vez que me pasa.

Maggie se sonrojó y se apartó. Con un hondo suspiro, Cord hundió las manos en los bolsillos del pantalón para no tocarla.

—Bueno, es un reto, ¿no? Me gustan los retos.

A Maggie le temblaban las manos. Las entrelazó a la altura de la cintura.

—Me gustaría cambiarme de ropa.

—Y a mí me gustaría mirar —repuso con suavidad, sin sonreír—. Tu piel tiene un brillo delicado, como el de una perla. Eres suave como un pétalo, sedosa y deliciosa, y la fragancia de rosas te envuelve como un halo —contempló su pelo, su rostro, su cuerpo, con avidez—. He estado con mujeres a lo largo de la vida, no muchas, pero suficientes para saber apreciarlas. Las superas a todas en todos los sentidos. Si tuviese un ideal de mujer, serías tú.

Maggie no sabía cómo tomarse aquellos halagos. La hacían ruborizarse. Pero era Cord quien se los decía, «Cord», que había sido su adversario durante años.

—Te doy lástima y por eso me dices todas esas cosas.

—¿Por qué ibas a darme lástima? —replicó él con el ceño fruncido.

Porque Maggie sabía lo que era. Cuando las personas se compadecían de uno, intentaban compensar el trauma abrumándolo a caprichos. Querían ayudar y, cuando sólo podían recurrir a las palabras, empleaban los halagos. Pero eran palabras vacías.

—Tantos secretos, Maggie —murmuró Cord

mientras la veía meditar en sus comentarios—. No te fías de mí, ¿verdad?

—No es nada personal.

—Si voy despacio y con cuidado y no te presiono —le preguntó con suavidad—, ¿podría ganarme tu confianza?

—¿Qué esperarías a cambio? —le preguntó con recelo.

Fue entonces cuando Cord comprendió lo ardua y larga que sería la batalla. No ganaría de un día para otro. Entreabrió los labios mientras la deseaba con la mirada.

—Tengo treinta y cuatro años —dijo despacio—. He vivido deprisa y alocadamente, he hecho cosas de las que no estoy orgulloso, y muchas de ellas sólo por dinero. Pero lo de este Gruber me ha cambiado. Quiero pararle los pies, a él y a sus colaboradores, y no porque me paguen —vaciló; quería escoger bien sus palabras—. Si tuviera un hijo de ocho o nueve años y tuviera que ver cómo se convierte en un esclavo en una plantación de cacao, en una mina o en un taller y no pudiera salvarlo porque no tuviera dinero... —inspiró con brusquedad—. Hay padres que los venden por once o doce dólares porque no pueden cuidarlos y esperan que se abran camino en la vida trabajando para una multinacional en otro país. Pero en realidad acaban convirtiéndose en esclavos, sin cobrar ni un centavo por su trabajo.

—Es repugnante.

—Y despiadado —su rostro se endureció—. Gruber también tiene una red de prostitución y convierte a adolescentes en esclavas sexuales. Imagínate a una niña inocente de doce años en un burdel en el que trabaja a todas horas.

Maggie podía imaginarlo. Bajó la vista, descompuesta.

—Hay que detenerlo.

—Sí. Pero —añadió Cord, y tomó su rostro entre las manos— no hace falta que te involucres. No puedo permitir que te hagan daño. Mañana iré a ver a Lassiter y haremos planes. Sé más sobre Gruber que él, y tengo acceso a información que ni siquiera él puede obtener. La compartiré.

Maggie lo miró con temor.

—¡Pero a ti también podría hacerte daño!

—Eso me gusta —dijo con voz ronca—. Me gusta que temas por mí. Siempre lo has hecho. ¿Por qué no me habré dado cuenta antes?

—No querías darte cuenta —dijo Maggie con brusquedad—. Renunciaste a ver cualquier cosa que te hiciera sentir.

—Sí —reconoció—. Y tú también.

Maggie no podía negarlo.

—Las personas pueden hacerte sufrir mucho

si se acercan demasiado —murmuró en tono distraído, absorta en los ojos oscuros y cálidos de Cord. Éste deslizó el pulgar por los labios entreabiertos de ella.

—Como yo te hice sufrir —dijo en voz baja—. No sabes cuánto lamento lo que te hice aquella noche. Durante años imaginé cómo sería hacerte el amor suave y lentamente, arrancando gemidos de tu garganta y haciéndote volar de puro deleite. Y cuando se presentó la oportunidad —dijo con un áspero suspiro—, te herí de todas las maneras posibles.

Era sorprendente que la hubiese deseado antes de aquella noche.

—Tenía miedo —le confesó Maggie con la cabeza gacha.

—Del dolor.

—No, de... —tragó saliva—. El placer se iba intensificando, y creí que iba a estallar en pedazos. Tenía miedo de no poder soportarlo...

Cord la estrechó entre sus brazos con fuerza, casi de forma dolorosa. Maggie podía oír sus latidos, sonoros y rápidos, contra su pecho. Cord gimió con aspereza y la abrazó aún más.

—¿Qué pasa? —preguntó Maggie.

—Al menos, sentiste algo —murmuró él, mientras le acariciaba la mejilla. Maggie jugó con el bolsillo de su camisa.

–Si me hubiera dejado ir... Si no me hubiera resistido, ¿qué... qué habría pasado?

–¿Alguna vez has tenido un orgasmo?

Maggie dio un brinco en sus brazos. Sabía de lo que Cord estaba hablando, aunque no lo hubiera experimentado.

–No –dijo pasado un minuto.

Cord deslizó sus labios cálidos y ávidos por la cara de Maggie hasta que los posó en su boca y la besó con creciente insistencia.

–Supón –susurró él con aspereza– que dejas que te dé uno.

El corazón de Maggie dio un vuelco. Cord la tomó de las caderas y empezó a unirlas de forma rítmica a las de él, como había hecho en su despacho, en el diván. El cuerpo de Maggie empezó a tensarse, a arder de curiosidad y placer crecientes. Hundió las uñas en la espalda de Cord, pero él no protestó. Sentía curiosidad. Estaba viva, estaba hambrienta.

Cord deslizó una pierna larga y ágil entre las de ella y empezó a moverse a un ritmo lento y letal. El cuerpo de Maggie seguía sus movimientos, se elevaba hacia el de él, ávida de intimidad.

–Puedo darte el paraíso –murmuró Cord junto a los labios entreabiertos de Maggie–. Déjame.

Maggie abrió la boca para recibir su beso ardiente y profundo y gimió al sentir otra oleada embriagadora de placer.

—¿Me dejas? —siguió él susurrando—. ¿Me dejas, Maggie?

Quería decir que sí, pero no debía. Estaba mal. Cord la despreciaría. Se burlaría de ella, como había hecho otras veces. Le... Ay, si al menos dejara de acariciarla...

Gimió y separó su boca de la de él lo justo para pronunciar la palabra que abriría la puerta del paraíso, que la haría suya, suya de verdad.

El golpe de nudillos en la puerta fue sólido, sonoro y cruel. Cord retrocedió como un hombre aturdido, temblando de deseo frustrado, sin poder dar crédito a la entrega de Maggie.

—¿Sí? —preguntó con aspereza.

—Perdone que le moleste, señor Romero —fue la respuesta vacilante de June—, pero hay un tal Dane Lassiter al teléfono. Pregunta por usted.

VII

A Cord todavía le flaqueaban las rodillas cuando descolgó el teléfono del salón.

—Romero al habla —dijo con voz ahogada. No era de extrañar. Había estado a punto de seducir a Maggie cuando había prometido no hacerlo.

—Soy Dane Lassiter —dijo la voz pausada y grave—. Logan Deverell acaba de llamar para hablarme de una fotografía que Maggie Barton y su esposa han sacado durante el almuerzo—. ¿Te lo ha contado Maggie?

—Sí —contestó con brusquedad.

—¿Sabes quién es el hombre que estaba con Adams?

—Y tanto que lo sé, se llama Raúl Gruber. Gruber dirige una red de explotación infantil y la está extendiendo por África Occidental y Centroamérica, buscando más niños para reunir dinero para la multinacional que dirige. Gruber me ha puesto una bomba que casi me deja ciego. Maggie se ha expuesto a un grave peligro al acercarse a él. La he traído al rancho para poder protegerla.

Se produjo un breve silencio.

—Entiendo.

—No sé si tanto como yo. Gruber es un asesino. Y no sólo de hombres; también ha matado niños. Lo conozco desde hace años. Enredó a mi grupo en un golpe de estado en África que acabó con varios de los nuestros. Acabamos luchando contra niños con armas automáticas. Lo perseguimos, pero se escabulló del país y no logramos localizarlo. Pero puedo proporcionarte información sobre él y Adams. Te los pondré en bandeja.

—No los quiero —fue la respuesta regocijada de Lassiter—. Pero se los daré a una agencia del gobierno que sí que los busca. Mi cliente no es tan generoso; a su familia le gustaría ver a Adams muerto.

—¿A su familia?

—No puedo darte muchos detalles —dijo

Lassiter—. Sólo que Adams estuvo implicado en el rapto y asesinato de dos de sus hijos, durante una redada en un pueblo de Centroamérica, y cuando las autoridades se acercaron demasiado, Gruber se limitó a eliminarlos. Los padres tienen un tío rico que me pidió que reuniera pruebas contra él. Estaba vigilando a Adams, pero las pistas nos condujeron a Gruber. Adams no tiene historial delictivo, Gruber sí. Creo que mis clientes se equivocaron de hombre.

—Si mi información es precisa, sí —dijo Cord—. Y creo que lo es, porque me la pasó un miembro del senado que ansía meter a Gruber entre rejas tanto como yo.

—Tienes buenos contactos —reflexionó Lassiter.

—Los hay aún mejores —rió Cord—, incluyendo un jefe de gobierno extranjero. Te ayudaré en todo lo que pueda.

—Mañana estaré en la oficina todo el día. ¿Te viene bien a las ocho y media?

—Sí, así podré dejar a Maggie en su oficina —vaciló—. Oye, no me gusta que vuelva a trabajar, pero no quiero más discusiones... Tuve que traerla al rancho por la fuerza.

—Tengo hombres sin casos entre manos —se apresuró a decir Lassiter—. Maggie estará a salvo en este edificio, te doy mi palabra.

—No subestimes a Gruber —fue la respuesta seca de Cord—. Yo lo hice y casi pierdo la vida.

—Aprendemos de los errores, si no nos matan. Yo también he cometido unos cuantos. Entonces, hasta las ocho y media.

—Bien.

Cord colgó y deslizó un dedo por el auricular mientras reflexionaba sobre la situación de Maggie. No quería asfixiarla, pero no le apetecía correr el riesgo de que Gruber la secuestrara. Ella no se daba cuenta de lo peligroso que era. Tendría que vigilarla con disimulo; Maggie defendía su independencia a toda costa.

Cuando June puso la cena en la mesa, Maggie ya se había puesto los vaqueros y un jersey de punto de manga corta. Se había recogido el pelo en una coleta y no llevaba maquillaje. Parecía más joven y despreocupada.

Cord la observó con disimulo mientras ella hablaba con June sobre una nueva tela que había salido al mercado, suave y agradable a la vista. Las dos mujeres parecían haber hecho buenas migas y Cord no podía sino alegrarse de ello.

Advirtió que Maggie era reacia a mirarlo a

los ojos, pero la sorprendió observándolo en una ocasión, y tuvo la sensación de estar flotando.

Ninguno de los Travis conocía el motivo de la presencia de Maggie en el rancho, pero Cord debía ponerlos al corriente. Si por alguna razón no estaba en la propiedad, quería que fueran conscientes del peligro.

—Quiero que también se lo cuentes a Davis —le dijo a Travis cuando le resumió el problema—. Cuando no esté, debéis aseguraros de que el rancho es un lugar seguro. Dudo que Gruber se presente si sabe que estoy aquí, pero no sé cuántos contactos tiene, ni lo que saben.

—Me alegro de que vinieras aquí, donde Cord puede protegerte —le dijo June a Maggie con sincera preocupación. Maggie parecía incómoda.

—No ha venido voluntariamente —les aclaró Cord—. La saqué por la fuerza del hotel, con ella chillando y pataleando.

—Descalza y en pantalones cortos —se quejó Maggie mientras tomaba café—. Y lo que le dijiste a esa pareja de ancianos… —suspiró con enojo—. ¡Si Amy estuviera aquí…!

—Se estaría desternillando de risa —terminó Cord en su lugar, con un brillo en la mirada.

June los miró alternativamente y sonrió. Era la primera vez que oía reír a Cord Romero;

con Maggie parecía una persona distinta. Vislumbró fugazmente al hombre que había sido, tal vez antes de que su trabajo lo volviera frío y duro. Se preguntó si su jefe se habría dado cuenta de lo mucho que Maggie lo había cambiado en tan poco tiempo.

Un rato después, entraron en el salón para ver la televisión, pero Maggie estaba intranquila.

—¿Crees de verdad que Gruber sería capaz de intentar algo contra nosotros dos? —le preguntó a Cord. Éste sonrió.

—Por supuesto que sí. Mañana por la mañana iré a ver a Lassiter para hablar de estrategias. Te dejaré en la oficina y después, pasaré a recogerte con Davis.

Maggie empezó a protestar, pero ya estaba abriendo la boca cuando la cerró. Aquél era el trabajo de Cord; se ganaba la vida previendo amenazas, peligro, violencia. Si el tal Gruber deseaba hacerles algún mal, nadie mejor que Cord para evitarlo.

—¿Cómo, no protestas? —exclamó Cord. Ella cambió de postura en el sofá.

—Eres muy bueno en tu trabajo —lo miró a la cara—. Sé que podrás afrontar cualquier peligro que surja.

Cord experimentó una grata sorpresa al oír aquel comentario. Sonrió.

—Gracias —dijo con suavidad.

—No te estoy adulando —replicó Maggie—. Hablo en serio.

Cord la miró con atención a los ojos.

—Te sientes a salvo conmigo.

—Bueno, yo no diría tanto —proclamó con un destello en la mirada. Cord rió entre dientes.

—Caray, eso sí que es adular —le dijo, y cambió de cadena—. ¿Te acuerdas de esta serie? —estaban emitiendo una antigua serie policíaca que a Cord y a Maggie les encantaba cuando eran pequeños.

—¡Claro! —exclamó—. Solíamos verla juntos cuando pasabas el fin de semana en casa.

—Todavía la veo

Maggie sonrió con timidez.

—Yo también.

—Al menos —dijo casi para sí—, tenemos buenos recuerdos.

A la mañana siguiente, Maggie se puso un elegante traje azul marino y bajó a desayunar con el bolso y el maletín con el portátil en la mano. Cord se había puesto pantalones de pinzas y una camisa de seda con una chaqueta de sport a juego. Resultaba viril y muy sexy. Maggie sintió un hormigueo en los dedos por la necesidad de alisarle aquella seda que dejaba entrever cada centímetro musculoso de su amplio pecho.

—Me gusta —comentó Cord con una sonrisa—. Refinada y profesional.

—Soy una mujer de negocios —le informó con una sonrisa—. Tengo que dar una imagen elegante.

—También la das en pantalones cortos —dijo Cord, sabiendo que la irritaría. Así fue. Maggie le lanzó una mirada furibunda al sentarse ante su plato de huevos con tocino.

—No tengo que recurrir al sexo para obtener clientes.

—No recuerdo haber insinuado eso.

Maggie masticó con rigidez.

—He visto a algunas mujeres hacerlo.

—Tú jamás lo harías —Cord se recostó con la taza de café en la mano y se limitó a mirarla—. No coqueteas, y te pones trajes que disimulan las curvas que cubren. Andas con paso enérgico —suspiró, con el ceño fruncido—. Es una buena imagen profesional, pero anulas tu atractivo por completo.

—Exigencias del trabajo —repuso Maggie en voz baja.

—Las mujeres no se convierten en hombres sólo por ponerse un traje de pantalón a rayas y una blusa con corbata; parecen híbridos. Hay hombres trabajando como floristas o vendedores de tejidos, empleos que antes sólo realizaban las mujeres, y no han empezado a ponerse faldas. Creo que una mujer debería enorgullecerse de su feminidad sin que la acusen de intentar trepar en su trabajo. Pero ése no es tu problema, ¿verdad, Maggie? Tus inhibiciones se reflejan incluso en tu forma de vestir —dijo con suavidad.

Maggie no sabía cómo desviar aquella conversación. Cord se estaba adentrando en un terreno personal que la incomodaba. Era un interrogador nato, y conocía a fondo a las personas. Ella no quería que ahondase mucho en su pasado, pero Cord se limitó a sonreír.

—¿Dispuesta para ir al trabajo? —preguntó, y consultó su reloj.

—Claro. Cuando quieras.

Recogió el portátil y el bolso y lo siguió al exterior de la casa. Cord hizo un alto para hablar con June y encargarle que mantuviera las puertas cerradas con llave y las ventanas cerradas.

Se dirigieron al garaje a tiempo de ver a un hombre alto con ropa oscura y una especie de aparato electrónico en la mano que salía del edificio con un enorme pastor alemán. Saludó a Cord con una leve inclinación de cabeza, pero no se detuvo a hablar.

–Gracias, Wilson –le dijo Cord. El hombre alzó una mano.

–¿Qué hace? –preguntó Maggie con recelo cuando Cord se acercó a la puerta del conductor de su deportivo negro.

–Analizar nitratos.

–¿Fertilizantes? –inquirió Maggie con el ceño fruncido.

–Algo así –contestó él con regocijo.

–No sé nada de electrónica, pero en los aeropuertos utilizan un mecanismo idéntico al que llevaba ese hombre. Y no sirve para analizar fertilizantes.

–Eres demasiado sagaz para mí, cariño –dijo Cord sin ni siquiera percatarse del apelativo que había usado. Pero reparó en el suave rubor de placer de Maggie–. Estaba comprobando si había alguna bomba.

La exclamación de Maggie resonó en el silencio.

–No voy a ocultarte nada –prosiguió Cord–; eres una mujer hecha y derecha. Gruber no tendría escrúpulos en poner aquí una bomba, ni en matar a personas inocentes con tal de llegar a mí, o a ti. A partir de ahora, y hasta que resuelva este asunto, habrá que revisar coches y maquinaria, los edificios anexos y la casa, sobre todo, por si hubiera algún artefacto explosivo.

En aquel instante, Maggie comprendió de verdad el peligro al que se exponían. Miró a Cord y pensó en la bomba que había estado a punto de acabar con su vida. Las heridas recientes resaltaban en su tez cetrina, pero no lo desfiguraban. De hecho, le conferían aspecto de granuja. Cerró las manos.

—He sido muy ingenua —le confesó.

—No estás acostumbrada a estas cosas; yo sí. Por eso —añadió, y le arrojó las llaves del deportivo antes de ponerse las gafas de sol—. Tú conduces y yo estoy ciego.

—Nunca me habías dejado conducir tu coche —comentó Maggie, contemplando las llaves.

—La confianza requiere esfuerzo. Y un poco de tiempo —dijo con suavidad. Ella lo miró con preocupación.

—No estoy acostumbrada a confiar en nadie.

—Yo tampoco —señaló Cord—. Pero podemos aprender, ¿no?

Maggie vaciló un momento. Después, sonrió y se sentó detrás del volante.

Cuando llegaron al edificio Lassiter-Deverell, Cord entró con Maggie en el ascensor con las gafas puestas y agarrado de su brazo como si la necesitara de guía. Permaneció en silencio junto a ella mientras subían; estaba meditabundo.

Salieron en la planta de Maggie y recorrieron el pasillo desierto hasta la puerta de madera con la placa de Inversiones Deverell.

—Gracias por acompañarme —dijo Maggie. Cord le acarició la mejilla y deslizó los dedos por su labio superior.

—Ojalá no te hubieras pintado los labios de rojo —murmuró en voz baja—. Si te beso, pensarán que he salido de una escena de *Cabaret*.

A Maggie se le aceleró el pulso.

—¿Qué has bebido con el desayuno? —preguntó con ironía.

—Café, igual que tú —no retiró los dedos. Se quedó mirando los labios de Maggie con visible curiosidad y un ansia creciente de inclinarse y atrapárselos. Al evocar la suavidad de sus senos, los leves gemidos que emitía cuando la acariciaba y que eran música para sus oídos, empezó a quedarse sin aliento. Retiró la mano; tenía un semblante amenazador—. Podría vivir de lo que tengo en el banco —le dijo a Maggie con aire distraído—. Las misiones secretas ya no son más que un pasatiempo para mí. Me gusta criar ganado de raza.

—¿Estamos hablando de lo mismo? Si no recuerdo mal, decías que habías tomado café para desayunar.

Cord le sonrió con genuino afecto. La sonrisa suavizaba su mirada, marcaba las arrugas del rabillo de los ojos y confería sensualidad a sus labios severos.

—Estás elegante con el pelo recogido en una trenza —comentó—, pero lo prefiero suelto y suave sobre los hombros.

—Trabajo aquí —le recordó Maggie—. No quiero distraer a los clientes luciendo mi irresistible melena. Piensa en los problemas que me causaría tener que arrojar a un tipo por la ventana por haberse pasado de la raya mientras tratábamos de acciones de capital.

Cord rió con ganas.

—No recurres a esos métodos conmigo.

—Tú eres especial.

La sonrisa se disipó y sus pupilas se dilataron, como si su réplica hubiese tocado un punto sensible.

—Tú también —dijo en tono ronco y áspero—. Más especial de lo que imaginaba.

—No sigas —lo regañó ella—. Vas a sacarme los colores.

Cord se inclinó de forma inesperada y le besó con ternura los párpados, obligándola a cerrarlos con un batir de largas pestañas.

—No salgas de la oficina si no es acompañada —le susurró—. Espera a que pase a recogerte cuando acabes. Le pediré a Davis que conduzca para mantener la farsa. Si ocurre algo entre medias que te inquiete, llama a Lassiter o llámame a mí. De lo contrario...

—¿De lo contrario? —preguntó con voz ronca.

—Te meteré en el coche por la fuerza y te llevaré al rancho ahora mismo —elevó la cabeza para contemplar la mirada empañada de Maggie—. Teniendo en cuenta el estado en que me encuentro en este momento, puede que no sea muy buena idea.

—¿En qué estado estás? —murmuró ella con voz somnolienta.

Cord miró a izquierda y derecha, comprobó que el pasillo estaba desierto, la agarró de la cintura y la apretó con suavidad contra él.

—En este —sonrió con pesar.

Maggie retiró las caderas con una sacudida y se ruborizó. Cord se encogió de hombros.

—Considéralo una reacción inevitable a la presencia de una mujer atractiva —murmuró con orgullo.

—Querrás decir una reacción a la abstinencia forzosa —le espetó.

—¿Cómo sabes que practico la abstinencia? —preguntó Cord con las cejas enarcadas. Ella se ruborizó aún más.

—Tu vida íntima no es asunto mío —murmuró con mirada de enojo—. No me importa con quién salgas. Por mí, como si te acuestas con todas las mujeres de este edificio, incluida la de la limpieza.

De improviso, Cord miraba detrás de ella con supremo regocijo. Maggie gimió para sus adentros y se dio la vuelta.

Logan Deverell estaba en el umbral de su despacho con una mirada elocuente. Carraspeó.

—Mmm... La mujer de la limpieza tiene sesenta y dos años, se ha casado dos veces y sólo le quedan tres dientes...

—Preséntamela —lo apremió Cord—. ¡Las maduritas me ponen a cien!

Maggie reprimió la risa, pasó delante de Logan y entró en su propio despacho con una celeridad que hizo reír a Cord entre dientes.

La secretaria hizo pasar a Cord al despacho de Lassiter. El hombre de pelo moreno y ojos oscuros se levantó y rodeó su escritorio con una leve cojera para estrecharle la mano.

—Como puedes ver —dijo con ironía—, yo también tengo secuelas. Me distraje durante un tiroteo cuando era ranger y me dejaron como un colador. Perdí mi trabajo, pero acabé haciendo algo casi igual de bueno —señaló el despacho con una sonrisa afable—. Una leve cojera no es un mal precio.

Cord sonrió y se quitó las gafas. Al menos, entre aquellas cuatro paredes no necesitaba fingir.

—En mi cara se ve mi último contratiempo. Tengo mucha suerte de seguir vivo y conservar la vista.

Lassiter reparó en las cicatrices que circundaban sus ojos y asintió despacio.

—Desactivar bombas es un trabajo suicida. ¿Por qué lo haces? —preguntó con su acostumbrada franqueza. Cord se encogió de hombros.

—Mi esposa se suicidó y me sentí responsable. Supongo que me he estado castigando.

Lassiter le dirigió una mirada significativa y volvió a sentarse ante su mesa. Sobre ella descansaban fotografías de una mujer rubia, de un hijo de unos ocho años y de una niña rubia no mucho más pequeña. Reparó en la curiosidad de Cord y sonrió mientras le indicaba que se sentara.

—Nuestros hijos —dijo con evidente orgullo—. Tess y yo los considerábamos una remota posibilidad —su rostro se puso tenso—. Estuvo a punto de morir con el primero. Nunca sabes lo que sientes por una mujer hasta que te expones a perderla para siempre. Comprendí cuáles eran mis prioridades en menos de diez segundos.

A Cord le extrañó la emoción que detectaba en la voz grave del detective. Tenía la sensación de que su condición de padre no había sido un camino de rosas, pero no había duda de que parecía un hombre feliz.

—Los dos quieren ser detectives —prosiguió Lassiter con una mirada de absoluta contrariedad—. Y mi mujer —añadió con indignación— anda ahora mismo por ahí con uno de mis condenados agentes; que no tardará en dejar de serlo, te lo prometo, intentando grabar una conversación entre Gruber y Adams en la oficina de JobFair —elevó las manos—. Han puesto un micrófono sin decirme nada. Ahora mismo vigilan la oficina, pero dentro de dos horas Tess tiene que asistir a una reunión de personal —clavó la mirada en Cord, que intentaba no reír—. Y dicen que el matrimonio y la maternidad hacen sentar la cabeza a las mujeres. ¡Y un cuerno!

Cord desistió y prorrumpió en carcajadas.

VIII

Poco le faltó a Cord para desternillarse de risa al ver la expresión de Lassiter.

—¿Cómo consiguieron poner el micrófono? —le preguntó.

—Haciéndose pasar por fumigadores —contestó el detective con irritación apenas disimulada. Cord sonrió de oreja a oreja.

—¿Puedo preguntar por qué necesitaban fumigadores?

—Diablos, ¿por qué no? —exclamó Lassiter—. Tess y Morrow fueron a una tienda de animales y compraron treinta chicharras, las metieron en una caja y las soltaron en JobFair durante el almuerzo, cuando la oficina estaba cerrada. Fue entonces cuando pincharon el teléfono. Cuando telefonearon pidiendo un fumigador, interceptaron la llamada, se presentaron en la oficina y pusieron micrófonos por todas partes. Al parecer, ni Gruber ni Adams sospecharon de ellos, porque hoy no han registrado la oficina. Aunque supongo que lo harán de un momento a otro —añadió en tono gélido.

—Bueno —sonrió Cord—, es una táctica innovadora.

—Chicharras —lo pensó un momento y rió entre dientes—. Supongo que sí —hizo una pausa y se inclinó hacia delante con expresión solemne—. Me gustaría saber qué pruebas tienes contra Gruber.

Cord se sacó un sobre grueso del bolsillo interior de la chaqueta y lo dejó encima de la mesa.

—Documentos, fotografías, información sobre su trayectoria y la de un hombre llamado Stillwell, el presidente de Global Enterprises, la multinacional que crearon con el propósito expreso de comerciar con mano de obra infantil en los países en vías de desarrollo. También hay un CD —prosiguió— con datos que bajé de los archivos de la CIA y la Interpol. Sospechamos que Job-Fair es la proveedora de Global Enterprises, y que ambas están directamente relacionadas con Gruber, pero nadie ha podido demostrarlo hasta ahora. La foto que sacó Kit Deverell ha sido el primer paso, pero necesitamos reunir pruebas concluyentes de que Gruber es quien de verdad dirige Global Enterprises. Estaba investigando las actividades de JobFair en Miami cuando Gruber me sorprendió desprevenido y casi me arranca la cabeza con una bomba.

—¿Qué me dices del consejo de administración de la multinacional?

—Podría ser otra manera de acorralarlos —reconoció Cord—. Tengo a una persona trabajando en ello ahora mismo. Uno de los consejeros vive en Amsterdam y ha sido acusado, pero no condenado, de dirigir una red de pornografía y prostitución infantil. Otro es español pero vive en Marruecos. También está implicado en la red de prostitución. Es una pena que no tengamos a alguien que pueda ir a Europa a buscarlos. Podríamos encontrar un vínculo con Gruber si investigáramos a fondo.

—¿Cómo lograste acceder a los archivos de la CIA y la Interpol, si no te importa que te lo pregunte? —murmuró Lassiter con admiración, mientras examinaba los papeles.

—Me importa —respondió Cord con ironía.

Lassiter lo miró con curiosidad.

—Sólo es ilegal si ayudamos a los malos —razonó con una sonrisa.

—Sí, eso es lo que me digo siempre que lo hago.

Lassiter volvió a fijarse en los papeles que tenía en la mesa. Frunció el ceño.

—Esto es interesante. Álvaro Adams tiene vínculos financieros con Global Enterprises, pero JobFair no... Al menos, por escrito. ¿Sabes algo más?

—Sólo lo que ves ahí. Cuesta trabajo seguirles los pasos, incluso siendo especialista. Saben borrar muy bien sus huellas electrónicas.

—Yo tampoco sabría cómo hacerlo, salvo que un antiguo agente mío trabaja para el FBI y un amigo suyo forma parte de... —vaciló—. Llamémosla una organización secreta con contactos en el mundo del hampa. Global Enterprises dirige una enorme plantación de cacao en Costa de Marfil, así como minas y ranchos de ganado en Sudamérica. Sabemos que tiene a miles de niños trabajando sin remuneración alguna. Dan dinero por adelantado a los padres en concepto de sueldo, asegurándoles que sus hijos ganarán una fortuna trabajando en el extranjero. Cuando se dan cuenta de que el pequeño no va a volver, ya es demasiado tarde. Es imposible localizar a la mayoría de los niños —añadió con desagrado—. Pero el problema es que, aunque los países donde se encuentran estas explotaciones están dispuestos a ayudar, carecen de los recursos económicos necesarios para enfrentarse con una multinacional valorada en billones de dólares.

—Ése es el quid de la cuestión —afirmó Cord—. No podemos luchar frente a frente contra una organización tan poderosa. Hay que colarse por la puerta de atrás sin que se den cuenta. Necesitaremos muchos hombres y ayuda de las organizaciones del gobierno.

Lassiter sonrió de oreja a oreja. Sacó un archivo del cajón de su mesa y se lo pasó a Cord.

—No has visto esto.

Intrigado, Cord lo abrió. Silbó con suavidad.

—Y yo que pensaba que tenía contactos —murmuró mientras hojeaba la lista.

—No lo son todos, todavía. Pensé que podrías ayudarme. ¿Ves el último de la lista?

Cord leyó el nombre y rió.

—Sí. Había olvidado que tengo un primo lejano que trabaja en Tánger en importaciones y exportaciones. Lo averigüé hace varios años, cuando empecé a buscar a mi familia —añadió en un tono más sombrío—. No sabía que me quedara alguien más aparte de un tío abuelo en Andalucía, no muy lejos de Málaga.

—Perdiste aquí a tus padres, ¿verdad? —dijo Lassiter. Cord asintió.

—En el incendio de un hotel. No tenía parientes próximos, pero sí pasaporte norteamericano porque mi madre era de aquí —le explicó—. Aunque si Amy Barton no hubiese aparecido, no sé qué habría sido de mí.

—No me acuerdo del incendio, pero leí algo en los periódicos. No se habló mucho de ello porque coincidió con un escándalo de pornografía infantil —movió la cabeza—. Vivimos en un mundo perverso.

—Cierto, pero... —antes de poder terminar la frase, la puerta se abrió y una mujer joven de melena rubia y ojos oscuros irrumpió con una cinta de grabación en la mano.

—Dane, ¿a que no adivinas lo que hemos conseguido? —exclamó.

El cambio de actitud de Lassiter fue repentino y drástico. Su expresión afable se transformó en otra de inusitado alivio. Salió disparado de la silla y rodeó la mesa sin rastro alguno de cojera.

—Mujer tozuda e insensata... —en un abrir y cerrar de ojos, la estrechó entre sus brazos y la besó con una pasión que dejó a Cord sin aliento. Nunca había visto a un hombre estallar de emoción, y menos a uno de apariencia tan serena y dueño de sí como Lassiter.

La mujer lo besó con idéntica avidez y, después, pareció reparar en Cord y se apartó un poco con una sonrisa avergonzada. Lassiter no la soltó.

—Chicharras, por el amor de Dios. Técnicos de teléfono... —maldijo con aspereza.

—Vamos, vamos, cariño. No me ha pasado nada —lo interrumpió Tess Lassiter con suavidad, y le alisó el pelo—. Morrow estaba conmigo. Tú se lo robaste al FBI. Es muy bueno.

—¡Maldito sea! Voy a merendármelo —rugió Lassiter, y Cord advirtió con cierto regocijo que el detective parecía perfectamente capaz en aquellos momentos de asar a su empleado a fuego lento. Tess sonrió.

—No he corrido ningún peligro. Dane —insistió, y le dio una palmadita en el hombro—. No estamos solos.

Sólo entonces pareció recordar Lassiter dónde estaba y lo que hacía. Con un gemido, se apartó de ella, pero no dejó de mirarla. Cord se sentía como un mirón; el amor que se profesaban era tan poderoso que lo irradiaban por toda la habitación. Y llevaban casi nueve años casados, si no recordaba mal. Le costaba imaginar una emoción tan intensa e irrefrenable después de tantos años de convivencia.

Lassiter volvió a rodear la mesa con Tess de la mano. Se sentó y ella le puso la mano en el hombro.

—Discúlpame —le dijo a Cord con rigidez—. Se arriesga mucho.

—Pero hemos conseguido una buena grabación —replicó Tess, y dejó la cinta sobre el escritorio—. Hola —añadió con timidez, mirando a Cord—. Soy Tess, la mujer de Dane.

—El origen de mi única úlcera —comentó su marido con ironía, un poco más sereno—. Te presento a Cord Romero.

—Ah —exclamó Tess—. ¡Eres el hermano de Maggie!

Cord se puso tenso.

—Tuvimos la misma madre de acogida —puntualizó—. No estamos emparentados.

—Lo siento —se apresuró a disculparse Tess, y se sonrojó al sonreír—. Maggie no me lo explicó.

Lo cual no dejaba de resultar enojoso, pensó Cord.

—Muy bien, crea problemas nada más entrar —le dijo Lassiter a su esposa al reparar en la expresión de Cord—. A ver, ¿qué hay en esta famosa cinta que me hubiera consolado si te hubiera pasado algo?

Tess sonrió con orgullo.

—Una pista que vincula a Gruber a esa multinacional con la que trabaja Adams. Está aquí mismo, grabado con su voz. El presidente de la multinacional es un hombre llamado Stillwell, y también lo hemos grabado hablando.

—Eres incorregible —murmuró Lassiter pero, cuando la miró, su rostro resplandecía. Tess se inclinó para besarlo en la frente.

—Yo también te quiero. Ahora, voy a bajar a desayunar. No seas muy duro con Morrow, ¿de acuerdo? Ya está arrepentido.

—Luego hablamos de eso. Tráeme algo de comer, ¿quieres? Y no te metas en más líos.

Tess arrugó la nariz, lanzó una mirada a su marido que habría derretido el hielo y salió del despacho. Lassiter se recostó en su sillón, pero tardó un minuto en volver a concentrarse en la tarea.

—¿De verdad lleváis casados nueve años? —preguntó Cord sin poder contenerse.

—Casi —movió la cabeza—. Aunque no parece ni un año. Y ahora, escuchemos la cinta.

La introdujo en un reproductor y Cord se recostó en su asiento, con la mente llena de imágenes de Lassiter y de su esposa en un inesperado y fiero abrazo. No se le había ocurrido pensar que el matrimonio no tenía por qué apagar la pasión y dar paso a una relación tibia y complaciente. Tendría que revisar sus opiniones al respecto.

Tuvo que hacer un esfuerzo para concentrarse en la cinta cuando empezó a sonar. Escuchó distraídamente hasta que algo le llamó la atención. Adams le estaba diciendo a otras personas de la oficina que había investigado la identidad de una mujer joven que se había dirigido a él y a su acompañante delante de un restaurante el día anterior, y que era la hermana de acogida de un viejo rival, un hombre llamado Cord Romero.

Cord intercambió una mirada de preocupación con Lassiter.

La cinta proseguía. Una voz que Lassiter no tardó en identificar como la del presidente Stillwell informó a los demás que estaba convencido de que la Interpol andaba pisándole los talones pero que estaba casi seguro de que no habían podido vincularlo a ninguna actividad ilegal. Se había cerciorado de que así fuera, añadió en tono sombrío y amenazador.

Fue Gruber quien habló a continuación. Cord reconoció la voz y se lo notificó a Lassiter. Gruber hacía referencia a la investigación que estaba llevando a cabo la agencia de detectives Lassiter sobre Adams. Dijo que había visto a una mujer morena en el umbral del restaurante sacándole una fotografía con Adams mientras la primera los detenía fingiendo reconocerlo. Describió a la fotógrafa y Adams la identificó como

Kit Deverell, empleada de la agencia Lassiter. Se oyó una palabrota.

Gruber dijo que había encargado a un profesional que se deshiciera de Cord Romero porque estaba investigando la operación de contrabando ilegal de inmigrantes de Miami que podía relacionarlo con Global Enterprises. Le había tendido una trampa pero, por desgracia, la bomba no lo había matado. Tendrían que acabar con él antes de que volviera a actuar. Incluso ciego, era implacable. No sería mala idea, añadió Gruber, liquidar de paso a Maggie Barton. Destruir la agencia de detectives llamaría demasiado la atención y tanto los ranger de Texas como la policía de Houston investigarían el caso. Pero Romero era harina de otro costal, y ocurrían accidentes todos los días. Podían utilizar a su hermana de acogida para obligarlo a replantearse su decisión de atacarlos. Conocía a un hombre que podría ayudarlos, un profesional.

Cord salió disparado de la silla al oír la amenaza. Lassiter interrumpió la reproducción de la cinta y los dos hombres se miraron a los ojos.

—No lo había previsto —dijo Lassiter en tono sombrío.

—Era lo lógico —replicó Cord—. ¡Maldita sea mi suerte! Si Gruber contrata a un profesional, por muchos guardaespaldas que contrate, la seguridad de Maggie no estará garantizada —suspiró pesadamente y se pasó una mano por el pelo mientras reflexionaba. Miró a Lassiter—. ¿Y si la saco del país? —dijo, pensando en voz alta—. ¿Y tú dejas de investigar a Adams al mismo tiempo? Se quedarán desconcertados. Adams podría pensar que no era él el objetivo, a pesar de todo. Hasta podría tener un descuido.

Cord guardó silencio unos instantes mientras desarrollaba la idea.

—Hasta podría investigar un poco. Sabemos que Gruber tiene contactos en Tánger y en Amsterdam, así como en Madrid —frunció los labios, pensando deprisa—. Cree que estoy ciego. Puede que concluya que me estoy alejando de la línea de fuego porque por poco me asesina en Miami. También pensará que Maggie viene conmigo para ayudarme. Gracias a Dios, cree que estoy ciego —asintió despacio—. Podría funcionar. Y quién sabe si Gruber no renunciará a su plan de asesinato. ¿Y si voy a visitar a mi tío abuelo con Maggie?

—Podríais correr un peligro mayor —señaló Lassiter.

—Pero también desconcertaría a Gruber —replicó—. Si Adams y él bajan la guardia y se descuidan, podríais atraparlos con las manos en la masa con ese micrófono que no han descubierto. Y yo podré moverme libremente e investigar qué contactos tiene Gruber en Europa y África. Usaré gafas oscuras y dejaré que Maggie sea mi lazarillo. Aunque el propio Gruber nos siga, no pensará que soy capaz de perjudicarlo mucho. Mientras tanto, podrías pedirle a uno de tus contactos de esa agencia secreta que investigue un poco en Costa de Marfil para ver si pueden relacionar JobFair con Global Enterprises. ¿Podrías? –lo apremió con una sonrisa.

Lassiter rió entre dientes.

–Me gusta la idea: pasar desapercibido y trasladar la guerra al campo enemigo. Atacar cuando menos se lo esperan.

–Exacto. Además –añadió Cord en tono pensativo–. Puedo llamar a viejos camaradas a los que les encantaría ver a Gruber en chirona por ese golpe de estado de hace años. A todos nos dejó cicatrices. En cuanto salga de los Estados Unidos, la balanza se equilibrará. Tengo contactos en el extranjero que no pueden operar en este país.

Lassiter asintió despacio.

–Podría funcionar. Claro que sería peligroso –añadió–. ¿Y si Maggie no quiere ir?

–No conoces a Maggie –dijo Cord con una suave carcajada–. Cuanto más riesgo corra, más le gustará. Tiene un espíritu temerario y ha dicho en más de una ocasión que le encantaría hacer algo peligroso. Claro que no permitiré que se meta en líos.

—Una gran mujer —comentó el detective.

—Cierto. Y un excelente apoyo en la adversidad —añadió Cord. Se levantó de la silla y estrechó la mano de Lassiter—. Me pondré manos a la obra.

—Mantente en contacto.

—Cuenta con ello.

Cord se puso las gafas de sol y se sentó en la sala de espera hasta que Red Davis se presentó para recogerlo y llevarlo de vuelta al rancho. Lassiter esperó a que se fuera para regresar a su despacho y, llevado por un impulso, volvió a poner en marcha el reproductor, aunque no esperaba averiguar ningún otro dato trascendente. Pero lo que oyó a continuación lo dejó helado.

—No podemos eliminar a Lassiter, y Romero es peligroso —corroboró Stillwell—, pero puede que no sea preciso recurrir a un profesional. Sé cosas sobre Maggie Barton que tú desconoces. Tengo recortes de periódicos, vídeos, instantáneas. Me ha costado un riñón conseguirlos, pero les pararán los pies. La hermana de acogida de Romero tiene un pasado negro y haría cualquier cosa con tal de evitar que saliera a la luz. Si la amenazamos con publicarlo, no permitirá que Romero siga metiendo las narices en nuestros asuntos. Te lo garantizo, estaremos a salvo.

—¿Estás seguro? —preguntó Gruber con desdén—. No se me ocurre nada que pueda detener a Romero, salvo una bala. Hasta ciego es peligroso.

—Debe de sentir cierto afecto por la mujer con quien se crió. Si la asustamos, ella encontrará la manera de disuadirlo.

—Puedes intentarlo —dijo Gruber, no muy convencido—. Pero si tu método no funciona, recurriremos al mío —añadió en tono amenazador.

Lassiter escuchó el resto de la cinta pero no oyó nada más de interés. Meditó en cómo debía proceder mientras tomaba café y pastas con Tess. Después, su mujer se retiró a su despacho a trabajar y Lassiter bajó a la oficina de Logan Deverell para ver a Maggie.

Maggie estaba despidiéndose de un cliente cuando Dane Lassiter entró y le pidió hablar con ella en privado. Lo hizo pasar a su despacho percatándose de la mirada curiosa de la secretaria de Logan.

–¿Le ha ocurrido algo a Cord? –preguntó a Lassiter en cuanto cerró la puerta.

–Cord se encuentra bien –la tranquilizó, y entornó sus ojos negros–. Hemos grabado una conversación de Álvaro Adams. Uno de sus compinches asegura poseer información comprometedora sobre usted: cintas de vídeo, instantáneas...

Maggie palideció. Lassiter la ayudó a sentarse y ella apoyó la cabeza entre las rodillas para no desmayarse. Lassiter maldijo en silencio. Había confiado en que Stillwell estuviera mintiendo; pero era evidente que había dicho la verdad.

Maggie gimió con la cabeza entre las manos.

–¿Lo oyó Cord? –susurró.

–No. Ya se había ido.

Maggie tragó saliva y se incorporó despacio. Tenía el rostro sonrojado por la sangre que le había subido a la cabeza, pero parecía exhausta y derrotada.

–Mi trabajo se basa en la confidencialidad –se apresuró a decir Lassiter–. Nunca revelo información personal, ni siquiera a Tess. Ninguna confidencia que me haga saldrá jamás de esta habitación.

Maggie comprendía por qué a Kit Deverell le gustaba aquel hombre callado y taciturno. Vaciló, pero sólo un minuto.

—Sé a qué fotografías y vídeos se refiere —dijo con voz ronca—. Podrían destruirme. Preferiría morir a que Cord las viera —añadió.

—¿Tan terribles son?

—No le quepa la menor duda.

—Cuénteme de qué se trata.

Maggie no había creído poder contárselo nunca a nadie. Fue sorprendentemente fácil revelar su pasado a Dane Lassiter. La agonía vivida se desbordó de su alma. Fue como abrir un absceso. Lassiter permaneció en silencio, escuchándola hasta el final, sin expresión condenatoria. Estaba pálido cuando Maggie terminó de hablar, pero no la miraba con desprecio ni desagrado.

—¿Y Cord no lo sabe? —preguntó pasado un minuto, sorprendido. Ella lo negó con la cabeza.

—Amy nunca se lo contó. Yo lo intenté una vez, pero fui incapaz. Cambiaría... las cosas entre nosotros. Cord podría aborrecerme.

—¿Por qué? —exclamó Lassiter—. Santo Dios, ¡no fue culpa suya!

—Eso decía todo el mundo. Pero me miraban como si hubiera quedado infectada para el resto de mi vida.

—Cord no la culparía —repuso Lassiter con sus ojos negros centelleantes—. Se pondría fuera de sí, pero no con usted.

Ella lo miró a los ojos.

—No pienso correr ese riesgo, señor Lassiter —le dijo en voz baja—. Cord me ha guardado rencor durante mucho tiempo, y ha demostrado en más de una ocasión lo mucho que le desagradaba. Hasta hace poco, no era más que una china en su zapato. Me ha tratado con amabilidad desde que he vuelto de Marruecos; no soportaría perder su respeto.

Lassiter podría haberle dicho que eso era imposible, pero sabía que estaba aterrada. Lo veía en sus ojos, en su semblante tenso.

—No se lo diré —le prometió—. Pero hay otra cosa que debe saber. Gruber está convencido de que sólo matando a Cord se librará de él, y también habló de acabar con usted. Pero Stillwell, el presidente de la multinacional a la que queremos vincular a Gruber, cree que lo más acertado es recurrir al chantaje.

—¿Qué puedo hacer? —preguntó Maggie con voz desolada, al borde de las lágrimas.

—Sola, nada. Pero Cord tiene un plan. Él se lo contará. No se asuste —añadió con firmeza—. Gruber es un canalla, pero no es invulnerable.

Maggie no estaba escuchando. Los enemigos de Cord tenían información sobre su pasado que éste desconocía. Siempre la tendrían. Sentía deseos de chillar de rabia.

—Las pruebas que Stillwell tiene en su posesión pueden ser eliminadas —le dijo Lassiter, adivinando su preocupación—. Oficialmente, no estoy capacitado para ello, pero puedo hablar con ciertas personas en su nombre.

—Estupendo —masculló Maggie—. Podemos poner un anuncio en el periódico, decírselo a todo el mundo.

—No será así. No se imagina lo que sé sobre algunas de las personas más influyentes de este estado. Comparto la información con diversos contactos, pero todos son tan mudos como yo. Por eso sigo en este negocio. Déjelo en mis manos, señorita Barton —añadió en voz baja—. Me ocuparé de ello. Le doy mi palabra.

Las lágrimas le nublaron la vista, pero era demasiado orgullosa para llorar delante de Lassiter. Elevó la barbilla y parpadeó.

—Gracias —alcanzó a decir.

—Debería recibir terapia.

—Quizá —le sonrió—. ¿Le gustaría darme un trabajo? No me vendría mal aprender el negocio si me voy a convertir en blanco de unos criminales internacionales. Sé disparar un arma si es necesario —frunció los labios con un brillo en la mirada–. Y las gabardinas me sientan de maravilla.

Lassiter rió entre dientes, alegrándose al ver que se sobreponía tan deprisa.

–Pues desempolve la suya; tendré presente la sugerencia. Mientras tanto, intentaré reunir pruebas contra JobFair y Global Enterprises al mismo tiempo.

–Gracias, señor Lassiter –dijo Maggie con solemnidad.

–No se preocupe por el archivo de Stillwell –repitió–. Pero le aconsejo que se lo cuente todo a Romero. Por si acaso –añadió con genuina preocupación. Maggie sonrió débilmente.

–Para hacer eso necesitaría más valor del que tengo –confesó.

Lassiter se compadecía de ella. Se despidió y salió de su despacho decidido a hallar la manera de extraer ese archivo de la oficina de Stillwell.

A Maggie no se le había pasado por la cabeza recibir noticias de los enemigos de Cord, pero una llamada de teléfono poco antes de la hora de salida la dejó helada.

–Si es inteligente –dijo la voz siniestra cuando ella descolgó y se identificó–, convencerá a Romero de que dé marcha atrás. Tenemos un vídeo muy interesante de usted en, digamos,

¿posturas comprometedoras? Piense en cómo reaccionaría Romero si lo viera. Es usted una mujer muy desagradable, señorita Barton.

–Hijo de perra –replicó, furiosa–. ¡Cobarde asqueroso! ¡Si pudiera ponerle las manos encima...!

–No fuerce su suerte –replicó la voz–. Haga que Romero saque las narices de JobFair. Consiga que se retire de la investigación, y deprisa, o saldrá en titulares en las noticias de la tarde.

La comunicación se cortó. Maggie se levantó de su mesa como un zombi, entró tambaleándose en el cuarto de baño, echó el cerrojo y vomitó.

Al final de la jornada, Maggie ya se había serenado e intentaba no pensar en las consecuencias de que su pasado saliera a la luz. Debía ser optimista y concentrarse en las víctimas inocentes de JobFair y su principal cliente, Global Enterprises. Pero lo único que veía era el horror y la repulsión en el amado semblante de Cord si alguna vez veía esas cintas de vídeo. Sabía que no se lo perdonaría nunca. Su hostilidad pasada sería una pálida sombra en comparación. Ella debía mantener la cabeza bien alta y hacer como si nada hubiera ocurrido.

Pero le resultaba casi imposible. Cuando

Cord se pasó a recogerla luciendo gafas de sol y con Davis detrás del volante del deportivo, se mantuvo callada y ausente durante todo el trayecto al rancho. «¡Si supiera cómo contarle a Cord las amenazas de que había sido objeto...!», se decía. Según le había adelantado Lassiter, Cord pensaba sacarla del país, pero Maggie no estaba muy convencida. Cord no era de los que huían. ¿Y si no lograba convencerlo de que abandonara la ciudad?

—Estás muy pensativa —comentó Cord cuando Davis dejó el deportivo en el garaje y se despidió para proseguir con su trabajo.

—Ha sido un día agotador —contestó Maggie con una sonrisa forzada—. Nada de lo que preocuparse —se lo quedó mirando y se sintió al borde del pánico—. ¿No querrás venirte a Tahití conmigo a tostarte en la playa?

Cord rió entre dientes.

—¿Por qué no?

—Puede que corriésemos más peligro allí que aquí.

Cord la miró con atención.

—Tahití está en el Pacífico; hace demasiado calor. Pero ¿qué tal si vamos a España?

—¿A España? —el corazón le dio un vuelco—. ¿En serio?

—En serio —pasó el brazo por el respaldo de

Maggie y la miró a los ojos–. Tengo entendido que Gruber nos tiene en su punto de mira –dijo, sin revelar cómo lo había averiguado ni saber que Maggie había hablado con Lassiter. La vio palidecer, pero no comprendió qué podía suscitar aquella intensa reacción–. Quiero desconcertarlo y hacerlo bajar la guardia. Si se confían y cometen algún descuido, podremos detenerlos. Si abandonamos el país, tanto Adams como Gruber y Stillwell pensarán que nos hemos echado atrás. Tengo un anciano tío en España. Podríamos ir a visitarlo o, al menos, dar esa impresión.

–¿Y si Gruber nos sigue a España? –preguntó Maggie.

–Estoy ciego. ¿Qué amenaza podría representar para él?

–Pensándolo así...

–Podría ser peligroso; siempre existe esa posibilidad. Pero puedo protegerte. Tengo algunos amigos a los que no les importará seguirnos a una distancia prudencial. En cualquier caso, ahora mismo estarás más segura fuera de los Estados Unidos.

Maggie no meditó en las palabras de Cord. Lo miró con ojos brillantes, reprimiendo sus peores miedos. Sería una aventura; estaría con Cord. Era su última oportunidad de compartir algo con él. Y, en el peor de los casos, si la...

mataban, tendría gratos recuerdos en su compañía que llevarse a la oscuridad.

Lo miró a los ojos con leve anhelo. La perspectiva de vivir una aventura con él resultaba emocionante.

—Ya puedo verme con un número de identificación oficial, una gabardina y una pistola —afirmó con una alegre sonrisa—. Casi había convencido al señor Lassiter de que me contratara, pero esto parece mucho más interesante. Llama a la Interpol y diles que estoy disponible. ¿Me darán una de esas pastillas de cianuro por si las moscas?

Cord rió, disfrutando de la reacción de Maggie. Tenía coraje, determinación y estilo. La admiraba más que a ninguna otra mujer que había conocido. Le tocó la mejilla con el dedo.

—No, sólo dispondrás de un mercenario herido y un Colt 45 automático —bromeó.

—No tan herido —dijo Maggie con suavidad, y alargó la mano para tocar con suavidad la piel que circundaba las heridas recientes de su rostro—. ¡Y muy afortunado!

Cord la miraba, deleitándose con el afecto sincero que Maggie dejaba entrever con sus caricias, y el visible anhelo que sentía por él.

—Sí, muy afortunado —dijo en un susurro.

IX

Maggie escogió lo justo para llenar una bolsa de mano, animada ante la perspectiva de hacer un viaje con Cord, aunque fuera en aquellas circunstancias. Además, los planes de Cord la salvaban, temporalmente, del peligro de que Adams y sus socios sacaran a la luz su pasado. Creerían que había persuadido a Cord para que abandonara el país y se mantuviera al margen, y se aplacarían.

Cord alzó la vista cuando la vio entrar en el salón con pantalones de pinzas, camiseta y chaqueta, con la melena recogida en una larga trenza a la espalda y la bolsa de viaje al hombro.

–Vas ligera de equipaje –comentó en tono aprobador.

—No tengo muchas cosas —le recordó—. Salvo por las fotos de mis padres y bisutería de mi madre, que he dejado aquí, ropa es lo único que tengo.

Cord nunca se había parado a pensar en lo contadas que eran sus posesiones de la niñez. Claro que a él le ocurría lo mismo. Todas las pertenencias de sus padres ardieron en el incendio, y la casa que tenían en España era alquilada, así que vendieron el contenido en una subasta. Las autoridades dieron por hecho que Cord también había perecido en el incendio, y no fueron informados de lo contrario hasta que Cord no fue mayor de edad y se puso en contacto con ellos.

—¿Ninguna reliquia? —le preguntó a Maggie con mirada extraña—. ¿Ni siquiera de la bisabuela que luchó con Villa? —bromeó.

Maggie lo negó con la cabeza. No quería explicarle que las autoridades habían confiscado el contenido de su hogar. Sólo Dios sabía lo que habían hecho con ello. Nunca había preguntado por temor a resucitar la curiosidad sobre el caso.

«Qué extraño», pensó Cord. A Maggie no le gustaba acumular posesiones. De hecho, tenía una actitud tan espartana como él en ese aspecto.

—Nuestros hijos tendrán sus habitaciones abarrotadas de cosas —comentó en tono distraído. Maggie se obligó a no reaccionar a aquel comentario doloroso.

—No pluralices. Los míos estarán obsesionados con el orden.

Cord enarcó una ceja.

—¿Y cuándo piensas tener esos utópicos hijos ordenados?

—Por la misma época en que tú crees tu propia familia con otra mujer —contestó—. Y que Dios la ayude, pobrecita. Se quedará encerrada en casa mientras tú andas por ahí tratando de volarte la cabeza.

Cord no reaccionó con una sonrisa, como ella había esperado. Estaba muy serio.

—Si me volviera a casar, vendría a casa y me dedicaría a criar sementales Santa Gertrudis. Puede que trabajara un poco como asesor en mi tiempo libre en la escuela antiterrorista de Jacobsville.

—No llegará el día —dijo Maggie con voz ausente—. ¿Nos vamos?

—¿Es que hay un fuego?

Maggie se volvió hacia él y lo miró sin arredrarse.

—Se pueden recomponer los cristales rotos, pero siempre quedan distorsionados. Creo que las relaciones son así —afirmó en voz baja—. En realidad, no te gusto. Gruber nos ha amenazado y me estás protegiendo porque no puedes evitarlo. Pero en cuanto desaparezca el peligro, todo volverá a ser como antes. Me tolerarás en la periferia de tu vida —sonrió con tristeza—. Siempre ha sido así. Quiero empezar de cero en alguna otra parte. Quiero —vaciló y bajó la mirada— liberarme del pasado.

—Huir no es la solución.

Maggie contempló el semblante irritado de Cord con angustia.

—Lo es, Cord —dijo con voz ronca, viendo morir sus esperanzas al recordar la amenaza de Stillwell y la información que tenía sobre ella—. A veces, es la única solución.

Cord no comprendía su cambio de actitud. Habían estado aproximándose, tanto física como emocionalmente, desde su roce con la muerte. Maggie estaba retrocediendo a marchas forzadas justo cuando él quería volver a empezar con ella.

—¿Por qué no vives la vida día a día? —le aconsejó.

Maggie soltó una carcajada hueca.

—No servirá de nada. Ya nada servirá. ¿Podemos irnos ya, por favor?

—Le daré instrucciones a June.

—Sacaré mi equipaje...

—Ni hablar —le prohibió con firmeza—. Wilson está en el granero con uno de sus hombres, y ni el padre de June ni Red Davis están en el rancho. No hay nadie al otro lado de esa puerta. No te moverás de aquí hasta que yo no salga contigo.

—De acuerdo —accedió Maggie. Se sentó en el brazo del sofá para esperar con paciencia.

—¿Ningún pero? —preguntó Cord con burlona sorpresa.

—Todavía no tengo pistola.

—Pues no esperes que yo te la dé —le dijo—. La única ocasión en que intenté enseñarte a disparar un rifle, lo dejaste caer sobre mi pie.

Porque estar cerca de él la ponía nerviosa. Porque todo su cuerpo había reaccionado con predecible deleite. No podía decírselo.

—Pesaba la mitad que yo, y no me lo diste, me lo arrojaste —replicó—. Ni siquiera sabía cómo quitar el seguro.

No añadió que poco después había aprendido a disparar una pistola con bastante precisión. Eb Scott la había enseñado durante su fugaz compromiso.

—Estuviste prometida a un soldado profesional —comentó Cord—. Eb debería haberte enseñado.

—Eb estaba ocupado salvando el planeta del mal —repuso en tono jocoso.

—¿Alguna vez lamentas no haberte casado con él? —preguntó de pronto. Maggie lo negó con la cabeza.

—Éramos buenos amigos, nada más.

—Entonces, ¿por qué os prometisteis?

«Porque tú te casaste con Patricia», pensó, sintiendo de nuevo la angustia y el dolor. Cord entró en el salón de Amy con la rubia menuda del brazo, haciendo caso omiso de Maggie y anunciando que estaban casados. Los dos estaban radiantes de alegría. Maggie sonrió mientras el corazón se le hacía añicos. También sonrió en ese momento. No iba a confesarlo.

—Porque era un bombón —contestó en tono desenfadado.

Cord le lanzó una mirada furibunda antes de salir por la puerta y recorrer el pasillo hasta la cocina, dando tiempo a Maggie para que se sobrepusiera.

Cord tenía una avioneta bimotor y solía utilizarla para acudir a subastas de ganado y a reuniones de negocios pero, si quería mantener el engaño de su ceguera, no podía pilotarla en aquella ocasión. Así que subió al coche con Maggie y le pidió a Red Davis que los llevara al aeropuerto para tomar el avión a España.

—¿Es un medio seguro de viajar? —preguntó Maggie cuando despegaron de Houston.

—Relativamente seguro —fue todo lo que dijo.

Viajaron en primera clase, toda una novedad para Maggie. Se sentó junto a Cord en una zona del avión en la que jamás había puesto el pie. Siempre compraba billetes de clase turista porque no tenía dinero para permitirse aquellos lujos.

Hicieron escala en Nueva Jersey y de allí tomaron otro avión hacia Madrid. El vuelo era largo y Maggie no lograba conciliar el sueño. Aceptó agua cada vez que las azafatas se la ofrecían; se dio paseos por el pasillo para estirar las piernas; escuchó música con los auriculares. La película, una historia sobre un desastre natural, no la interesó y, al parecer, tampoco a Cord, porque estaba enfrascado en su ordenador y conectado a Internet. Como él ocupaba el asiento de ventanilla, Maggie no podía observar con disimulo lo que hacía con el pretexto de mirar el paisaje. Al final, cerró los ojos y, por sorprendente que pareciera, se quedó dormida.

Cord la zarandeó con suavidad cuando aterrizaron en el bullicioso aeropuerto de Barajas, en Madrid. Maggie abrió los ojos, se estiró y bostezó. Cuando el avión se detuvo ante la puerta de desembarque que le correspondía, sacó su bolsa de mano de debajo del asiento delantero y esperó a que Cord saliera al pasillo con su propia bolsa de mano y el portátil bien guardado dentro. No tardaron en tomar un vuelo chárter hacia Málaga, en el sur de España.

Cuando aterrizaron, recorrieron la larga rampa hasta la puerta de desembarque y Cord la fue guiando con disimulo. Maggie paseó la mirada por los viajeros y se acordó de su viaje a Marruecos con Gretchen, porque muchos de ellos eran árabes. No era inusual ver a hombres con chilabas y mujeres con turbantes junto a los vaqueros y trajes de pantalón de otros viajeros.

Maggie se sorprendió leyendo los anuncios de las paredes sin vacilación ni dificultad. Su capacidad para comprender el español resucitaba recuerdos dolorosos de sus primeros años con Cord, cuando su conocimiento común del castellano le permitió ocupar un lugar privilegiado en su vida. Últimamente, sufría con sólo oírlo hablar.

—Ya no sueles hablar en español, ¿verdad? —preguntó Cord de improviso.

—Hace años que no.

—Desde que eras niña —matizó, y observó su

rostro tenso—. Tenías un acento de lo más original —recordó con una sonrisa—. Mexicano mezclado con tu entonación sureña.

—Y todavía lo tengo —Maggie arrugó la nariz—. Aquí me azotarían si me oyeran hablar así.

Cord rió.

—La gente es más tolerante hoy día. Además, tu acento no es nada comparado con el de un ruso hablando español —aquel comentario la hizo reír—. Así está mejor —dijo Cord con suavidad—. Te notaba un poco tensa. Debería haberte prestado más atención durante el vuelo.

—No necesito niñera —replicó Maggie con expresión seria.

—¿Ah, no? —miró alrededor, como si buscara a alguien—. Telefoneé a mi tío antes de venir. Se ofreció a enviar a un hombre a recogernos, pero le dije que alquilaríamos un coche. No me hace gracia ponerme en manos de un desconocido; podría ser cualquiera.

—¿Es que aquí alquilan coches? —preguntó, sintiéndose perdida.

—En todas partes —rió Cord—. Vamos.

Pasaron el control de pasaportes y salieron a la terminal, donde buscaron los mostradores de coches de alquiler. Cord esperó con el equipaje mientras ella rellenaba el formulario y recibía la llave. Después, salieron juntos al sol abrasador de Málaga.

—El tío Jorge vive en el norte de Málaga —le informó Cord—. Picasso nació en Málaga —añadió—. Jorge tiene un enorme cortijo, en el que cría toros de lidia para las corridas. Un Romero de Ronda, que no es pariente nuestro, fue el creador del arte del toreo moderno. Jorge cada vez tiene menos toros y, como está soltero, cuando muera venderán su ganadería.

—Qué pena —comentó Maggie.

—Así es la vida —dijo con frialdad—. Te caerá bien. Cuenta anécdotas increíbles sobre los primeros días del toreo, cuando mi abuelo era matador.

—Me gusta la historia.

—A mí también.

—Andalucía es la patria del flamenco —prosiguió Cord—. El pueblo gitano fue su principal difusor, y el estilo varía según la región. Hay ruinas romanas por todas partes: Jorge tiene una pequeñita en su cortijo —añadió con una sonrisa—. Al sur está la Costa del Sol, el destino turístico de los ricos y famosos, y las célebres casas encaladas. Más al sur se encuentra el peñón de Gibraltar, que todavía es colonia británica, y al otro lado del Estrecho, Marruecos. En concreto, Tánger —le recordó.

—Tánger me encantó. Me gustaría conocerlo un poco más.

—Puede que tengas tu oportunidad —dijo en tono misterioso.

—¿No conducirán por la izquierda? —preguntó con preocupación cuando se acercaban al coche alquilado.

—No. Ni aquí ni en Gibraltar —añadió, y sonrió al ver su sorpresa—. Se producían demasiados accidentes cuando otros europeos tenían que cambiar de carril en Gibraltar, así que los británicos adaptaron las normas de circulación a las españolas.

—¡Menos mal! —exclamó con claro alivio.

No le dijo que lo más emocionante del inminente viaje en coche hasta el cortijo de Jorge era poder disfrutar de su compañía. Jamás se había sentido tan dichosa, a pesar del peligro que rodeaba aquel viaje.

El paisaje era exquisito, salpicado de olivos y cipreses, con edificios antiguos en las zonas habitadas y caballos y vacas pastando en prados pintorescos a lo largo de la carretera serpenteante. No había mucho tráfico fuera de la ciudad, y

Maggie se relajó un poco mientras conducía. En Houston no tenía coche, porque prefería moverse en taxi.

Por fin se detuvieron ante una verja de hierro forjado con el nombre de Romero pintado en un letrero de madera a un lado. Cord se apeó, la abrió y, Maggie franqueó la verja en el coche. Minutos después, se acercaban entre pastos vallados a una elegante casa blanca con arcos, semejante a las estructuras de adobe que Maggie había visto en Texas. Dos perros de pelo largo estaban sentados en el porche delantero, junto a un hombre canoso que se apoyaba en un bastón.

—El tío Jorge es el hijo del hermano de mi bisabuelo —le informó Cord a Maggie—. Eso lo convierte en mi tío abuelo.

—Es muy distinguido, ¿no? Parece un aristócrata —comentó Maggie mientras el anciano descendía los peldaños para saludarlos.

—Es todo un personaje —contestó Cord, sonriendo—. Te darás cuenta cuando lo conozcas —se apeó del vehículo y abrazó con afecto al anciano. Intercambiaron saludos antes de que Cord presentara a Maggie. El anciano le besó la mano a la antigua.

—Es un placer conocer a la mujer más importante de la vida de mi sobrino nieto —dijo el tío Jorge en un inglés pasable, y sonrió. Maggie rió con nerviosismo.

—Sólo soy su hermana de acogida, pero yo también me alegro mucho de conocerlo —contestó.

Jorge la miró con extrañeza pero se encogió de hombros.

—Por favor, pasad. He pedido que os preparen las habitaciones —vaciló y sus cejas se unieron en un monstruoso ceño—. ¿No compartiréis habitación, no? —añadió con recelo. Maggie prorrumpió en carcajadas.

—No llegará el día —barbotó, sin osar mirar a Cord. El anciano rió entre dientes.

—Tendréis que perdonarme; estoy chapado a la antigua.

—No se preocupe —repuso Maggie con fluidez, y lo agarró del brazo—. Yo también soy de ideas anticuadas. Lástima que no podamos decir lo mismo de otras personas —añadió con una mirada significativa a Cord.

Una vez dentro de la casa, Cord se quitó las gafas de sol.

—Es un disfraz —le dijo a su tío en tono sombrío—. Tuve un accidente y el hombre que me hizo esto —señaló las heridas de la cara— quiere volverlo a intentar. Me fui del país para despistarlo.

—Tendrás que contármelo todo —dijo Jorge con una sonrisa—. Yo también he sido soldado, como ya sabes. Venid.

Los condujo al salón. Jorge Romero tenía la casa impecable, como si hubiera salido de una revista. Los suelos eran de mármol antiguo, elegantes. Las escayolas del techo podían pasar por una obra de arte. Había alfombras persas en el suelo y cortinas de seda en las ventanas. Los muebles eran de madera pulida, salvo por los sillones, que eran de cuero.

—Tiene una casa preciosa —comentó Maggie.

—La casa de un soltero debe sustituir a una mujer y a unos hijos —le informó con una triste sonrisa—. Perdí a mi prometida durante la Guerra Civil. Era una joven hermosa y su sonrisa me alegraba el corazón. Se mantuvo a mi lado durante la lucha, y una bala acabó con su vida. Nunca sentí deseos de reemplazarla.

—Lo siento —dijo Maggie con genuina compasión. Jorge se encogió de hombros y le sonrió.

—Todos pasamos duras pruebas en la vida. Las mías han sido menos traumáticas que las de otras personas —le explicó—. Siéntate —le indicó que se acomodara en el delicado sofá—, y le diré a Marisa que nos haga un buen chocolate a la taza. ¿Te gusta el chocolate? —se apresuró a preguntar.

—Me encanta.

—Eso está bien. Aquí, en España, antes se tomaba mucho. A mí me gusta.

Se disculpó y desapareció por la parte posterior de la vivienda.

—Me cae bien —le dijo Maggie a Cord.

—Y tú a él. A mí no me deja sentarme ahí —añadió, cerniéndose sobre ella con las manos en los bolsillos de sus pantalones de pinzas—. Era donde se sentaba su prometida cuando su padre era el jefe de familia y Jorge la cortejaba.

—Qué honor —dijo Maggie. Él la miró con intensidad.

—Ojalá pudiéramos compartir habitación, Maggie —dijo en voz baja. Ella desvió la mirada.

—No empieces.

Cord inspiró con impaciencia.

—No vas a abrirte a mí, ¿verdad? —preguntó con aspereza—. Reaccionas a cada insinuación huyendo hacia la puerta.

—Dijiste...

—¡Mentí! —él le dio la espalda—. Me estoy volviendo loco.

Maggie no lo entendía. Sus ojos verdes siguieron sus pasos hacia la ventana. Mientras

Cord miraba por los cristales, pensativo, Jorge regresó al salón. Muy pronto, el arranque de Cord se perdió en la conversación aderezada con chocolate caliente servido en delicadas tazas de porcelana.

Jorge no tenía televisión. Aquella noche, los tres salieron al amplio porche delantero y se sentaron en mecedoras para escuchar al ganado mugir a lo lejos.

—Esto es maravilloso —comentó Maggie con voz soñadora, cerrando los ojos—. Como en el rancho de Cord al atardecer.

—¿Vives con él? —preguntó Jorge.

—No. Me alojo en su casa temporalmente —respondió—. Es una historia complicada.

—No quiere decirte que el asesino del que te hablé quiere acabar con nosotros —le dijo Cord al anciano—. Comercia con mano de obra infantil, e intentamos detenerlo.

El anciano se convirtió de pronto en un extraño. Se inclinó hacia delante con semblante resuelto a la luz amarilla que salía por las ventanas.

—Tres de mis hombres lucharon conmigo en el bando republicano —le dijo a Cord—. Somos viejos, pero estamos a tu disposición.

—Gracias —dijo Cord con una sonrisa—. Puede que te tome la palabra. He traído a unos cuantos amigos —añadió para sorpresa de Maggie—. Los encontrarás acampados en tus pastos, en tu almacén de grano y en el establo de atrás. Espero que no te importe.

—¿Importarme? —rió Jorge—. Será como en los viejos tiempos. ¡Una aventura! —vaciló—. Pero esta encantadora niña...

—Me acompañaría hasta las trincheras —le dijo a Jorge—, como hizo Luisa contigo.

El anciano y Cord intercambiaron una mirada que Maggie ni siquiera se atrevía a interpretar, pero que la hizo sentirse apreciada.

—Lo que propongo —dijo Cord—, con tu permiso, claro, es dejar a un hombre aquí haciéndose pasar por mí. Quiero que finjas viajar a Tánger con Maggie, como si le estuvieras enseñando esta parte del mundo. ¿Te atreves?

—Vivo una vida sencilla y aburrida —reflexionó Jorge con un destello en sus ojos oscuros—. Las aventuras acaban siendo leyendas para un hombre como yo.

—¡No pienso dejarte! —exclamó Maggie al instante, clavando la mirada en Cord.

—Ni yo a ti —repuso él con suavidad—. Voy a ir disfrazado de Jorge.

El anciano rió entre dientes.

—Tendrás que teñirte el pelo de blanco y caminar encorvado —señaló.

—Uno de mis hombres fue actor, es un experto en disfraces. Ni mis padres me reconocerían cuando acabe conmigo.

Jorge se puso triste un momento.

—Me acuerdo muy bien de tus padres. Tu padre tenía magia en las manos, en el cuerpo. No era Sancho, pero tenía mucha destreza.

—Sancho Romero era mi abuelo —le dijo Cord a Maggie.

—Sí. Tengo un cartel...

El anciano abrió un enorme armario y sacó el cartel de una corrida, deslumbrante con los tonos rojos y amarillos bajo las gruesas letras negras. Anunciaba la despedida del diestro Sancho Romero en la plaza de toros de Las Ventas. También sacó un cuadro, un retrato del mismo hombre.

—Era majestuoso —dijo Maggie contra su voluntad, observando los rasgos elegantes y sólidos del apuesto hombre de pelo negro. Tenía un porte y una arrogancia, incluso en pintura, que resultaban chocantes y atractivos.

—Sufrió una cornada cuando se disponía a entrar a matar —dijo el anciano con tristeza—. Yo estaba en la barrera, vitoreándole —cerró los ojos—. Fue como si al toro le hubiese salido un trapo multicolor en los cuernos. El traje de luces de Sancho reverberó como oro puro a la luz del sol mientras el toro daba vueltas alrededor de la plaza, para horror del público –miró a Maggie, aguardando su reacción. Ella se limitó a sonreír con tristeza.

–Un tío mío murió en un rodeo a las afueras de Houston. Las aficiones peligrosas siempre pueden costarte la vida, pero hay gente que muere en campos de fútbol por insolación.

–Querrás que permanezca dentro de casa durante tu ausencia –dijo el anciano de improviso, mirando a Cord. Este asintió.

–Y lejos de tus amigos.

–Entiendo –sonrió–. Debo permanecer oculto.

–Y estarás a salvo –señaló Cord–. Dos de mis hombres se quedarán aquí. Los otros dos nos seguirán a Maggie y a mí, de incógnito.

–Eres una mujer muy valiente –le dijo Jorge a Maggie. Ella sonrió.

–Hasta hace poco, llevaba una vida muy aburrida. Pero tengo una gabardina lista para ser usada –añadió con una mirada traviesa a Cord. Este sonrió con claro orgullo, y Maggie creyó flotar.

X

Maggie se limitó a escuchar mientras Cord describía a grandes rasgos sus planes de viajar a Tánger al día siguiente. Se desplazarían en uno de los Mercedes de Jorge hasta el ferry y cruzarían el Estrecho con el automóvil. Una vez en Tánger, se alojarían en la casa de un primo segundo de Cord y sobrino nieto de Jorge, Ahmed, un bereber dueño de un pequeño negocio de importaciones y exportaciones.

No habría tiempo para una visita de placer mientras Gruber y sus amigos estuvieran borrando las huellas de sus actividades ilegales. Cord tendría que moverse deprisa. La visita a su tío Jorge daría la impresión de que se estaba alojando en casa de un familiar durante su restablecimiento y que Maggie aprovechaba el viaje para visitar Marruecos, además de España, en compañía de Jorge. Si Gruber hacía comprobaciones, le dijo Cord a Maggie, descubriría que Jorge tenía sobrinos nietos en Tánger, uno de los cuales sería su anfitrión durante su estancia.

Maggie intentaba no preocuparse por la farsa, pero no podía evitarlo. No temía lo que pudiera ocurrirle a ella, sino a Cord, si Gruber lo desenmascaraba y averiguaba sus verdaderas intenciones. La sede de Global Enterprises se encontraba en Tánger. Pese a contar con la protección de los enigmáticos amigos de Cord, Maggie sabía que sus vidas correrían peligro si Gruber descubría que Cord intentaba reunir pruebas contra él. El miedo se acrecentaba al saber que no vacilarían en hacer públicos sus secretos. Recordó el consejo de Lassiter de contarle a Cord la verdad. Todavía no, se dijo. Todavía no.

No la sorprendió tener una pesadilla en mitad de la noche. La tensión de los últimos días, combinada con las amenazas y el chantaje, despertaron recuerdos horribles de su niñez. Estaba sollozando amargamente cuando sintió unos brazos fuertes que la estrechaban contra un tórax cálido y sólido. Los brazos la mecían, y el grueso vello le hacía cosquillas en la nariz mientras lloraba.

—Ya, ya —le susurró al oído una tranquilizadora voz grave, mientras una mano poderosa le alisaba la melena alborotada—. Estás a salvo; no consentiré que te hagan daño.

Poco a poco, cayó en la cuenta de que ya no estaba soñando. Inspiró el aroma intenso de la colonia de Cord y reparó en el roce del vello que le cubría el pecho y descendía en punta hacia su vientre. Maggie tenía las manos sobre su tórax, y percibía su fortaleza. Se había relajado en sus brazos pero, de improviso, volvía a estar nerviosa. Abrió los ojos y contuvo la respiración.

La luz de la mesilla estaba encendida, y la puerta cerrada. Llevaba puesto un discreto camisón de encaje blanco que había escogido para el viaje, con sus mangas amplias y escote modesto. Cord estaba sentado sobre la cama, a su lado, envuelto en una toalla. Enarcó una ceja con regocijo al ver su rubor.

—Me has visto desnudo —le recordó.

Maggie tragó saliva. Seguía sintiéndose intranquila con él, con cualquier hombre, en aquellas circunstancias. Sabía que sus inhibiciones y el rechazo que sentía hacia la intimidad prácticamente le habían destrozado la vida.

Cord le retiró el pelo de la mejilla.

—¿No crees que ya es hora de que me cuentes la verdad, Maggie? —preguntó con voz suave. Ella se mordió el labio con fuerza.

—Preferiría morir —dijo con una carcajada ronca, pero hablaba en serio.

—¿Por qué?

—No conviene remover temas dolorosos.

Cord le levantó la barbilla. Estaba serio, severo. Notaba la rigidez en las manos de Maggie, y se las abrió con suavidad, presionándole la piel con sus largos dedos.

—Durante el vuelo, estuve buscando información en Internet —comentó de repente.

—¿Y?

—¿No quieres saber qué buscaba? —insistió despacio. Maggie lo miró a los ojos y un relámpago de pánico iluminó los de ella fugazmente. No podía haber averiguado nada en Internet; los archivos estaban protegidos...

—Ni siquiera sé cómo decírtelo —dijo con un hondo suspiro—. Lassiter hizo un comentario sobre un escándalo que tuvo lugar en Houston cuando se incendió el hotel en que murieron mis padres y... —la miró a los ojos—. No sé por qué, pero empecé a pensar en casos y delitos, y accedí a algunos antiguos archivos empleando códigos que no había usado en años... –vaciló al reparar en la expresión de horror del rostro pálido de Maggie. Ella intentó desasirse; la mortificaba que Cord hubiera visto las fotografías y descubierto la verdad. Sollozaba como un animal herido mientras intentaba desasirse.

Pero Cord era demasiado fuerte. La tumbó con suavidad sobre la cama y la apretó contra él, abrazándola con firmeza y ternura a la vez, sosteniendo la mejilla húmeda de Maggie junto a su pecho.

–Debiste decírmelo hace años –susurró con aspereza–. Dios, cuando comprendí lo que te había hecho... –inspiró con brusquedad y cerró los brazos con fuerza para contener los temblores de Maggie–. Me porté fatal contigo. Te hice sufrir, te atemoricé... tanto, que tuviste que ocultarme la verdad. ¿Cómo puedo disculparme por lo que sufriste por mi culpa? Y ni siquiera lo sospeché. Tú y tus malditos secretos, Maggie –concluyó con enojo.

–Amy pensó que era lo mejor... –empezó a decir con voz ronca.

–¿Amy? –se apartó de ella con el ceño fruncido–. Amy ya había muerto cuando te casaste con Evans.

Maggie abrió aún más los ojos. No entendía lo que Cord quería decir.

Cord hizo una mueca. La miró con intenso dolor en sus ojos oscuros.

—Te dejé embarazada la noche en que Amy murió —dijo con voz trémula—. Evans te provocó un aborto en su arrebato de ira —apretó los dientes con angustia en su expresión—. Dios, de haberlo sabido, lo habría matado.

Maggie le rodeó el cuello con la mano para abrazarlo. ¡No sabía nada de lo otro! Todo estaba bien. Enterró el rostro en su garganta y se aferró a él. Notó algo húmedo en la mejilla. Las lágrimas afloraron en sus propios ojos.

—Jamás te lo habría dicho —dijo con voz ahogada—. Jamás quise que te enteraras. Sabía que te dolería mucho...

Cord gimió, y le cubrió el rostro con besos rápidos y ardientes que de pronto se ralentizaron y se volvieron increíblemente tiernos. Su enorme cuerpo se relajó sobre el de ella, y la hundió suavemente en el colchón. Susurró algo que Maggie no logró comprender mientras una pierna larga y poderosa se insinuaba entre las de ella a través del camisón de algodón.

Por lo general, se habría sentido intimidada por el movimiento, nerviosa, tímida, vacilante. Pero Cord estaba compartiendo con ella su dolor. Había perdido al hijo de ambos y de repente, el sufrimiento se hacía soportable sólo porque él lo sabía.

—Cord... —susurró con voz entrecortada, aceptando el roce lento y sensual de su cuerpo masculino. Lo abrazó—. Quería tener ese niño —le dijo al oído—. ¡Cuánto deseaba tenerlo! Y Bart no dejó de golpearme. Recuerdo que cuando... cuando yacía sangrando y rota, maldiciéndolo a voz en cuello por lo que sabía que había hecho, lo amenacé con decírtelo y le aseguré que no tendría ni un minuto de paz durante el resto de su miserable vida. Le dije que me vengaría de él aunque fuera lo último que hiciera —tragó saliva—. Se mató —dijo en un susurro—. Hice que se matara. También he tenido que vivir con ese cargo de conciencia...

—Maldito fuera. Si no se hubiera suicidado, lo habría estrangulado yo mismo.

—Era un alcohólico; pero no me enteré hasta que no estuve casada con él. Sospechaba que me había quedado embarazada. Quería que el bebé tuviera un apellido, y temía decírtelo.

—Sí. Fui muy cruel contigo, muy cruel.

Ella lo acarició con la mejilla.

—Los dos habíamos estado bebiendo —dijo Maggie en voz baja—. No te tortures; ya no importa.

—Claro que importa —replicó con aspereza—. Ni siquiera pensé en las consecuencias. Siento que tuvieras que pasar por eso tú sola.

—Llamé a Eb.

—Sí, me lo dijiste —repuso en tono frío.

—Iba... Iba a pedirle que se pusiera en contacto contigo. Pero cuando me enteré del accidente de mi marido, me eché atrás.

Cord deslizaba las manos por su cuerpo, cambiando despacio de postura. Le acarició la garganta con los labios, y ella se estremeció.

—Habría venido enseguida —susurró—. De hecho, vine en cuanto me enteré de que habías estado enferma. Para entonces, ya estabas en tu casa, y ni siquiera quisiste verme.

Ella le besó el cuello con suavidad.

—Lo habrías adivinado nada más verme. Sólo quise ahorrarte el sufrimiento.

Cord profirió un sonido áspero y gutural. Buscó su pecho con la boca y lo presionó a través de la gruesa tela de algodón.

—Merecía sufrir.

Maggie sonrió pese a la excitación. Resultaba embriagador que Cord la abrazara con tanta avidez. Jugó con su cabello. Era una delicia tocarlo, yacer junto a él, estar con él. Sintió un hormigueo por todo el cuerpo, y ni un ápice de temor, sólo un sentimiento de irrea-

lidad. Movió una pierna de forma involuntaria, deslizándola sobre las de él. Para sorpresa
de Maggie, el pequeño movimiento le produjo una erección patente e inmediata. Cord se
puso rígido.

—Será mejor que no lo vuelvas a hacer
—masculló.

—Lo siento.

Cord exhaló un fuerte suspiro junto al oído
de Maggie.

—Ojalá estuviéramos en un hotel.

—¿Por qué? —preguntó con curiosidad.

—Podría llamar al servicio de habitaciones y
pedir un preservativo de emergencia —rió.
Maggie se unió a sus carcajadas.

—Me gusta sentirte así —le dijo, y deslizó los
labios pausadamente a lo largo del cuello ardiente de Cord. Éste la sujetó por la cadera y la
apretó contra él para que sintiera el poder
completo de su erección.

—Quiero entrar dentro de ti —le susurró al
oído. Maggie profirió una exclamación de asombro. No podía creer que Cord hubiese dicho algo
tan osado, pero se movió sobre ella, y bajó la boca
al escote cuadrado del camisón. Recorrió el borde de algodón con los labios, levantándolo para
poder besar su piel suave como la seda. Maggie se
movía con desazón, ardiendo de placer.

—Me gusta —murmuró, aturdida. Cord trazó un dibujo en su piel con la lengua.

—Déjame que te quite el camisón y te enseñaré algo que te gustará mucho más.

—No pareces el tipo de hombre que pregunta primero —bromeó.

—Sólo contigo —contestó—. ¿Son botones o automáticos?

Cord fue desabrochando botones, mientras ella reía con suavidad. Después, alzó la cabeza y la miró a los ojos. Deslizó el dedo índice por debajo de la tela y la atormentó acercándolo a su pezón erecto sin dejar de observarla, como un halcón, para evaluar su reacción.

Maggie entreabrió los labios. Cada vez le costaba más trabajo respirar con normalidad. Clavó las uñas en los antebrazos de Cord justo cuando él se cernía sobre ella y, llevada por un impulso, miró hacia abajo. La toalla había resbalado de las caderas de Cord, pero estaban tan juntos que no podía ver nada.

—¿Quieres mirar? —preguntó Cord en voz baja, y se elevó unos centímetros para que pudiera verlo.

Maggie se quedó sin aliento. Era increíblemente hermoso, como una escultura que había visto hacía años. Permaneció inmóvil, contemplando con fijeza la perfección de su cuerpo delgado y musculoso. Resultaba amenazador, pero no tenía miedo de él.

—Estás muy excitado —susurró con atrevimiento, y elevó la mirada hacia él.

Cord deslizó la mano con suavidad dentro del camisón para cubrir un seno suave.

—Excitado y hambriento —corroboró—. Pero si dejas que te haga mía, prometo no hacerte daño. Es hermoso hacer el amor; tiene un ritmo propio que crece como una sinfonía. El placer es más exquisito de lo que las palabras pueden describir —la miró a los ojos mientras la acariciaba con ternura y sentía la respuesta automática de Maggie en cómo elevaba el cuerpo hacia su mano—. Te deseo mucho.

—No… No tomo nada —alcanzó a decir Maggie.

—Y yo tampoco tengo nada que ponerme. Sería una temeridad, una insensatez —sonrió despacio, lanzando destellos con sus ojos oscuros—. ¡Sería delicioso!

La expresión de Maggie era de curiosidad y excitación al mismo tiempo. Nunca había recibido placer de un hombre. Incluso con Cord, había sido doloroso y aterrador. Ya no sentía inhibiciones ni miedo; la ternura con la que Cord la había tratado en los últimos días la había cambiado. Quizá lo hubiera cambiado también a él, porque no se mostraba exigente. Maggie elevó las manos para acariciarle los labios firmes y cincelados.

—Al tío Jorge no le haría gracia.

Cord se limitó a sonreír. Movió el cuerpo de forma casi imperceptible, arqueando la espalda, y susurró:

—Incorpórate.

La ayudó a sentarse, la despojó del camisón y lo arrojó al suelo, junto a la toalla. Maggie llevaba unas braguitas sencillas de algodón. Cord se desembarazó también de ellas mientras le acariciaba el vientre con los labios para que no protestara por su repentina desnudez.

Le mordisqueó la cadera con los dientes y rió al oír su risita contenida. Abrió los labios despacio sobre el estómago plano de Maggie mientras la buscaba con la mano de una forma que ella no había experimentado en su madurez. El roce reavivó recuerdos terribles y empezó a protestar, pero un estremecimiento de deleite la hizo elevar las caderas, y se reflejó en los ojos que lo buscaron cuando Cord alzó la cabeza. Éste sostuvo la mirada de Maggie mientras la seducía con pericia para permitirse aún más libertades.

—Esto no es más que el principio —susurró

cuando ella empezó a moverse de forma involuntaria y a gemir al ritmo del roce diestro de su mano—. Voy a llevarte al clímax y, cuando lo alcances, voy a penetrarte hasta el fondo.

Maggie gimió junto a la boca de Cord; sus palabras eran tan excitantes como sus caricias. Le clavó las uñas.

—Es... maravilloso —dijo con voz ahogada.

—Es divertido —susurró Cord—. Una diversión gloriosa. Tócame.

Lo buscó con cierta timidez, y profirió un pequeño gemido ahogado cuando él le mordisqueó el labio inferior.

—Nunca pensé... que podría ser así —alcanzó a decir Maggie, mientras se estremecía con creciente placer—. Nunca imaginé... ¡Cord! —exclamó, mientras él la conducía cada vez más deprisa a una cima de deleite increíblemente agradable.

—Me encanta mirarte —susurró Cord con ojos candentes, deleitándose con la belleza esbelta de Maggie. Tenía los senos firmes e insolentes, con los pezones rosados y duros. Abría las piernas mientras lo miraba y se elevaba hacia el roce de su mano—. Tienes un pecho precioso, sobre todo ahora, con los pezones duros y rojos como el vino.

Maggie apenas lo oía. Tenía los brazos junto

a la cabeza, y su cuerpo se estremecía con cada roce mientras lo miraba sin ver y sollozaba, rogando para que no dejara de acariciarla.

—No vas a parar, ¿verdad? —susurró. Él lo negó con la cabeza.

Maggie elevaba las caderas hacia él. Resultaba increíble que pudiera yacer sobre la cama, desnuda, dejando que Cord la acariciara y que no le diera vergüenza. Sus caricias se volvieron insistentes.

—Me excita oírte gemir así —dijo Cord con voz ronca—. ¿Te gusta?

—Me... en... can... ta —masculló.

—Pues todavía hay más —sin dejar de tocarla, se colocó en posición sobre ella, separándole aún más los muslos con sus poderosas piernas. Incrementó la presión y el ritmo de su mano, y Maggie gritó con suavidad y se mordió el labio al sentir las repentinas oleadas de placer—. Sí —dijo Cord con aspereza—. Sí, voy a llevarte más allá del límite. No pienses, sólo deja que te haga mía. Entrégate a mí por entero. Déjame entrar, Maggie...

Ella se puso rígida cuando el placer alcanzó un nivel casi insoportable y aun así, ¡todavía había más! Arqueó la espalda mientras lo miraba a los ojos, y flexionó las rodillas a ambos lados de su cuerpo para alentarlo a que la tomara

mientras se convulsionaba con la gloria del éxtasis físico.

—¡Dios! —gimió Cord, y la embistió al tiempo que retiraba la mano y le sujetaba la cintura.
La penetró con violencia, consciente de que
estaba más que preparada para aceptarlo, para
amoldarse a él, para devorarlo por entero. Contempló con fijeza sus pupilas dilatadas mientras
entraba con fiereza en su cuerpo—. Mírame
—masculló—. Quiero que me mires. Quiero que
me tomes...

Su voz se quebró con un clímax explosivo
que lo dejó rígido. Tenía la mirada vidriosa, y
parecía haber dejado de respirar. Apretaba los
dientes mientras se estremecía una y otra vez.

—¡Dios...! Es... como... morir —gimió—. Maggie... Maggie, cariño...

Cerró los ojos y sufrió una convulsión tan
violenta que Maggie temió por él. Le rodeó las
caderas con sus largas piernas y se sorprendió al
ver que el suave movimiento de su cuerpo
agravaba las convulsiones. Cord cerró los puños a ambos lados de la cabeza de ella, y sollo-
zó con aspereza, con ritmo, como las contracciones de su poderoso cuerpo.

—¿Cord? —susurró Maggie, todavía estremeciéndose en el eco de su propio y exquisito orgasmo.

–No puedo parar... –jadeó–. No puedo...

–Cariño –susurró Maggie, y empezó a besarlo donde podía, a consolarlo mientras él estallaba en sus brazos. Oía su respiración áspera junto al oído mientras yacía por completo sobre ella, todavía moviendo las caderas de forma convulsiva. Lo sentía dentro de ella, duro, cálido y grande. Maggie cerró los ojos para saborear el placer, sintió la liberación que parecía no acabar nunca, y suspiró mientras lo abrazaba. Jamás se había sentido tan unida a nadie, jamás.

–Maggie –gimió Cord con voz ronca. Deslizó las manos por debajo de la espalda de ella y la besó con fiereza, gimiendo dentro de su boca abierta. Ella lo meció, y sonrió al sentir sus besos devoradores mientras él, poco a poco, empezaba a relajarse y se estremecía en la estela del deleite físico.

Maggie le alisaba el pelo con ternura. Habían hecho el amor. Podía entregarse sin miedo ni vergüenza, podía ser una mujer entera. Jamás pensó que llegaría a hacerlo, y menos así, con Cord. Éste sonrió de forma misteriosa.

–¿Qué te hace tanta gracia? –preguntó Maggie con voz somnolienta. Él la besó con suavidad.

–Ya te lo diré algún día –empezó a apartarse de ella pero Maggie lo atrapó, protestando.

Cord la miró con sobrecogedora ternura, con el pelo húmedo de sudor. Movió las caderas de forma impulsiva y notó cómo ella le abría el cuerpo. Se retiró un ápice y volvió a entrar. Maggie se movía con él, rozándole las piernas con las de ella, mientras el placer se reavivaba. Elevó las caderas para unirlas a las de él y apretó los dientes.

–¡Dios mío! –dijo con voz ahogada–. ¡Cord!

Él empezó a moverse con violencia, balanceando las caderas con fuerte cadencia y observando cómo ella abría los ojos con cada movimiento. El deseo le crispó el rostro.

–Voy a hacerte mía otra vez –le dijo Cord con voz ronca–. Siente cómo te lleno, pequeña. ¡Siénteme muy dentro de ti! –gimió y cerró los ojos al sentir la fuerza de una nueva erección.

–Te deseo –susurró Maggie–. Quiero sentir cómo... explotas dentro de mí.

Aquellas palabras desencadenaron un inesperado clímax que los enredó a los dos en movimientos ardientes e incontrolables.

–Cord –siguió murmurando Maggie–. Cord... Hazme un bebé...

Las palabras profundizaron el clímax y lo llevaron a derroteros desconocidos. Cord sentía las sacudidas incontenibles de su cuerpo sobre el de ella.

Maggie lo contemplaba y se enardecía al sentir el roce ardiente de su piel al penetrarla con frenesí, hasta que ella también se estremeció de pies a cabeza. El mundo entero se desvaneció mientras el placer se concentraba en su bajo vientre y estallaba de forma repentina. Sintió el calor recorriéndola en oleadas de gozo insoportable...

Oyó la respiración jadeante de Cord, el peso entrañable de su cuerpo poderoso mientras ella se agitaba con los últimos estremecimientos. Después, Cord se tumbó de costado, le pasó una pierna por encima de las caderas y la estrechó con ternura.

—Has sentado un precedente —susurró con la voz grave por el agotamiento.

—¿Mmm? —murmuró Maggie, todavía aturdida.

—No había tenido una experiencia así con ninguna otra mujer.

—¿En serio?

—En serio —la besó en los labios—. Me pediste que te dejara embarazada —Maggie se sonrojó, avergonzada—. Ya es demasiado tarde para que lo retires —señaló al ver su rubor, y frunció los labios—. No sé cuánto esperma puede producir un hombre, pero creo que acabo de establecer un récord mundial.

Maggie sonrió.

—Qué diablos —añadió con voz somnolienta—. Si te quedas embarazada, no será el fin del mundo.

—No tienes por qué preocuparte —le dijo—. Sería mucha casualidad...

—No estoy preocupado, Maggie —repuso Cord en voz baja, mirándola con curiosidad. Ella hizo una mueca.

—Con tu estilo de vida...

Cord le cerró los párpados besándoselos.

—Esta noche no resolveremos todos los problemas. Afrontémoslos uno a uno. Gruber es nuestra prioridad.

—Gruber. Me había olvidado de él.

—¿Ah, sí? —sonrió.

—No te lo creas mucho —lo regañó—. Debe de haber al menos otros diez amantes maravillosos en el mundo que podrían dejarme casi inconsciente de placer.

—Ni se te ocurra buscarlos —le dijo Cord en tono sombrío.

Maggie suspiró y miró entre sus cuerpos. Cord se fue retirando despacio, y ella se sonrojó un poco, pero no desvió la mirada. Cord sonrió.

—Considéralo una lección de educación sexual —bromeó.

—Tiene gracia —intentó explicarse ella, mirándolo a los ojos—. Sé todo lo que hay que saber, pero no sé nada. No sabía nada, hasta esta noche. Creía... —vaciló—. No siempre es así, ¿verdad?

—Para mí, no —reconoció Cord en voz baja—. Nunca había tenido un sexo tan bueno.

—¿No ha sido más que sexo? —preguntó Maggie con el ceño fruncido. Cord se quedó pensativo y trazó un dibujo sobre sus senos relajados.

—Hemos hecho el amor —contestó en voz baja—, en el sentido más puro de la palabra —la sometió a un escrutinio implacable—. Pensé en dejarte embarazada antes de que me lo sugirieras. Me ha excitado mucho. No suelo ser tan... potente.

El rostro de Cord se relajó mientras ella lo miraba. Parecía confuso, inseguro.

—Hace mucho tiempo desde la última vez para ti, ¿no? —le preguntó Maggie

—¿Crees que la abstinencia podría producir una experiencia como ésta? —replicó.

—No lo sé —suspiró—. ¿Podría?

Cord no dijo nada. Con una honda exhalación, se sentó en el borde de la cama y recogió su toalla, el camisón y las braguitas de Maggie, de la alfombra. Le devolvió las prendas sin llegar a mirarla a los ojos.

—¿Qué pasa? —preguntó ella con suavidad. Cord se ciñó la toalla a la cintura—. No pretendía hacer esto —dijo, y se volvió a mirarla con expresión preocupada—.Vine a consolarte, créeme. Había averiguado lo que había sido de nuestro hijo. No me habría aprovechado de esa pesadilla para obligarte a que te entregaras a mí.

—Ya lo sé.

—Maggie, pensaste que había descubierto otra cosa, algo aparte de lo del bebé, ¿verdad? —le preguntó de improviso, y entornó los ojos mientras ella se ponía rígida—. ¿Qué otro secreto me ocultas?

XI

Maggie contuvo el aliento mientras Cord estudiaba su reacción a aquella pregunta explosiva.

—Después de lo que hemos compartido —insistió—, no debería interponerse ni un solo secreto entre nosotros.

Maggie seguía preocupada. Deseaba poder confiar en él, pero después de la ternura compartida, la asustaba aún más la idea de que conociera su pasado. Le repugnaría.

Cord vio la tortura que reflejaba el rostro de Maggie y dio marcha atrás. Había averiguado que había perdido a su hijo, con tiempo, averiguaría lo demás. Debía de ser algo terrible, a juzgar por la reacción de Maggie.

—A ver —la hizo levantar los brazos y le metió el camisón por la cabeza—. ¿Quieres darte una ducha? —preguntó con una lenta sonrisa—. Podríamos ducharnos juntos.

—El tío Jorge...

—Es un hombre —concluyó Cord en tono complaciente—. Y sabe lo que es estar a la merced del deseo.

—Tú también —señaló Maggie con incomodidad. Él le dibujó el labio inferior con el dedo.

—Hace años, antes de casarme con Patricia, tuve aventuras con mujeres —dijo sin rodeos—. Pero se me pasó. Ya no tengo la misma curiosidad y, aunque la tuviera, no te utilizaría a ti para satisfacerla. ¿Entendido?

Ella se mordió el labio inferior; un poco triste pero sin comprender por qué.

—No sé... No sé mucho de esto, al menos, como mujer —dijo, tratando de explicarse sin recurrir a la verdad—. Esta noche ha sido una especie de primera vez para mí.

—Y para mí también —afirmó Cord en voz baja—. Nunca había sentido nada igual. Quiero ser tierno contigo, escucharte, acariciarte y saborearte, incluso en pleno frenesí —sus ojos relucieron con oscura tibieza—. Lo ocurrido no debería ser posible. Cuando un hombre se vacía, tarda tiempo, bastante, por lo general, hasta que vuelve a estar en condiciones. Yo he logrado hacerlo dos veces sin detenerme a respirar.

El rostro de Maggie se iluminó.

—¿No te había pasado antes? —quiso saber, y Cord rió con sinceridad al ver su expresión traviesa.

—No, nunca —le confesó—. ¿Satisfecha?

—Mucho —contestó con voz ronca, y se estiró despacio, observando cómo Cord seguía su movimiento con la mirada. Éste inspiró hondo, se puso en pie y se ajustó la toalla en torno a sus estrechas caderas.

—Me voy —le informó—. Aunque tú no estés dolorida, yo sí. Quiero darme una ducha y dormir profundamente. Mañana, tengo que envejecer cuarenta años y caminar encorvado.

Maggie rió con deleite.

—Y yo necesitaré una gabardina y una pistola —le dijo—. Haré de espía para ti.

Cord contempló su rostro radiante, el entusiasmo mezclado con la ternura en sus ojos verdes.

—Me dejas sin aliento —dijo con voz ronca.

Las palabras la confundieron; no las comprendía.

Cord se rió de su propia admiración. Conocía a Maggie desde hacía muchos años pero, hasta aquella noche, había sido casi una desconocida para él. Habían concebido un hijo juntos, lo habían perdido, y Cord ni siquiera se había enterado. De repente, el dolor y el sufrimiento de sus vidas los unían más que nunca. Quizá fuera así como surgían las relaciones, pensó mientras la observaba. Nacían de las dificultades y del dolor, de compartir los problemas.

—¿En qué piensas? —preguntó Maggie.

—En que tú y yo estamos más unidos que la mayoría de las personas —dijo con suavidad—. Y no sólo en la cama —encogió los hombros—. Hemos compartido los episodios más dolorosos de nuestras vidas; hay un vínculo. Hasta que no supe lo del bebé, no lo había querido ver.

—Debí decírtelo —confesó Maggie con mirada triste.

—Sí, pero comprendo por qué no pudiste. El único culpable soy yo. Te aparté de mí por vergüenza y desprecio hacia mí mismo. Y si ahora te quedas embarazada no podrás ocultármelo. No te lo permitiré.

Ella sonrió débilmente.

—Puede que no vuelva a quedarme embarazada.

—¿Me estás escuchando? —repuso Cord con una ceja levantada—. Tengo esperma de campeón. En la historia de este planeta, nunca ha existido un hombre más motivado para producirlo que yo esta noche. ¿Y crees que no puedes quedarte embarazada? ¡Ja!

Maggie rió de puro deleite. A Cord le brillaban los ojos, y a ella le gustaba contemplar las pequeñas arrugas que se le formaban en torno a los párpados cuando sonreía.

—¿Te preocupa algo? —preguntó Cord, porque no entendía la mirada profunda de Maggie. Ésta movió los hombros y sonrió con timidez.

—No.

—No me vengas con esas. Vamos, suéltalo.

Maggie jugó con su camisón para no mirarlo a los ojos.

—Lassiter dijo que me daría trabajo si yo quería.

Se produjo un silencio largo y tenso. Maggie no se atrevía a mirar a Cord. Por fin, éste suspiró.

—Está bien. Cuando esto haya acabado y te haya enseñado cómo funciona este negocio, si quieres ejercer como detective, Lassiter es un buen comienzo. Pero sólo hasta que nazcan los niños —añadió con firmeza, y Maggie lo miró, incrédula—. Mientras sean pequeños, te necesitarán en casa, igual que a mí. Les daremos una base sólida y después, cuando estén en el colegio, podrás retomar tu trabajo.

Maggie estaba maravillada. Cord hablaba de un futuro en común. Nunca lo había hecho.

—No me mires como si todo esto fuera culpa mía —la regañó—. Tú eras la que gritabas: ¡Hazme un hijo!

—¡Deja de decir eso! —rió Maggie, ruborizada. Cord sonrió.

—Me gustan los niños; podrán aprender a criar ganado.

Maggie le devolvió la sonrisa. No eran más que fantasías, por supuesto. Ella no podía quedarse embarazada y él no sentaría nunca la cabeza. Estaban soñando en voz alta. Además, no podía olvidar su pasado sórdido y horrible. Si Cord lo descubría, no querría volver a tocarla.

La idea la torturaba, pero siguió sonriendo. Cord no podría desenterrar la verdad; los archivos estaban sellados. Aunque tuviera claves de acceso, no le servirían de nada. Stillwell tenía documentos y grabaciones de vídeo, pero no los sacaría a la luz a no ser que no le quedara más remedio. Maggie pensaba cerciorarse de que no tuviera esa oportunidad. Si era preciso, iría tras Stillwell ella misma, en cuanto Cord le enseñara las nociones básicas de aquel juego de espías.

—Tienes cara de estar tramando algo —dijo Cord.

—Así es —rió Maggie.

—Qué idea más sugerente. Me gusta el rosa, si estás urdiendo planes de seducción.

—A mí también me gusta. Espera y verás.

Cord suspiró y sonrió con pesar.

—Teniendo en cuenta mi estado actual, y el tuyo, no me queda más remedio que esperar. Que duermas bien, cariño.

—Tú también —contestó en el mismo tono suave que Cord había empleado. Él se fue a regañadientes.

Maggie se dio una ducha, se puso un camisón limpio y rehizo la cama. Le preocupaba que la asistenta de Jorge pudiera descubrir que sus invitados se estaban dando revolcones en su casa, pero cuando recordaba el puro deleite de las caricias de Cord, no lograba sentirse avergonzada. Él había sido el único hombre de su vida. Ocurriera lo que ocurriera, tenía una noche perfecta que conservar en la memoria.

Todo el mundo estaba serio en el desayuno. Cord la saludó con mirada cálida, pero no tuvieron ocasión de compartir recuerdos. Estaba en compañía de dos desconocidos, uno llevaba una chilaba de seda de color pardo y el otro, un latino alto, un traje convencional.

—Este es Bojo —Cord presentó al hombre vestido de seda, que desplegó una sonrisa agradable entre su bigote y barba recortados—. Y este es Rodrigo —dijo refiriéndose al apuesto latino, que también sonrió con agrado.

Maggie los observó con atención.

—Agentes disfrazados —dijo por fin—. Me muero por conocer mi parte en la misión.

Todo el mundo prorrumpió en carcajadas, incluidos Cord y Jorge.

—Ya os dije que era valiente —les dijo Cord a los recién llegados, y sonrió a Maggie—. Ahora es cuando te damos tu pistola de juguete y te enseñamos a esquivar balas.

—Adelante.

—Éste es el plan —Cord entornó los ojos mientras describía la misión de sus compañeros—. Dejaremos a Peter y a Don aquí, para que cuiden de Jorge y protejan el cortijo—. Rodrigo, tú serás mi ayudante personal durante el viaje. Bojo —suspiró—. Me temo que tendrás que hacer otra vez de guía.

Bojo se encogió de hombros y sonrió con complacencia.

—Si le preguntas a Su Alteza, el rey de Marruecos, te dirá que soy más que apto para la tarea.

—Te tomaré la palabra —le dijo Cord, y miró a Jorge—. Aquí estarás a salvo. Peter se encargará de que no haya sorpresas.

Jorge rió con deleite.

—Todavía tengo mi carabina —le recordó—, y

sigo siendo un buen tirador. Los muchachos que trabajan conmigo en el cortijo saben montar a caballo, y la mayoría han cumplido el servicio militar. No, yo estoy a salvo. Los que me preocupáis sois vosotros cuatro —añadió, con una mirada elocuente a Maggie.

—Estoy en buenas manos —le aseguró ella, y se estremeció de placer al ver la expresión de Cord.

—Las mejores —dijo Cord con suavidad, y le dio un apretón cariñoso en la cintura—. Ahora —dijo—, hablemos de logística.

Había armas, por supuesto. Maggie tendría que aprender a tolerarlas porque se enfrentaban a algunos de los hombres más peligrosos del mundo.

Cualquier compañía valorada en varios millones de dólares se armaría hasta los dientes si se sintiera amenazada, y Gruber no vacilaría en matar a cualquiera que supusiera un peligro. Así que cuando Cord le explicó cómo cargar, cerrar y disparar una pistola automática Colt 45, prestó atención.

Cord colocó una diana en uno de los pastos desiertos y permaneció de pie tras ella mientras Maggie aprendía la técnica de sostener el arma con las dos manos y apuntar sin cerrar los dos ojos.

—Relájate —le regañó al oído, acercándose—. No es el enemigo.

Maggie se inclinó hacia atrás ex profeso con un suave gemido.

—No puedo concentrarme —murmuró con voz ronca, deleitándose con la firmeza cálida que sentía en la espalda—. Quiero hacer el amor.

Cord se quedó sin aliento y rió con deleite.

—Yo también —murmuró, y le besó el cuello con fiereza—. Pero no estamos en condiciones de hacer esa clase de ejercicio esta mañana. Además, tenemos una misión, así que no puede haber sexo.

—Eso es para los deportistas —se burló ella.

—Para los mercenarios, también —Cord le mordisqueó el lóbulo de la oreja—. Acabas de incorporarte a la unidad, así que, presta atención.

Maggie volvió la cabeza y lo miró con ojos brillantes.

—Más tarde.

—Más tarde —accedió Cord con voz ronca, y ella se estremeció de la cabeza a los pies. Su rostro viril reflejaba una pasión apenas contenida—. Si empiezo a besarte, acabaremos en el suelo y se formará un corrillo de mirones, créeme.

—Está bien —rió Maggie—. Me comportaré. ¡Enséñame otra vez cómo se hace!

Al cabo de una hora, Maggie había refrescado los conocimientos que Eb Scott le había enseñado y estaba disparando a la diana.

—Muy bien —murmuró Cord—. Aprendes deprisa.

—No te lo había dicho, pero Eb me enseñó a disparar —dijo sin pensar—. ¡Cord!

De repente, la estaba sujetando con tanta fuerza por la cintura que le hacía daño.

—Perdona —se apresuró a decir. Ella se dio la vuelta y lo miró con expresión de disculpa.

—No era mi intención mencionar a Eb. Pero dicho sea de paso —añadió con suavidad—, ya sabrás que estoy enamorada de ti. Lo he estado desde que tenía doce años.

Cord frunció el ceño, sorprendido por aquella afirmación repentina y directa.

—Eb te dirá que puse fin a nuestro compromiso porque él no quería dejar de ser mercenario —prosiguió con valentía—, pero la verdadera razón fue que no soportaba que me tocara —sonrió con tristeza—. Te deseaba a ti.

Cord la estrechó entre sus brazos y la besó con pasión lenta y fiera, poniendo todo su cuerpo en contacto con el de Maggie. Con un gemido ronco, ella se aferró a él, y Cord la levantó del suelo. Durante aquellos segundos, estaban solos en el mundo, unidos por fuerzas más poderosas de lo que ninguno de ellos comprendía. El tiempo pasó en una nebulosa de pasión.

—Espero que esté echado el seguro —murmuró una voz con regocijo junto a ellos.

Cortaron el beso al instante. Cord miró a Bojo sin comprender, al igual que Maggie.

—La pistola —les dijo, y señaló el arma que ella sostenía en torno al cuello de Cord.

—Claro, la pistola —carraspeó Maggie y se apartó con brusquedad para pasarle el Colt 45 a Cord. Éste echó el seguro con manos trémulas, y Bojo rió con picardía.

—Va a ser la misión secreta más interesante de mi vida —comentó con ironía, y se alejó mientras ellos todavía intentaban recobrar la compostura.

Aquella tarde, todos se habían puesto sus disfraces, con la excepción de Bojo y de Maggie. Cord se había hecho con una peluca que se asemejaba mucho al pelo blanco y ondulado de Jorge, y llevaba puesto un traje de su tío que, afortunadamente, era de su misma estatura. También empuñaba el bastón con cabeza plateada de lobo de Jorge, e fingía una chepa que le había valido una regañina de Jorge, pero que era fiel a la verdad. Jorge tenía artritis de columna.

Rodrigo, el latino, lucía un elegante traje de ayudante y no se alejaba mucho de Cord. Bojo se puso sus gafas oscuras y se cubrió la cabeza morena de pelo corto con la capucha. Maggie, con un elegante traje blanco de pantalón, zapatos bajos, un pañuelo de encaje sobre su melena suelta y gafas de sol, iba del brazo de Cord. Éste también llevaba un sombrero de Jorge y gafas oscuras para mejorar el disfraz. Con la espalda encorvada, caminó junto a Maggie hacia el coche.

Minutos después, se alejaron por el largo camino de entrada, atravesaron la verja de hierro forjado y se pusieron en camino hacia la Costa del Sol y Gibraltar, y hacia el ferry que los conduciría a Tánger.

Después de pasar dos veces el control de pasaportes, una a su llegada a Gibraltar y otra al entrar en Marruecos, Rodrigo, con Bojo de copiloto, condujo el Mercedes hasta la ciudad de Tánger. No era la primera vez que Maggie avistaba aquel exótico lugar, ya que hacía apenas unas semanas había estado allí con Gretchen Brannon. Miró a Cord, sentado a su lado en el asiento de atrás, y se hizo una buena idea del aspecto que tendría de mayor. Habría dado cualquier cosa por compartir el futuro con él, por envejecer con él. Lo quería más que a su vida; siempre lo amaría.

Avistaron una bonita villa con verja de hierro forjado que recordaba la entrada del cortijo malagueño de Jorge. Cuando la franquearon, vieron flores por todas partes. La casa tenía dos plantas, era de adobe encalado y tejas rojas. Tras la puerta de madera de la entrada, se abría un patio de azulejos azules y blancos, con balcones, flores colgantes, y una fuente en la que el agua fluía melódicamente. Por todo Tánger se respiraba el olor dulce del almizcle.

Un joven alto y elegante salió a recibirlos.

—¡Tío Jorge! —exclamó, y tomó la mano del «anciano» entre las suyas—. ¡Qué alegría que hayas podido venir a visitarnos! Y ésta debe de ser Maggie, que ha acompañado al pobre Cord a España. Bienvenidos, bienvenidos.

—Gracias por tu hospitalidad, Ahmed —dijo Cord, imitando bastante bien la voz grave y ronca de Jorge, y con la suficiente potencia para que los criados pudieran oírlo sin tener que aguzar el oído—. Cord pensó que a Maggie le sentaría bien visitar Tánger mientras él descansaba unos días. Creo que ansía un poco de soledad; su ceguera lo angustia. Éste es mi ayudante personal, Rodrigo —presentó a su acompañante, que hizo una reverencia—, y nuestro guía, Bojo.

—Los dos son bienvenidos. Pasad y os enseñaré vuestras habitaciones. ¡Carmen! ¡Ven a saludar a nuestros invitados! —gritó cuando franquearon la puerta abierta del salón, una habitación espaciosa de suelos barnizados de madera, muebles antiguos y cortinas de brocado.

Una bonita mujer se acercó con un bebé en los brazos. Saludó a Maggie efusivamente, y a los hombres con actitud un tanto tímida.

—Carmen y nuestro hijo, Mohammed —los presentó—. Carmen va a pasar unos días en la casa de su hermana, pero quería saludaros antes de irse.

Mientras conversaban de temas sin importancia, Maggie comprendió por qué la joven mujer y el niño iban a ausentarse de la vivienda. De haber complicaciones, estarían fuera de peligro.

Ahmed acompañó a su mujer a la limusina que aguardaba y la despidió con la mano. Los criados, un hombre y una mujer morenos y de corta estatura que, a juzgar por su forma de vestir, no eran árabes, condujeron a Maggie a un dormitorio de la planta de arriba contiguo al que ocuparían Cord y Rodrigo. Bojo estaba al final del pasillo. Maggie se entristeció al ver el reparto de habitaciones, porque quería estar en brazos de Cord en la oscuridad, como la noche anterior.

Tomaron un almuerzo ligero y salieron al patio a tomar café y a charlar. Era una tarde ociosa y agradable, y el tiempo pasó veloz. Después de la cena, cuando llegó la hora de retirarse a sus habitaciones, Cord entró en el dormitorio de Maggie para advertirle que tuviera cuidado con los criados.

—No podemos fiarnos de nadie —dijo con suavidad—. No es una cuestión de credenciales; esta ciudad siempre ha sido famosa por sus intrigas internacionales, y todavía lo es. No podemos saber quiénes son estas personas que trabajan para Ahmed. Él tampoco confía en ellos, por la cuenta que le trae.

Maggie deslizó un dedo por el frente de la camisa de Cord.

—Así que no podemos dormir juntos.

—Lo lamento tanto como tú —dijo con suavidad, poniéndole las manos en la cintura—. Nada desearía más que pasar la noche contigo en mis brazos —se inclinó y la besó con ternura—. No se trata sólo de sexo —susurró—, aunque contigo es sensacional.

—Lo entiendo —dijo, y era sincera. Sentía la necesidad de estar con él a todas horas. Era abrumadora, sobrecogedora. Lo miró a los ojos y elevó la mano para tocarle los labios–. Pero detesto tener que estar separada de ti.

Cord se inclinó y le besó los párpados.

–Yo siento un hormigueo por todo el cuerpo cada vez que te miro. En realidad, lo único que deseo ahora mismo es tumbarte sobre esa cama y besarte hasta quedarme sin aire –sonrió con pesar.

Maggie se acercó a él y apoyó la mejilla en su amplio tórax con un suspiro.

–Y yo sólo quiero abrazarte –dijo, con voz ahogada por una emoción que no podía controlar.

Cord gimió con suavidad y la levantó en brazos para trasladarla a un sillón del rincón. Mientras la mecía en la cálida oscuridad, le besó el rostro con ternura.

–Tenemos que parar –dijo transcurrido un minuto–. Uno de los criados podría asomar la cabeza y preguntarse por qué estás besando a un hombre lo bastante mayor para ser tu abuelo.

Maggie rió con suavidad.

–¿Por qué no iba a besarlo, si es tan sexy?

Cord le dio un último beso, se puso en pie a regañadientes y la dejó con suavidad de pie ante él.

–Echa el pestillo a las dos puertas, la del balcón y la del pasillo. Toma –le puso un pequeño

objeto en la mano—. Es un micrófono camufla-
do como un botón. Ponlo en la mesilla de noche. Si ocurriera algo, habla alto.

—Está bien.

—Ahora, voy a dormir con Rodrigo.

—¡Dios mío!

—En ese sentido, no —rió Cord, y movió la
cabeza—. Vas a acabar conmigo.

—No lo digas ni en broma —repuso Maggie.
Lo miraba con solemnidad, como cuando ella
tenía diez años y él dieciocho y estaba en apuros—. Anda con cuidado. Si te ocurriera algo, no
desearía vivir.

Cord la observaba con el rostro tenso. Volvió a sentir el intenso temor de perderla, la
certeza de que aquella mujer era lo único que
tenía en el mundo. Le rozó la mejilla con los
dedos y trató de sobreponerse.

—No soy temerario —le dijo con suavidad—.
E incluso cuando corro riesgos, son medidos y
meditados. Tú eres mi bala perdida. Debes hacer exactamente lo que te diga, sin vacilar.

—¿Acaso no lo he hecho siempre? —bromeó
Maggie.

—Ah, no; no pienso hablar de eso ahora.
Que descanses. Y cierra las dos puertas.

—A la orden, jefe.

XII

Al día siguiente, Cord y Maggie descansaron en la villa, con Cord disfrazado. Mientras tanto, Bojo fue a visitar la ciudad con Ahmed, aunque en realidad era un pretexto para obtener información para la misión. Los dos hombres estuvieron fuera hasta muy tarde.

Cuando Bojo regresó, se dirigió de inmediato a la habitación de «Jorge», donde Cord descansaba tumbado en la cama, Rodrigo estaba sacando prendas de un armario y luego las colocaba sobre una silla y el criado vagaba de un lado a otro sin ninguna excusa aparente.

—Ahmed te reclama —le dijo Bojo al criado con una sonrisa—. Vamos a salir esta noche, y quiere que lo ayudes a escoger la ropa que va a ponerse.

—Sí, señor —contestó el hombrecillo, pero lanzó una mirada recelosa al recién llegado antes de cerrar la puerta.

En cuanto se hubo ido, Cord se incorporó en la cama, hizo una seña a Bojo con la cabeza y éste extrajo un minúsculo artilugio electrónico del bolsillo de su chilaba con el que empezó a barrer la habitación.

Sus peores sospechas se confirmaron cuando el detector encontró dos micrófonos, uno en el cajón de la mesilla y otro en el cuarto de baño. Los dejaron donde estaban para no alertar a la persona que los había colocado allí.

Cord hizo una mueca, furioso. Bojo se encogió de hombros, sin saber cómo proceder en aquella situación. Rodrigo se puso la chaqueta que sostenía en la mano y empezó a hacer señales con las manos. Los ojos de Cord se iluminaron, y sonrió. Asintió, y respondió a los signos. Bojo estaba perplejo. Más tarde, Cord le explicaría que Rodrigo era aficionado al lenguaje de signos de los indios de las Grandes Llanuras, y que le había enseñado a Cord en una ocasión durante una vigilancia. Les gustaba usarlo para desconcertar a otros mercenarios del grupo pero, en aquellos momentos, estaba demostrando ser una herramienta muy útil.

Con las manos, Cord le dijo a Rodrigo que Maggie y él entrarían en las oficinas de Global Enterprises aquella noche mientras, aparentemente, cenaban en un lujoso restaurante con Ahmed. Rodrigo y Bojo los cubrirían. Rodrigo debía sacarle la vestimenta nocturna, que llevaba en un compartimento secreto de su maleta, y otra a juego que había guardado para Maggie. Debía hacer ir a Maggie a la habitación con cualquier pretexto para que pudiera ponérselo, y barrer el dormitorio de ella con el detector.

Después, Rodrigo empezó a hablar en un español pausado sobre la cena inminente y lo que a «Jorge» le gustaría ponerse. Bojo se limitó a mover la cabeza.

Maggie se sorprendió de que Rodrigo requiriese su presencia en la habitación del «tío Jorge», pero se presentó sin hacer preguntas. En cuanto la puerta se cerró tras ella, vio que Cord se había puesto una indumentaria negra ajustada de pantalones y polo de mangas largas, y que llevaba una funda de pistola al hombro con el mismo Colt 45 con el que la había enseñado a disparar.

No sonreía ni la miraba como un enamorado. Estaba taciturno y amenazador, y Maggie vislumbró al hombre en quien debía transformarse cuando llevaba a cabo una misión. No tenía una musculatura exagerada pero, con aquellas prendas, cada poderoso centímetro de su cuerpo destacaba de forma deliciosa. Se quedó sin aliento al sentir el magnetismo animal que Cord irradiaba. Conocía su cálida fuerza de forma íntima, la resistencia inquebrantable de aquel cuerpo, y tuvo que reprimir rubor al contemplarlo.

Cord avanzó con pasos rápidos y medidos y la apartó de la ventana. La condujo a un pequeño vestidor y le pasó un atuendo similar al suyo indicándole que se lo pusiera. Salió, cerró la puerta y se puso a conversar con los hombres de temas intrascendentes. Maggie tuvo que contenerse para no reír en los confines del vestidor. Una vez envuelta en seda negra, abrió la puerta y salió a la habitación retirándose el pelo del cuello del polo distraídamente. El silencio le llamó la atención. Alzó la vista y vio tres pares de ojos muy masculinos clavados en su figura. Cord casi vibraba del exquisito deseo que ella avivaba en él. Bojo y Rodrigo estaban igual de embelesados y la devoraban con los ojos.

Cord espantó a sus dos camaradas con la

corbata que se estaba anudando, a juego con el traje negro con chaleco que se había puesto. Bojo y Rodrigo sonrieron con timidez y se retiraron alegando que debían vestirse. Maggie sonrió a Cord, pero él no le devolvió la sonrisa. Tenía una mirada sombría. Llevaba la peluca blanca.

—Por favor, niña —dijo, imitando la voz grave de Jorge para quien pudiera estar oyéndolos—. ¿Podrías ayudarme con la corbata? Perdona, pero quiero escuchar las noticias. ¡Antojos de anciano! —añadió con regocijo, y subió el volumen de la radio.

—Por supuesto, tío Jorge —dijo Maggie, y se acercó a él.

—Yo lo haré —le dijo Cord al oído—. Tú tienes que ponerte el vestido encima de eso. Menos mal que te gustan las mangas y las faldas largas.

—¿Sí, verdad? —bromeó Maggie mientras regresaba al vestidor y rescataba el vestido con el que había entrado en el cuarto. Se lo puso y se lo abrochó con cuidado de dejar el traje negro bien oculto debajo. Miró a Cord, que se había anudado la corbata a la perfección, y éste la contempló con ojos entornados y asintió.

—No debemos volver muy tarde —prosiguió, imitando la voz de Jorge—. Me canso con mucha facilidad. Y dentro de un par de días, deberíamos volver a casa. Cord nos echará de menos. No me gusta dejarlo solo en el estado en que está.

—Me sorprende que no le importara que hiciéramos este viaje —comentó Maggie, en su papel.

—Sabía, igual que yo, que te encantaría ver el Tánger de verdad, el que los turistas no llegan a ver.

—Y tenía razón, estoy disfrutando de la visita —corroboró frunciendo los labios. Cord enarcó una ceja.

—Y yo —dijo con suavidad.

El golpe de nudillos en la puerta los sobresaltó. Cord le dijo al recién llegado que pasara y el criado de Ahmed entró en el dormitorio lanzando miradas por todos los rincones mientras le entregaba a Maggie un bonito chal.

—El señor Ahmed pensó que lo necesitaría para protegerse del frío de la noche —le dijo—. ¿Le puedo ayudar en algo, señor? —le preguntó a «Jorge».

—No, hijo —respondió Cord con una sonrisa educada—. Como ves, mi joven amiga ya me ha ajustado la corbata.

—Sí —contestó el hombrecillo—. Volverán tarde, ¿verdad?

Cord bostezó.

—Espero que no —contestó con una pequeña carcajada.

—Claro. Que se diviertan —añadió el criado, y se marchó.

Cord se acercó a Maggie para susurrarle al oído:

—Está feliz. Va a aprovechar nuestra ausencia para registrarnos el equipaje.

—Que tenga suerte, si puede encontrar algo —rió Maggie entre dientes.

—Ahora, ve a peinarte y baja al salón.

—Está bien —accedió.

El corto trayecto en coche apenas les dio tiempo para hablar, porque el conductor estaba atento a lo que decían, aunque con cierto disimulo. Pero una vez en el restaurante, en el vestíbulo en el que Bojo rápidamente comprobó que no había micrófonos, conversaron libremente.

—En cuanto pidamos la comida —les dijo Cord a Ahmed y a Bojo—, Maggie me pedirá que la acompañe al jardín para ver las flores y la fuente, que son famosas. Pediremos un plato especial de cordero que se tarda al menos cuarenta y cinco minutos en preparar. Dispondremos de ese intervalo para acercarnos a Global Enterprises, que está a solo una manzana de distancia, y emplear la información conseguida por Bojo para entrar.

—¿Y la caja fuerte? —preguntó Bojo. Cord se limitó a sonreír.

—Si no puedo abrir una caja fuerte es que me he equivocado de profesión —le dijo—. Habrá guardias de seguridad, pero uno de ellos fue reemplazado esta mañana porque el habitual tuvo un cólico —logró parecer inocente de haber ayudado al hombre a enfermar—. Es de los nuestros y distraerá a los demás guardias —miró a Maggie—. Quería que vinieras porque eres lo bastante delgada para colarte por el conducto del aire acondicionado. No podemos entrar por la puerta principal, y hay puertas de acero que separan el vestíbulo principal y la cocina del resto de la casa.

Una vez comprendido su papel, Maggie sonrió.

—Bojo también está delgado —señaló.

—Sí, pero lo echarían en falta. A ti no. ¿Quién sospecharía que fueras un agente secreto? —bromeó.

—Tienes razón.

—Sincronicemos los relojes —Cord dijo los minutos, los segundos y dio la señal para sincronizarlos.

Para entonces, el camarero ya estaba listo

para conducirlos al interior del restaurante. Los sentaron en una mesa cercana a las puertas dobles que daban al jardín, y Maggie vio a Bojo pasarle un billete al camarero. Era el lugar idóneo para la misión.

Cuando el camarero les tomó nota, encargaron el plato de cordero, alabando su exquisitez. Cuando el camarero se marchó, fue «Jorge» quien sugirió a Maggie dar un paseo por los jardines disculpándose porque su avanzada edad lo convirtiera en un acompañante apenas aceptable para una joven tan encantadora como ella. Maggie rió, aceptó su brazo y salió con él al jardín.

Cord la condujo hacia un grupo de olivos y, de improviso, la arrastró al interior de un cobertizo de herramientas situado en un rincón. Se quitó la corbata a la luz tenue del restaurante.

—Dejaremos aquí la ropa. ¿Puedes correr con esos zapatos? —añadió, señalándolos con la cabeza.

—Son casi planos, y tienen suela de goma —lo tranquilizó.

—Buena chica. ¿Preparada? —desenfundó la automática, comprobó la munición, la amartilló, le puso el seguro y se la guardó. Fue entonces cuando Maggie reparó en la delgada funda de cuero que Cord llevaba bajo el otro brazo. Contenía un cuchillo.

No se atrevía a dejarse intimidar por aquellas herramientas del negocio, pero confiaba en no quedarse en mitad de un fuego cruzado y en tener valor suficiente para no decepcionar a Cord.

Cord echó a correr por una bocacalle, ciñéndose a las sombras con Maggie pisándole los talones. La sede de Global Enterprises era un edificio de adobe de dos plantas ni moderno ni ostentoso. Se parecía a algunas de las tiendas del zoco que Maggie había visitado con Gretchen.

—No intimida mucho —le susurró Maggie a Cord.

—Tampoco intimida mucho una viuda negra, a primera vista —repuso—. Ahora, cuidado. No hablemos.

—Está bien.

Cord la precedió hasta la parte posterior del edificio. Había un sorprendente despliegue de aparatos electrónicos en la puerta, que desactivó con un pequeño aparato. A continuación los esperaba una puerta de acero con más cerraduras. Cord la dejó atrás y entró en una pequeña cocina desierta.

Se subió a una silla y sacó un panel con forma de rejilla del techo, un conducto moderno de aire acondicionado. Lo dejó sobre una mesa con cuidado y se detuvo a escuchar. Después, le susurró a Maggie:

—Tienes que gatear hasta la siguiente rejilla —le dijo, y extrajo rápidamente un papel con un plano dibujado—. Ten cuidado de no hacer ruido. Ya has visto cómo he retirado este panel, no hay más que empujar, no está fijado con tornillos. ¡Pero que no se te caiga! Después, tendrás que descolgarte desde el techo para poder dirigirte a esta puerta —le señaló la puerta cerrada del fondo de la cocina— para abrírmela. ¿Crees que podrás hacerlo?

—Sí. No he pasado tantos años yendo al gimnasio para nada —el corazón le latía con fuerza—. Hay hombres armados ahí dentro, ¿verdad, Cord? —preguntó con voz ronca. El rostro de Cord se endureció.

—Sí. Si no quieres correr el riesgo...

Maggie le cubrió los labios con la mano.

—Temo por ti, no por mí. He aprendido artes marciales, y no hace mucho. Puedo trepar y puedo saltar. Estoy preparada para esto.

—Lo sé —le dijo Cord con voz tensa—. Pero parecía más fácil cuando sólo lo estaba planeando.

—No te preocupes —sonrió—. No te decepcionaré. Allá voy.

Se subió a la silla, se agarró a los bordes exteriores del conducto y se izó a sí misma con esfuerzo. Se le ocurrió quitarse los zapatos, y se los pasó a Cord en silencio. Él le hizo una seña de aprobación, y Maggie empezó a gatear con agilidad, consciente de que tenían el tiempo contado y de que podría no ser suficiente.

El conducto estaba oscuro y frío. Confiaba en que los guardias no advirtieran ningún cambio en la corriente de aire provocado por su presencia. Avanzó deprisa en busca de la siguiente rejilla, pero se quedó helada al divisar no una, sino dos, y en direcciones diferentes. ¿Qué hacer?

Cord aguardaba en la cocina con el arma en la mano, atento a cualquier movimiento que se produjera a su alrededor. Un haz de luz entró por la ventana y se agazapó y apartó la silla para que todo pareciera normal. Era uno de los guardias, y no el bajito al que había contratado para sustituir al enfermo.

El hombre se acercó a la ventana y volvió a iluminar el interior, como si sospechara algo. Cord se apretó contra la pared y esperó, rezando para que Maggie no escogiera aquel preciso instante para abrir la puerta de la cocina. De hacerlo, la luz reflejaría el movimiento y tendrían que huir con las manos vacías.

El corazón se le aceleró y se puso tenso de pies a cabeza. Quitó el seguro a la pistola y buscó dentro de la funda el silenciador que siempre llevaba consigo. En el peor de los casos, podría abatir al guardia a través de la ventana. Si entraba en la cocina, haría menos ruido. En cualquier caso, no podía arriesgarse a que lo descubrieran cuando estaba a punto de destruir el imperio del mal de Gruber.

En el conducto, Maggie tomaba decisiones con rapidez. Cerró los ojos y se esforzó por recordar el plano que Cord le había enseñado. Le temblaban las manos mientras combatía el miedo y la confusión. Entonces, se acordó. El pasillo se dividía, pero la puerta de la cocina quedaba a la izquierda, así que el conducto de la izquierda era el correcto.

Se deslizó por él y empezó a empujar una esquina del panel mientras sujetaba la rejilla con fuerza con su mano libre para impedir que se le cayera e hiciera ruido. Afortunadamente, era nuevo y cedió con facilidad. Lo sujetó con las dos manos y lo dejó en el interior del conducto, cerca del hueco para que alguien pudiera alcanzarlo desde abajo y colocarlo en su sitio.

Con el corazón en la garganta, se aferró a

los bordes de la abertura y, muy despacio, se descolgó del techo. Se quedó a un metro de distancia del suelo, pero saltó con la agilidad de un gato. Se quedó inmóvil y aguzó el oído. No oyó nada, salvo por un leve ruido en la cocina. Debía de ser Cord.

Caminó descalza hacia la puerta de la cocina y descorrió el cerrojo sin hacer ruido. Pero justo cuando estaba girando el pomo, tuvo una intuición, como si alguien la hubiera llamado por su nombre para prevenirla. Frunció el ceño, preguntándose si serían imaginaciones suyas, pero vaciló.

En el interior de la cocina, Cord tenía las dos manos en la culata del arma y estaba aguardando el momento de volverse y de disparar por la ventana si era necesario. El guardia estaba al otro lado, hablando con alguien por un teléfono móvil. No podía oír lo que decía, pero temía que los hubieran descubierto.

Disparar al guardia no resolvería nada si ya había advertido de su presencia a una tercera persona. Maldijo entre dientes, furioso por aquella inesperada complicación.

Y, de improviso, se produjo otra peor. Por el rabillo del ojo advirtió un movimiento y volvió la cabeza justo a tiempo de ver cómo se movía, durante apenas un instante, el pomo de la puerta que daba al resto de la casa. Apretó los labios. Si Maggie entraba en la cocina, el guardia le dispararía de inmediato. Debía salvarla a cualquier precio.

¡Si al menos pudiera advertirle que se quedara donde estaba y que no abriera la puerta...!

Al otro lado de la ventana, el guardia vaciló, volvió a hablar por teléfono, dio una rápida respuesta y, de improviso, la luz desapareció. Cord oyó el crujido de los arbustos cuando el hombre regresó al camino de acceso con pasos lentos para continuar su ronda.

Cord casi se estremeció al relajar los músculos. Y, en aquel preciso instante, el pomo volvió a moverse despacio y una cara pálida se asomó por la puerta con cautela.

Cord corrió hacia ella, salió deprisa de la cocina y cerró la puerta tras ellos. La estrechó entre sus brazos y la besó con avidez. Se habían librado por los pelos, y ella no lo sabía. No quería que lo supiera.

Cord señaló con la cabeza la puerta que quedaba más adelante y avanzó con Maggie detrás.

Entraron despacio en el vestíbulo. Por el plano, Cord sabía que el despacho de Gruber se encontraba en la planta superior, resguardado por diversas alarmas electrónicas que incluían infrarrojos. Pero ese problema ya estaba previsto.

Unos pasos lo alertaron por segunda vez cuando estaban subiendo las escaleras. Apretó a Maggie contra la pared y juntos esperaron a que las pisadas se alejaran por el pasillo superior, en sentido contrario al del despacho.

Cord volvió a avanzar, como un rayo en aquella ocasión, y recorrió el pasillo hasta el despacho de Gruber. Se sacó un pequeño estuche, le pidió a Maggie que le sostuviera un lápiz linterna y se puso manos a la obra. No había transcurrido ni un minuto cuando franquearon la puerta y la cerraron tras ellos.

Cord sabía que había micrófonos y trampas explosivas en el despacho. Colocó a Maggie junto a la puerta y le hizo señas de que se quedara allí atenta por si se acercaba alguien. Sacó un pequeño aparato y contempló cómo revelaba haces cruzados de láser por el suelo. Los fue esquivando con cuidado, eludiendo el último, que caía a la altura del cuello, y se dirigió a la caja fuerte que se encontraba detrás del escritorio de roble de Gruber. Una vez allí, se puso a trabajar.

Todos los sonidos se magnificaban. Maggie se mordía una uña mientras se preguntaba si

Cord conservaría sus zapatos. Le agradaba caminar descalza sobre el suelo, pero resultaría difícil explicar dónde había perdido los zapatos cuando volvieran al restaurante. Claro que tenían otras cosas de qué preocuparse. Consultó su reloj y gimió. Sólo disponían de diez minutos para terminar y regresar al restaurante antes de que sirvieran la comida si no querían despertar sospechas. ¿Cómo iban a abrir la caja fuerte, salir del edificio sin ser descubiertos y regresar al restaurante en tan poco tiempo?

El pulso se le aceleró. Contemplaba los movimientos hábiles y rápidos de Cord con terror. En eso consistían las misiones secretas, en agilidad y peligro. Podían descubrirlos en cualquier momento, y la muerte los acechaba con cada gota de sudor que les resbalaba por la piel. Un movimiento equivocado, un sonido accidental, y todo habría acabado.

No era una cobarde, pero la espera se le hacía insoportable. Sabía que los músculos empezarían a agarrotársele de un momento a otro de lo tensos que los tenía. De repente, sin previo aviso, la caja fuerte se abrió con suavidad y Cord se dispuso a inspeccionar el interior con su lápiz linterna como si dispusiera de todo el tiempo del mundo. Maggie quería acercarse a ver lo que estaba haciendo, pero mantuvo la oreja pegada a la puerta. Oyó pasos al final del pasillo, y no tardó en percatarse de que alguien se acercaba.

No entendía lo que hacía Cord, no parecía estar llevándose nada de la caja. La cerró de improviso, justo cuando las pisadas se acercaban por el pasillo y parecían estar a punto de irrumpir en el despacho. ¿Y si era un guardia y tenía una llave?

Cord la miró y ella le indicó la puerta con señas enérgicas. Cord asintió, regresó con movimientos rápidos y cautelosos, sorteando los haces de láser, y la arrastró con él detrás de las gruesas cortinas que caían al suelo. Cord le daba la mano mientras en la otra empuñaba su arma, con el seguro quitado, sosteniéndola junto al pecho.

Se oyó el ruido de una llave al entrar en la cerradura. De pronto, la puerta se abrió y se hizo la luz. Maggie se había preparado para no reaccionar, para no moverse, para no respirar. A su lado, sentía el cuerpo alto y rígido de Cord. Ambos contenían el aliento.

Segundos más tarde, la luz se apagó, la puerta se cerró y la llave volvió a insertarse en la cerradura. Se oyó un zumbido, como el de un artilugio electrónico al ser reactivado. Después, las pisadas se perdieron en la distancia.

Cord rió con suavidad al oído de Maggie, pero no habló. La sacó de detrás de las cortinas, le pasó la pistola con el seguro puesto y se puso otra vez manos a la obra. Pocos momentos después, salían otra vez al pasillo. Volvió a conectar los dispositivos de seguridad y bajó la escalera con ella, saltándose un peldaño en concreto, el mismo que había esquivado al subir.

Cord la condujo de nuevo a la habitación contigua a la puerta de acero de la cocina, la ayudó a subir al conducto del aire y esperó a que hubiese colocado la rejilla en su sitio y se alejara hacia la cocina. Después, se acercó a la puerta de acero, colocó el cerrojo en posición, la franqueó y oyó cómo bajaba el cerrojo al cerrar. Probó a abrir y sintió alivio al ver que no podía.

Maggie apareció en el conducto del aire de la cocina. Cord la ayudó a bajar antes de volver a colocar la rejilla en su sitio y acercarse a la puerta con ella. Consultó su reloj. El guardia debía volver a hacer la ronda dentro de tres minutos. No disponían de mucho tiempo.

Interrumpió la corriente eléctrica, salió con Maggie a la entrada, volvió a establecer la corriente y reintrodujo los códigos de seguridad. Después, la agarró del brazo y dijo:

—¡Corre!

Atravesaron la senda de acceso, desaparecieron entre los arbustos y se alejaron corriendo calle abajo. A su espalda, no oyeron pisadas ni alarmas. Casi sin aliento, no se detuvieron hasta no estar de vuelta en el jardín del restaurante. Cord estaba riendo.

–¡Ha sido terrorífico! –gimió Maggie–. ¿Cómo puedes hacer esto día sí día no?

La levantó en brazos y la besó con tanta pasión que le lastimó la boca. Maggie se aferró a él, excitada, ansiosa. El peligro había sido el catalizador. ¡Lo deseaba!

Así se lo dijo. Cord entró con ella en el pequeño cobertizo en el que habían dejado la ropa, cerró la puerta y echó el cerrojo para aislarlos del mundo. Ajenos al tiempo, el peligro y la amenaza, la acorraló contra una pared de piedra fría, apartó prendas de su camino y la besó con ardor mientras la penetraba con una economía de movimientos que la hizo jadear. Cord abría la boca y le mordisqueaba los labios mientras unía sus caderas a las de ella con fogoso abandono.

–No grites –la previno con voz ronca por la pasión. La inmovilizó con el peso de su cuerpo y el roce de la seda y los jadeos era lo único que se oía en los pequeños confines del cobertizo. La embestía con fiereza, besándola con insistencia, mientras ella sentía la espiral de placer crecer como una llamarada.

–Más fuerte –gimió Maggie–. Cord... ¡Más fuerte!

Su cuerpo se abría a él, lo incitaba. Maggie apenas podía creer que fuera la misma mujer inhibida de apenas un mes antes. Hundió las uñas en los hombros de Cord mientras buscaba su boca febrilmente e iba al encuentro de sus violentas embestidas. Cord era potente, muy potente, y lo sentía dentro de ella, llenándola, expandiéndola hasta el punto de que temía estallar.

Maggie gimió de forma lastimera y se aferró a él con piernas y brazos al sentir las oleadas del éxtasis y las convulsiones. Sentía las yemas de los dedos de Cord hundiéndose en su piel cuando él unió sus caderas a las de ella con un único, largo y exquisito impulso que arrancó un gemido áspero de su garganta. Cord se estremeció con el placer ardiente y agónico que fundió su cuerpo con el de ella.

Maggie se estremeció con él, ahogándose en el calor exquisito de aquel gozo nuevo y excitante. Lo sentía muy dentro de ella, latiendo, relajado, incapaz de retirarse. Rió para sus adentros y unió su boca abierta a la garganta de Cord.

—No —protestó con voz ronca cuando él empezó a retirarse. Cord la besó con avidez, pero no obedeció.

—Yo tampoco quiero parar, pero tenemos que volver a la mesa o sospecharán.

—No quiero cordero con arroz, quiero repetir el postre —gimió. Cord rió con suavidad.

—Y yo que pensé que eras inhibida...

—Contigo, no. Es el peligro, ¿verdad? Es un afrodisíaco. ¿Has hecho esto con otras mujeres después de una misión? —preguntó, celosa.

—¿En el cobertizo de un jardinero, detrás de un restaurante, con hombres armados por todas partes? —le dijo mientras se abrochaba la ropa—. ¿Con otra mujer que no seas tú? ¿Estás loca? Toma —añadió, y le pasó un minúsculo paquete de pañuelos de papel perfumados—. No sería buena idea que un anciano y una joven regresaran al restaurante oliendo de forma sospechosa —dijo con una sonrisa que se hizo más pícara cuando Maggie profirió una exclamación.

Se remetió el polo y volvió a ponerse el vestido, pero estaba descalza.

—Cord, mis zapatos...

Él se los sacó de los bolsillos y se los pasó. También sacó un pequeño peine, y sonrió mientras ella se retocaba.

–Ya estás bien –murmuró, observándola. Volvió a ponerse la peluca blanca, encorvó la espalda, tomó el bastón y abrió la puerta.

–Pero... ¡Si no has sacado nada de la caja fuerte! –protestó Maggie al recordar que iba con las manos vacías.

–¿Ah, no? –preguntó Cord, pero sonrió y no dijo nada más mientras la acompañaba de regreso al restaurante.

El camarero estaba acercándose con el cordero cuando «Jorge» retiró una silla cortésmente para Maggie.

–Justo a tiempo –dijo con su voz grave y cascada–. ¡Y el paseo por el jardín me ha despertado el apetito!

Maggie no se sonrojó ni profirió una exclamación, pero no pudo dejar de sonreír.

XIII

El regreso a la casa de Ahmed resultó casi frío en contraste con la velada emocionante que Cord y Maggie habían vivido. Maggie se maravillaba al recordarlo. Había superado su bautismo de fuego y había salido prácticamente ilesa. No necesitaba preguntarse si Cord estaba orgulloso de ella; la respuesta estaba en sus ojos.

Se sentía un poco incómoda por su encuentro apasionado en el cobertizo. Había sido impulsivo y sumamente satisfactorio, pero la turbaba tener tan poco dominio sobre sus pasiones. ¿Sería normal?, se preguntó. No podía saberlo. Cord la miraba de forma distinta, con actitud posesiva y orgullo. A Maggie se le alegraba el corazón. ¡Ojalá pudiera detener el tiempo, pensó, e impedir que descubriera el pasado que la atormentaba! Si pudiera aislar aquellos días, guardarlos en una caja y conservarla con cariño para siempre...

—Mañana tomaremos el ferry —anunció «Jorge» cuando entraron en el elegante salón de Ahmed—. Lo siento, pero me preocupa dejar a Cord solo con su ceguera.

—Lo entiendo —corroboró Ahmed con un suspiro—. Pero ha sido maravilloso tenerte aquí, y conocer a Maggie —le tomó la mano y se la besó con suavidad—. Es usted excepcional, *mademoiselle*.

—Ha sido un placer visitar tu ciudad —dijo Maggie—. Espero poder volver algún día.

—Siempre será bienvenida —dijo Ahmed—. Y, tú también, por supuesto, tío Jorge.

«Jorge» se limitó a sonreír.

El ferry partía a las ocho de la mañana pero, como en el viaje de ida, salió cuando se le antojó al piloto. Ya debían de ser las nueve, incluso las diez, y los viajeros hacían cola en los coches, charlando, leyendo y oyendo música mientras esperaban. En aquella parte del mundo, reflexionó Maggie, casi nadie tenía prisa. Sujetó el volante con fuerza.

—Debes relajarte, niña —dijo «Jorge», indicándole con un gesto que había un micrófono en el salpicadero. Ella gimió. ¿Acaso nunca dejarían de vigilarlos?

—¡Es tan frustrante! —exclamó, y no se refería a la espera del ferry.

«Jorge» elevó una mano con despreocupación y sonrió a Rodrigo y a Bojo, que se mantenían impasibles en el asiento de atrás, escuchando una emisora de radio española.

—Es natural —rió entre dientes con su voz cascada—. Ten paciencia, pronto estaremos de vuelta en el cortijo. Y le contaremos a Cord todos los detalles de nuestra visita a casa de Ahmed.

De pronto, los vehículos empezaron a avanzar, y Maggie se relajó visiblemente.

—¿No te lo había dicho? ¡Allá vamos! —dijo «Jorge» con satisfacción.

Volvieron a cruzar el Estrecho hasta Gibraltar y pasaron a España después de cumplir las formalidades requeridas, como enseñar los pasaportes y dejar que las autoridades inspeccionaran el coche para comprobar que no introducían ninguna sustancia ilegal. El tiempo pasaba, pero a Maggie no le preocupaba. Cada vez se sentía más segura, sobre todo cuando tomaron la carretera de regreso al cortijo de Jorge y pudo conducir relajada. Bueno, casi relajada, pensó con una mirada fulminante al salpicadero.

Cuando aparcaron delante de la casa, Cord, Bojo y Rodrigo salieron del coche al instante. Cord le hizo una seña a Bojo y señaló el salpicadero. Bojo asintió y sacó un pequeño estuche de herramientas de su chilaba. Cord le dijo algo a Rodrigo en un español tan rápido que Maggie no logró comprenderlo. Rodrigo fue derecho al granero, donde lo esperaban los demás hombres.

Cord y Maggie entraron en la casa, donde Jorge los aguardaba dando vueltas.

—¿Ha ido todo bien? —preguntó Jorge, y reparó en el silencio de ambos. Rió entre dientes—. Podéis hablar. Tus hombres han peinado toda la casa. ¡Ya no hay aparatos de escucha!

—¡Menos mal! —exclamó Maggie con voz ronca—. ¡Estoy harta de que me espíen! Nunca volveré a sentirme cómoda cuando crea estar sola.

—Ahora ya sabes lo que se siente, ¿no? —rió Cord. Se quitó la peluca blanca y se puso serio otra vez—. Mañana por la mañana tomaremos un avión para Amsterdam —le dijo a Jorge—. Rodrigo nos llevará al aeropuerto de Málaga.

—¿Disfrazados? —murmuró Jorge.

—No. Bueno, un poco —contestó Cord con una sonrisa—. Yo me pondré mis gafas de sol y dejaré que Maggie sea mi lazarillo. Gracias por el préstamo de identidad.

—¿Encontraste pruebas? —preguntó Jorge.

—Sí.

Maggie se quedó a charlar un poco con los hombres después de cenar, pero luego se dio un baño relajante y disfrutó del masaje que le procuraban los surtidores de agua sobre sus músculos cansados. Tenía agujetas de la aventura de la noche anterior, ya que hacía meses que no corría ni trepaba tanto.

La puerta del baño se abrió y se cerró. Maggie entreabrió los ojos y vio a Cord quitándose la toalla de la cintura y disponiéndose a meterse en la bañera con ella.

—Jorge... —protestó con voz débil.

—Es un hombre, como ya dijimos en una ocasión —rió Cord entre dientes mientras descendía sobre ella y la besaba con anhelo.

Ella gimió y se elevó hacia él, electrizada por el contacto cálido y áspero de su piel sobre cada centímetro de su cuerpo. Pero el agua empezó a salpicar el suelo.

Con un gemido, Cord salió de la bañera y levantó a Maggie en brazos, pero el roce de su cuerpo de mujer quebró su autodominio. Extendió toallas sobre las baldosas húmedas y la tumbó sobre ellas. Segundos más tarde, la estaba haciendo suya.

El fragor de los surtidores apenas llegaba a sus oídos mientras yacían sobre el suelo de baldosas en una maraña de toallas mojadas y movimientos urgentes.

Maggie arqueó la espalda para ir al encuentro de la poderosa embestida de Cord, observando cómo la miraba mientras hacían el amor. Cada vez era más apremiante, más apasionado, más satisfactorio. Le encantaba que la mirara mientras la saciaba, le encantaba sentir sus embestidas, oír sus jadeos, ver la intensidad de su mirada cuando la poseía.

—Necesito más —susurró Cord con aspereza.

—Yo también —Maggie arqueó el torso para tentarlo a que la besara en los pezones erectos. Vio cómo succionaba sus senos mientras se movía sobre ella, y jadeó con creciente deleite.

Cord le apretaba la cadera con la mano.

—Lo siento —masculló—. No aguanto más...

—Ni siquiera lo intentes, amor mío —susurró junto a su boca.

El apelativo cariñoso desató el clímax. Maggie sintió las convulsiones rítmicas del cuerpo de Cord. Era maravilloso sentirlo latir dentro de ella, saber que podía procurarle tanto placer. Se elevó para prolongar los estremecimientos y, de pronto, sintió el estallido de su propia liberación. Exclamó sin separar sus labios de los de Cord, temiendo aquella oleada de placer que superaba todo lo que había sentido antes con él.

Cord alzó la cabeza. Incluso en la estela plateada de su propio orgasmo, sentía el de ella. Se movió mientras observaba sus reacciones y medía las embestidas para proporcionarle el placer definitivo. Ella tenía miedo, lo veía en sus ojos. Se limitó a sonreír, porque lo comprendía. No era fácil ceder el control a otro ser humano. Pero Maggie podría aprender, igual que él, a confiar.

—No vas a morir —susurró mientras se hundía aún más en ella—. Pero te lo parecerá.

Fue como una convulsión dulce y oscura, pensó Maggie mientras el éxtasis la sacudía como una marea asfixiante y palpitante de placer. Estaba ciega, sorda y muda a todo salvo la liberación de la tensión. Tenía el cuerpo arqueado y los ojos clavados en el rostro borroso de Cord mientras se entregaba a la oscuridad...

Unos besos tiernos en los párpados y en la boca la hicieron volver a la realidad. Maggie sintió unos labios firmes deslizándose por todo su cuerpo mientras yacía estremeciéndose una y otra vez de placer intenso y embriagador.

—Haces que me sienta el mejor amante de la tierra —susurró Cord, riendo entre dientes.

—Y lo eres.

—No —le mordisqueó la oreja—. Reaccionas a mí como si lo fuera, nada más. No es sólo la unión física, Maggie, sino la emoción lo que produce el placer.

—Lo dices porque te quiero.

Maggie notó una leve vacilación en los labios que adoraban su cuerpo relajado.

—Lo digo porque yo también te quiero.

Estaba soñando, no había duda. Relajó las manos con que había estado apretándole los glúteos a Cord.

—¿No lo sabías, cariño? —preguntó él, y alzó la cabeza para contemplar sus ojos muy abiertos y saciados. No sonreía. Maggie todavía lo sentía dentro de ella, palpitando. La besó con suavidad en los labios–. ¿Cuántas veces te he hecho mía sin molestarme en tomar precauciones?

–Sería difícil que me quedara embarazada –arguyó.

–Será más fácil de lo que imaginas –repuso Cord con voz somnolienta–. Me encantan los bebés.

Maggie estaba confusa. Tal vez el placer convulsivo le hubiera reventado una arteria principal. Se lo dijo.

Cord volvió a reír, y se movió de manera que el placer regresó en forma de pequeños espasmos torturadores.

–Tal vez, pero hacer bebés es emocionante, y no puedo dejar de intentarlo.

–Por eso no usas protección, ¿verdad?

–¿Porque es emocionante? En parte, sí –se separó un poco y bajó la vista a donde sus cuerpos seguían fuertemente unidos–. Tengo treinta y cuatro años, y tú veintiséis –dijo con voz ronca–. Estamos acostumbrados el uno al otro en todos los aspectos que importan, y ahora hemos descubierto una pasión explosiva que no tiene visos de debilitarse. De hecho, si lo que acaba de ocurrir es una indicación –añadió, y volvió a moverse con sensualidad para arrancarle un gemido–, nos estamos volviendo muy diestros en darnos placer el uno al otro.

Empezó a retirarse y ella protestó, pero lo hizo de todas formas y se quedó de rodillas sobre ella, mirándola como si nunca hubiera visto una mujer desnuda. Debería haberla avergonzado, pero no fue así. Le gustaba que la contemplara.

—En cuanto volvamos a Houston nos casaremos.

Aquello formaba parte de la fantasía. Maggie sonrió. Estaba soñando, por supuesto; Cord Romero jamás se volvería a casar. ¿No lo había dicho un millón de veces?

—¿Por qué sonríes? —preguntó Cord con recelo.

—Porque estoy soñando.

Cord se movió con arrogancia para separarle las piernas con las rodillas. Después la agarró de los muslos y tiró de ella para ponerla en posición.

—Cord... —susurró, preocupada.

—Puedes tomarme —le dijo. Empezó a deslizarse dentro de ella con minúsculas penetraciones rápidas que producían espasmos inesperados de placer.

—Es... demasiado... pronto —jadeó.

Cord contemplaba cómo ella lo absorbía

con una mirada de admiración y placer a partes iguales.

—Nunca... lo había hecho así —gimió. La sujetaba con más fuerza por los muslos y sus pupilas se dilataban—. Nunca había mirado tan de cerca...

—¿Qué ves? —susurró Maggie casi sin aliento.

—Veo cómo me tomas —masculló, e hizo una mueca cuando el placer empezó a sacudirlo—. Veo cómo te abres... para mí.

Maggie bajó los ojos y él la levantó para que pudiera ver. Era erótico, osado, era...

De repente, estaba gimiendo, retorciéndose, estremeciéndose. Tenía los ojos abiertos, pero no veía nada. El placer, tan intenso antes, resultaba insoportable en aquellos momentos. Se aferró a las toallas mojadas con las manos hasta que se le blanquearon los nudillos, mientras él la invadía con penetraciones lentas e implacables que la hacían elevar las caderas rítmicamente al principio; después, con violencia. Su último pensamiento coherente fue que iban a lastimarse. Un segundo después, se convirtió en un meteorito que surcaba el espacio por un llameante túnel de placer.

Cord sintió el éxtasis de Maggie segundos antes de que las convulsiones lo dominaran a él. Cayó rendido sobre ella, y continuó estremeciéndose sobre las toallas con el cuerpo pesado, caliente y empapado en sudor.

Maggie se estremeció y, por fin, el agotamiento la dejó demasiado débil para moverse o hablar. Cord se retiró de ella antes de que Maggie pudiera protestar, si le hubiera quedado aliento. Notó que Cord se ponía en pie y la levantaba en brazos para llevarla a la cama. Lo último que recordaba era el roce de las sábanas frescas por debajo y encima de ella, y la oscuridad, envolviéndola.

A la mañana siguiente, estaba más dolorida que nunca. Se despertó gimiendo e intentando encontrar una posición cómoda inexistente. Se levantó, y se vistió haciendo muecas de dolor con cada leve roce de sus prendas íntimas.

Se estaba cepillando la melena cuando Cord abrió la puerta y entró. Llevaba pantalones de pinzas y camisa de punto, y el pelo negro y ondulado peinado a la perfección. Se detuvo detrás de la banqueta del tocador, le quitó el cepillo de las manos y empezó a atusarla.

—Esta mañana estás dolorida —dijo sin preámbulos—. Lo siento. Lo sabía, pero cuando te toco, no puedo parar.

Ella lo miró a los ojos a través del espejo, sorprendida por la disculpa.

—Yo tampoco pude parar —le recordó, y sonrió. Él se inclinó para besarle el pelo con ternura antes de renovar sus esfuerzos con el cepillo.

—Pero, para tu información, si anoche hubiesen sido mis últimas horas en la tierra, no lo habría lamentado.

—Yo tampoco —Maggie se llevó la mano de Cord a los labios y besó la palma encallecida—. Te quiero con todo mi corazón.

—Como yo a ti —masculló él. Se inclinó y la besó en los labios con fiera actitud posesiva. Segundos después, se obligó a levantar la cabeza. Tenía la mirada turbulenta, los latidos desenfrenados—. Cuanto más te hago mía, más te deseo, Maggie —dijo con voz ronca—. Esto no va a parar. Por eso tenemos que casarnos. Soy un hombre anticuado; nadie va a llamar bastardos a mis hijos.

Maggie le tocó los labios firmes con los dedos. Aquello era contagioso; empezaba a creer que podría darle un hijo. Era parte de la fantasía, pero se sentía protegida, arropada, en aquellos momentos. Podía creer; podía amar. Podía aceptar el amor y la imagen fantasma del placer. Podía soñar.

—Puedes pedirme lo que quieras —susurró Cord con voz ronca, al ver la aceptación y la alegría en el rostro de Maggie y malinterpretar su mirada soñadora–. Me quedaré en casa y criaré toros Santa Gertrudis.

Y acabaría detestándolo, y a ella, y al bebé, pensó Maggie. Pero no era más que un sueño, y podían compartirlo, de momento. El riesgo de que alguien descubriera su pasado era demasiado alto para que pudiera pensar en un futuro, sobre todo, con Cord. Además, estaba convencida de que no podía concebir. Envejecería sola, pero contaría con aquellos recuerdos exquisitos y deliciosos de Cord haciéndole el amor. Además de la emoción y el peligro del presente, tenía el deleite físico. Daba gracias por cada segundo que Cord la miraba con deseo.

–No dices nada –reflexionó Cord.

–¿Acaso importa? –preguntó, mientras recorría con la mirada cada centímetro del reflejo de Cord–. Sólo quiero mirarte. Eres perfecto, Cord. De los pies a la cabeza.

Cord suspiró. La preocupaba algo, pero no quería contárselo. Sabía que no se trataba sólo del aborto. Maldijo en silencio al ex marido que les había arrebatado a su hijo, y a sí mismo por haberla tratado mal y haber provocado que ella le ocultara el embarazo. Maldijo el pasado por los malentendidos, por el tormento. La deseaba más que a nada en la vida. Quería un hogar y una familia y ella hacía oídos sordos a sus sugerencias. ¿Por qué? ¿Qué más secretos ocultaba?

Decidió pasar por alto el derecho a la intimidad de Maggie y explorar aún más su pasado. Ella jamás confesaría su secreto; tendría que averiguarlo por su cuenta. Pero no le reveló sus intenciones. Sonrió.

—A mí también me gusta mirarte, cariño —dijo con suavidad—. Con o sin ropa.

Maggie le devolvió la sonrisa. Y durante unos valiosos segundos, fueron casi una sola persona.

El viaje en avión a Amsterdam no se hizo largo. Tras un agradable tentempié y una conversación intermitente con Cord sobre su encantadora visita al cortijo de Jorge, estaban aterrizando en el aeropuerto de Schiphol.

Era enorme y la mayoría de los carteles estaban en holandés y en inglés. Maggie también vio algunos en polaco, y se lo comentó a Cord.

—Tienen muchos inmigrantes polacos —le dijo Cord—. Pero también verás carteles en japonés. Reciben turistas de todo el mundo.

—¿Tendré que conducir otra vez? —gimió.

—Circulan por la derecha, como en España, Gibraltar y Marruecos. Pero no, no es preciso que conduzcas. Iremos en taxi hasta el hotel.

—¿Dónde vamos a alojarnos?

—Donde está la acción —bromeó—. En la plaza Dam. El palacio está justo enfrente, hay un museo de cera pegado al hotel, una terraza, boutiques caras, el monumento en memoria de la guerra y, un poco más allá, los canales.

—¿Podemos ver los canales? —exclamó Maggie, ilusionada.

—Podemos recorrerlos. Organizan viajes en barco. Yo no podré ver nada —bromeó, haciendo alusión a sus gafas oscuras—. Pero tú sí. Serás mis ojos.

Los dos sabían que se trataba de una broma, pero algún secuaz de Gruber podía estar escuchándolos, incluso en el aeropuerto. La cautela estaba a la orden del día.

—Seré tus ojos, tus oídos, y lo que quieras que sea —susurró Maggie con voz ronca, después de darle la mano—. Para que lo sepas —añadió con suavidad—, estos últimos días han compensado todo lo malo que me ha ocurrido en la vida. ¡Todo!

Aquello parecía una despedida. Cord frunció el ceño. ¿Qué intentaba decirle?

—Debemos irnos —dijo Maggie, mirando a su alrededor—. ¿Cómo salimos del aeropuerto?

—Pasando por el control de pasaportes y el de aduana, como en España —le informó—. Sigue las indicaciones.

Minutos después, salieron al sol de primera hora de la tarde y tomaron un taxi. Todos eran Mercedes. Se lo comentó a Cord.

—Son fiables —rió entre dientes—, por eso los usan muchos taxistas —hizo una pausa para proporcionarle al conductor el nombre del hotel. El hombre intentó hacer una pregunta en inglés, pero Cord sorprendió a Maggie contestando en holandés. El taxista y él rieron juntos y conversaron de banalidades.

—Creía haberte dicho que hablaba el holandés —dijo Cord cuando ya estaban en camino, sonriendo al percatarse de la sorpresa de Maggie.

—Parece un idioma fascinante.

—Lo es. Y los holandeses son un pueblo admirable, como no tardarás en descubrir. Son inteligentes, mañosos, y saben robarle tierra al mar. ¿Has oído hablar de los diques que contienen el océano?

—Leí un artículo en el *National Geographic* —señaló—. Sí, sé cómo funcionan los diques y la desesperación con la que los holandeses luchan por mantener su tierra por encima del agua. Es asombroso.

Tardaron varios minutos en atravesar la ciudad de calles estrechas, tranvías y ciclistas. Había carriles para bicicletas junto a los raíles del tranvía. Las calles estaban tan atestadas de ciudadanos y turistas que a Maggie le sorprendía que alguien pudiera moverse.

—¡Cuánta gente! ¿Porque estamos en verano? —preguntó cuando se acercaban a un enorme hotel. El taxista detuvo el coche delante de un toldo bajo el que un hombre uniformado aguardaba para saludarlos.

—Siempre hay el mismo bullicio —le aseguró Cord, y buscó varias monedas en el bolsillo para pagar al taxista.

—¿En serio?

El portero la ayudó a salir del taxi, y a Maggie no le impresionó mucho la plaza de adoquines. No muy lejos, se erguía una estatua, y docenas de jóvenes deambulaban por los alrededores con cara de aburridos. Algunos tenían guitarras con vasitos para recibir propinas.

—Ya hemos llegado —anunció Cord—. Ya verás cuando entremos —añadió con un sonrisa.

Maggie lo agarró del brazo y lo condujo a

recepción. El interior del hotel estaba enmoquetado, y había sillones bellamente tapizados por todo el vestíbulo. Una pared cercana estaba adornada con una fotografía enmarcada de la familia real, incluida la reina Beatriz.

Más allá de los sillones había un comedor, con postres laboriosos y té servido en tazas delicadas de porcelana.

—¿No es demasiado pronto para cenar? —preguntó Maggie—. Veo gente comiendo.

—Es el té, *madame* Romero —le dijo el recepcionista con una sonrisa, y enarcó las cejas al ver su sorpresa—. Cuando la lleven a su habitación, quizá quiera bajar a degustarlo. También disponemos de un restaurante de primera clase con un *chef* internacional, y nuestro comedor del desayuno es el sueño de cualquier botánico.

—Cierto —comentó Cord, y desplazó el libro de registro sobre el mostrador—. Tiene que firmar por los dos, señora Romero —añadió con énfasis.

Maggie sabía que estaba sonriendo con la mirada tras las gafas oscuras. No tuvo que preguntar si compartirían habitación.

XIV

De hecho, iban a compartir una suite. Contaba con un saloncito, una caja fuerte y un pequeño mueble bar, y un dormitorio con cama de matrimonio. El cuarto de baño no tenía jacuzzi, pero Maggie no lo lamentaba. Los recuerdos que tenía eran deliciosos, pero seguía dolorida.

Cord dio una propina al botones y esperó a que éste terminara de darle explicaciones a Maggie sobre dónde estaba todo para cerrar la puerta tras él. Cord se llevó un dedo a los labios y sacó el aparato electrónico con el que Maggie ya se había familiarizado. Barrió dos veces las habitaciones para asegurarse de que no había escuchas. Después, echó un vistazo al edificio que se encontraba detrás del hotel y, cuando cerró las venecianas, dejó otro artilugio sobre la mesa y lo activó.

—Si hay alguien escuchando, lo único que oirá son ruidos parásitos —le explicó a Maggie.

—Pero no hay dispositivos de escucha, ¿verdad? —preguntó Maggie, confundida.

—Desde el edificio de enfrente, cualquiera podría dirigir un micrófono hacia nosotros, e incluso a través del cristal y del cemento, podría oírnos susurrar —le confió—. Hasta podría vernos a través de las paredes... o, al menos, nuestro calor corporal, con un aparato de infrarrojos que ya está disponible en el mercado.

Maggie movió la cabeza.

—Nunca había oído hablar de esas cosas.

—Lo harás, si acabas trabajando para Lassiter —la agarró por los hombros y se inclinó para besarla en la frente con suavidad—. Tengo que trabajar un poco con el portátil, pero primero podemos bajar a disfrutar del té, si te apetece.

—Me encantaría —confesó Maggie.

Fue delicioso. Había sándwiches de pepino, pastas, todo tipo de té o café, incluso fruta y verduras con salsas variadas. Y servilletas de hilo.

—Qué elegante —exclamó Maggie, fascinada

por los demás huéspedes del hotel además de por el té. Cord le sonrió con la mirada a través de las gafas de sol.

—Tú también lo eres —dijo con suavidad—. Elegante, fuerte, valiente y apasionada —añadió con voz ronca.

—Todos ellos adjetivos aplicables a ti.

Cord buscó su mano por encima de la mesa y se la apretó.

—Hacemos una pareja interesante.

—Sí, ¿verdad? —Maggie sonrió y se llevó la taza de té a los labios.

Había tiendas de toda índole en el vestíbulo, con productos de lujo además de souvenirs. Maggie compró acuarelas de los canales, llaveros con zuecos y delicadas piezas de porcelana de Delf.

—Lo sé, tengo alma de turista —le confió Maggie—. Pero no puedo volver a casa sin llevarles un detalle a mis amigas.

Cord rió. Ya en la habitación, le sugirió a Maggie que se echara la siesta. Mientras dormía, encendió su portátil y se puso a trabajar, colándose en archivos protegidos con una facilidad que a Maggie le habría producido escalofríos.

Tres horas más tarde, Maggie se despertó. Cord ya se había vestido; se había puesto un traje. Lo notó extraño, ausente, con mirada sombría y reservada.

–¿He dormido más de la cuenta? –preguntó con preocupación. Él lo negó con un movimiento de cabeza.

–Tendrás que ponerte algo bonito –dijo en tono neutro–. Es un restaurante de cinco estrellas y estará a rebosar. He reservado una mesa para las ocho.

–¡Las ocho! Nunca me acostumbraré a las horas a las que come la gente en Europa –murmuró Maggie mientras se incorporaba en la cama.

–Uno se acaba haciendo a ello –dijo Cord–. Te esperaré en el salón. Tengo que hacer unas cuantas llamadas más.

–¿Cord? –vio cómo se detenía con la mano en el pomo de la puerta. No la miraba–. ¿Va todo bien? –preguntó Maggie, preocupada–. ¿Ha ocurrido algo?

–Sí, algo –dijo con voz extrañamente ahogada–. Sal cuando estés lista –añadió, y cerró la puerta.

Era como si todas las bromas y el placer de estar juntos se hubieran esfumado. Cord se mostraba amable y educado, pero tan ausente como si estuviera viviendo en otro planeta. Apenas la miraba a los ojos, y estaba más tenso de lo normal. Además, pidió un whisky, un hecho insólito, porque no bebía.

Después de la segunda copa, encargó un plato de marisco para él y una ensalada especial que a Maggie le apetecía probar. Comieron en silencio. Después, Maggie se levantó para elegir el postre en el expositor, más que nada para no seguir viendo su rostro taciturno. No imaginaba qué podía haberlo disgustado tanto.

Instintivamente, sabía que había recibido un golpe emocional de algún tipo. Se preguntó si habría otra mujer en su vida, si se estaría arrepintiendo de su inesperada intimidad, o si ya no quería comprometerse con ella. Quizá ya hubiera satisfecho su curiosidad y se estuviera cansando de estar con ella. La idea resultaba deprimente, así que escogió un flan y un trozo de tarta y los devoró con el café. Cord permanecía sentado, acariciando su tercera copa, tras haber dejado el plato de marisco a medias. No tomó nada de postre.

La sorpresa más desagradable tuvo lugar cuando regresaron a la habitación.

Cord se quitó las gafas oscuras y le sugirió en voz baja que se acostara, porque los aguardaba un día muy largo. Maggie le preguntó si tardaría mucho en ir a la cama y él se puso rígido, como si la pregunta le resultara ofensiva. Maggie tragó saliva ante la dolorosa pérdida de confianza en sí misma y entró sola en el dormitorio.

Cord no se reunió con ella en la cama. Cuando Maggie se despertó a la mañana siguiente, lo encontró tumbado en el sofá, todavía con el traje puesto, el pelo alborotado y oliendo a whisky. Vio cuatro botellines vacíos apilados en la mesa de centro junto a dos latas vacías de Coca-Cola y una copa de cristal. Teniendo en cuenta lo que había bebido en el restaurante, aquello bastaba para tumbar incluso a un hombre fuerte como Cord. A Maggie le molestaba que hubiera bebido tanto.

Pero lo que más la alteró fue una hoja que encontró en el fax, un mensaje de la agencia de detectives Lassiter. Se reducía a un par de frases, pero bastaban para hacerla desear estar muerta. En el mensaje figuraba la fecha de un juicio, y Maggie sabía de quién. También contenía otra breve frase.

Copias confiscadas y destruidas, no hay negativos. Información disponible a tu regreso, si insistes en verla.

No lo despertó. Bajó sola a desayunar, sintiéndose aturdida. Lassiter había logrado arrebatarle a Stillwell la información sobre su pasado, pero todavía la tenía en su poder. Cord sabía que había algo y quería ver qué era. Lassiter se lo permitiría a no ser que ella interviniera. Podría contárselo a

Cord ella misma... o intentar ganar tiempo y esfumarse cuando todo aquello hubiera acabado y estuvieran de vuelta en los Estados Unidos. Ya tenía recuerdos; quizá fueran suficientes.

Lágrimas de furia y frustración asomaron a sus ojos. ¡Lassiter podría haber ideado alguna excusa para no contárselo a Cord! La había vendido. Todas y cada una de las personas que había conocido habían hecho lo mismo con ella. ¿Por qué nunca escarmentaba?

Tomó un sorbo de café con leche y clavó la mirada en su desayuno intacto. Debía hacer un esfuerzo y comer algo, se dijo. La inanición no resolvería el problema. Esgrimió el tenedor y picó un poco de huevos con tocino y croissant. Atisbó un movimiento a su lado y, cuando alzó la vista, sorprendió la mirada callada e inexpresiva de Cord.

—¿Quieres compañía? —preguntó con ojos entornados. Ella se encogió de hombros sin mirarlo a la cara. Fue entonces cuando Cord supo, sin sombra de duda, que había leído el fax antes de que él extrajera la hoja y la destruyera. Dejó sobre la mesa su café y su desayuno y se sentó junto a ella—. Los secretos son peligrosos, Maggie —dijo con aspereza.

Ella lo miró a los ojos. Parecía un conejillo acorralado, pensó Cord.

—Si lees ese archivo que Lassiter tiene sobre mí cuando regreses a Houston —dijo con voz trémula—, no volverás a verme el pelo en toda tu vida.

La mano de Cord vaciló sobre el grueso tazón de porcelana. La observó con el ceño fruncido.

—¿Tan importante es? —preguntó con recelo. Ella tragó saliva.

—¿No puedes pedirle a alguien que lo queme? —dijo con una carcajada fría.

—¿No puedes decirme lo que contiene? —replicó él.

Maggie derramó el café ardiendo sobre sus manos. Cord maldijo entre dientes y le envolvió los dedos con una servilleta.

—No me cuentas nada —dijo él con voz lenta y cautelosa—. Tuve que averiguar que tu marido te pegaba y que perdiste a nuestro hijo por mis propios medios. Ahora, aparece un nuevo secreto que no quieres contarme. No te fías de mí.

—Cierto —lo miró a los ojos—. Y tú ya sospechas de mí —dijo, y asintió al ver que reaccionaba a su afirmación—. Lassiter te ha contado lo justo para que empezaras a preguntarte sobre mí, sobre mi vida. Quieres ver el archivo, quieres saberlo todo. Pero hay secretos que están mejor sepultados, Cord. Hay cosas sobre mí que nunca deberías sa-

ber —bajó los ojos a su desayuno frío—. Aborrezco
mi vida —añadió con voz ronca.

—¡Maggie!

—Es cierto —soltó la servilleta y retiró la silla—. No debí volver a Houston —dijo con agitación—. Debí quedarme en Tánger para no
volver a verte jamás.

El rostro de Cord se endureció.

—No has estado comportándote como si de
verdad desearas hacer eso —le dijo—. Y menos
en la cama.

Maggie recibió la acusación como un puñetazo.

—No, no me he comportado así —corroboró
en apenas un susurro—. Me he comportado...
como la gente siempre pensó que me compor-
taría... cuando me hiciera mayor.

Maggie giró sobre sus talones y salió disparada hacia la calle, apretando el bolso contra su
cuerpo. Cord no podía salir tras ella sin hacer
ver que no estaba ciego y ¿por qué iba a correr
ese riesgo? De todas formas, no sabía adónde
ir. Tenía el bolso, pero no el pasaporte, que se
encontraba, junto con los billetes de avión y el
pasaporte de Cord, en la caja fuerte de la habitación. Pero podía alejarse de Cord un rato, y
eso pensaba hacer.

Entró en una tienda que vendía billetes para

el viaje en barco por el canal, un recorrido de dos horas por Amsterdam. Dudaba que Cord pudiera encontrarla entre el gentío, y no le preocupaba. Si Gruber y los suyos los habían seguido y la estaban vigilando, tanto mejor. Tal vez quisieran pegarle un tiro y poner fin a su desgracia.

Una idea fabulosa para una mujer hecha y derecha como ella, pensó Maggie, regañándose por su cobardía. Pero ya estaba perdiendo a Cord, y le dolía tanto que no lograba pensar con claridad. La consideraba una buscona. Quizá lo fuera. Quizá siempre lo hubiera sido. Con el billete en la mano, siguió las indicaciones del dependiente hacia el muelle donde estaba atracado el barco.

Cord estaba furioso. Ya había cometido un grave error de juicio, y en el momento más inoportuno. Tenía agentes allí, en Amsterdam, procesando la información que había extraído de la caja fuerte de Gruber e incluso interrogando a sus socios sobre la red de pornografía infantil. De hecho, había una oficina a tiro de piedra del hotel en el que agentes de la Interpol, ayudados por la policía holandesa, estaban ejecutando una orden de detención en aquellos precisos instantes. Habían demostrado la relación de Gruber con Global Enterprises, en cuyas sucursales de África, Sudamérica y Estados Unidos se estaban efectuando redadas aquel mismo día. Stillwell ya había sido detenido, al igual que Adams, y el contacto de Lassiter los había intimidado tanto que habían jurado no revelar jamás ni una sola palabra sobre Maggie a nadie.

Gruber, en cambio, era harina de otro costal. Revelaría el pasado de Maggie si pudiera a la prensa internacional. A aquellas alturas, ya sabía que Cord había desenmascarado su operación ilegal y estaría sediento de venganza.

Había pensado decirle a Maggie durante el desayuno que no se apartara de él, que permaneciera en el hotel, donde estaría a salvo mientras detenían a Gruber. Pero había cometido errores tontos. El del fax había sido un gran descuido. Podría haberle pedido a Lassiter que le enviara el mensaje por correo electrónico, pero había estado rastreando Internet y Lassiter necesitaba ponerse en contacto con él de inmediato. Le enfurecía no haber evitado que Maggie viera el mensaje. Y, para colmo, la había acusado de acostarse con él, con lo cual le había terminado de clavar el puñal. Ella nunca lo olvidaría. Cord comprendía cómo se sentía. La información que había leído había sido... traumática.

No llevaba las gafas oscuras, y había entrado en el restaurante solo, sin guía ninguno, pero Maggie no se había dado cuenta. La estaba siguiendo en aquellos momentos, creyendo saber dónde podría encontrarla. Estaría en un barco, en alguna parte, pero debía actuar deprisa. Se sacó el móvil del bolsillo, marcó un número y habló.

Averiguó que habían irrumpido en la oficina de Global Enterprises y que habían detenido a dos empleados. También había varios niños bajo custodia, mientras los agentes peinaban la zona para localizar a Gruber, que había salido huyendo. Iba armado y se alegraría de poder matar a Maggie si la encontraba, y a Cord también.

Se le encogió el corazón al imaginar el dolor que le había causado a Maggie la noche anterior con su distanciamiento y con su crueldad verbal durante el desayuno. Ella no podía saber que estaba intentando hacer las paces consigo mismo a la vista de lo que había averiguado. Se repugnaba solo de pensar en cómo la había tratado durante años en su ignorancia. Estaba pagando por ello de maneras que Maggie no imaginaba, y no lo estaba llevando muy bien. Pero lo único que estaba consiguiendo era dar la impresión de que ella le desagradaba.

Apretó el paso al acercarse al canal y los embarcaderos. El corazón le latía con fuerza. Amsterdam era una ciudad muy grande, pero Gruber la conocía a fondo y tenía espías con los que poder localizar a cualquier persona. Cord también tenía contactos, pero no lo estaban ayudando. Debía encontrar a Maggie antes que Gruber.

Había muchos barcos turísticos, y cubrían una zona muy amplia en aquel tramo del canal. Cord no podía saber a cuál había subido Maggie sin registrarlos. Conservaba una fotografía de ella, bastante arrugada y sobada, de cuando tenía dieciocho años, que había llevado consigo durante casi toda su vida de adulto. Maggie no había cambiado mucho.

La sacó y empezó a enseñársela a empleados de distintos barcos turísticos del canal. Justo cuando alcanzaba el último, una mujer reconoció el rostro y señaló la embarcación, que partiría en cuestión de segundos.

Cord le entregó a la empleada un billete de los grandes y saltó al barco mientras ésta le gritaba que tenía que comprar el billete en una de las tiendas, que ella no podía vendérselo.

Fue inútil. Cord era ágil y atlético, y estaba acostumbrado a correr riesgos. Corrió hasta el borde del muelle, saltó y aterrizó en la cubierta. Un segundo más, y se habría sumergido irremediablemente en las aguas malolientes y oscuras del canal.

Maggie estaba sentada ante una mesa que compartía con dos parejas y una anciana. Una de las parejas, recién casados según había dicho la anciana con complacencia, no tenía ojos más que el uno para el otro.

Se sentía sola, traicionada y muy desgraciada. No tenía cámara, pero casi lo prefería, porque no tenía a nadie a quien retratar. Clavó la mirada en el agua mientras el barco se mecía e iniciaba su recorrido. Oyó gritos en el muelle, un golpe seco y exclamaciones en la cabina del piloto. Desvió la mirada al pasillo, sin oír apenas el ofrecimiento de refrescos de la azafata. Segundos después, vio avanzar a Cord por el pasillo hacia ella, con semblante furioso.

El corazón se le subió a la garganta. Cord se sentó junto a Maggie oteando una posible señal de peligro.

—Vete —le dijo con voz ahogada.

—La única manera de volver al muelle es nadando —masculló Cord—, y haría falta un milagro para que me zambullera en esa agua voluntariamente.

Maggie era incapaz de mirarlo a los ojos. Cruzó los brazos sobre el pecho en actitud defensiva. Se sentía como con ocho años otra vez.

—Gruber ha escapado —le dijo Cord al oído—. Tenemos pruebas suficientes para meterlo en chirona durante años, pero antes tenemos que atraparlo. Ahora mismo —añadió en tono sombrío— debe de estar buscándonos, y no para desearnos unas buenas vacaciones.

Maggie tragó saliva; estaban en un lugar público. Se volvió y se obligó a mirar a Cord, que ni siquiera intentaba disimular su enojo y frustración. Intentó decir algo, pero le temblaban los labios. Nunca se había sentido tan alterada, tan aterrada ante el futuro.

Cord le puso la mano en la nuca y la atrajo para besarla con suavidad, consciente de que estaba temblando. Deslizó los labios por sus párpados, por sus mejillas.

—Ah, ustedes también son recién casados, ¿eh? —preguntó la anciana con una risita. Cord la miró.

—Todavía no, pero no tardaremos en casarnos —afirmó con voz ronca, y lanzó una mirada candente a Maggie.

Ella ni siquiera pudo protestar. Se lo quedó mirando con el corazón en los ojos y deseó con toda su alma que lo dijera en serio. Pero estaba recordando el fax.

—No mires atrás, Maggie —dijo Cord con suavidad—. Ya lo hemos hecho demasiado los dos. Tenemos un futuro en común. ¡Te lo prometo!

Con la mirada reforzaba su promesa. Maggie cedió a la tentación con un trémulo suspiro; se arrimó a él y reclinó la mejilla sobre su pecho. Cord la rodeó con el brazo con ánimo protector y apoyó la barbilla en su pelo. Se lo besó y acercó los labios a su oído.

—Quiero casarme contigo, Maggie. Lo deseo más que nada en el mundo.

La exclamación de Maggie fue tan brusca que los demás ocupantes de la mesa la miraron con curiosidad. Ella alzó la vista, confusa, entusiasmada, temerosa. No podía aceptar, no podía...

Cord se movió para sacarse la cartera del bolsillo. Sacó una hoja doblada y se la pasó.

—Toma. Echa un vistazo.

Se fijó en el sello oficial antes incluso de desdoblar la hoja. Entreabrió los labios con una suave explosión de aire mientras estudiaba el papel que Cord había llevado consigo durante algún tiempo, a juzgar por la fecha. Lo miró con ojos incrédulos.

—Es una licencia matrimonial —dijo con voz ronca—. Con... Con nuestros nombres.

—Me pareció una buena idea en su día —murmuró, sin dejar de mirarla a los ojos—. Ahora, más que nunca.

Ella se mordía el labio inferior.

—No, es una mala idea —dijo con voz ahogada. Le devolvió el papel y trató de reprimir las lágrimas—. No tienes ni idea de lo caro que podría salirte esto. No sabes lo que Lassiter tiene en esos archivos, lo que Gruber haría con la información si pudiera abordar a un periodista.

Cord la estrechó entre sus brazos mientras plegaba la hoja con una mano y se la guardaba en el bolsillo de la chaqueta.

—No me importa lo que haga, ni con qué —dijo con fiereza—. Eres mía, y no pienso renunciar a ti jamás.

Maggie cerró los ojos y quiso creer en él. Pero todo cambiaría cuando Cord descubriera su pasado.

Aquella pequeña hoja de papel le robaba la paz, al tiempo que la hacía resplandecer por dentro como si albergara cien velas de amor en su pecho

El estallido repentino de un cristal los sorprendió. Maggie alzó la cabeza y miró a Cord, sin comprender, momentos antes de que éste la tumbara sobre la cubierta y la mantuviera pegada al suelo.

Se oyeron gritos y chillidos de miedo. El motor del barco se apagó y empezó a mecerse en el canal empujado por la corriente.

Cord levantó la cabeza el tiempo justo para mirar hacia la cabina. Vio al piloto encorvado en su asiento y enseguida supo qué había ocurrido.

—No te levantes, pequeña —le susurró a Maggie—. No te muevas, ¿me oyes?

—¿Qué ocurre?

—Gruber, si no me equivoco, y somos blancos muy fáciles en mitad del canal.

—Pero ¿qué vas a hacer?

—Sacarnos de aquí, ahora que todavía hay tiempo. No te levantes. ¡Al suelo todo el mundo, y mantengan la calma! —les dijo a los demás pasajeros—. Apártense de las ventanas.

Cord echó a correr por el pasillo justo cuando llovían otros disparos. Al parecer, alguien estaba disparando desde un puente cercano o desde el paseo que bordeaba el canal. Sin embargo, el ángulo de los disparos indicaba que provenían de un lugar alto.

Maggie miró por encima de la mesa y a través de los amplios ventanales. Vio un destello de metal en el puente que tenían justo delante.

—¡Cord, está en el puente! —gritó.

Cord ya había empujado al piloto al suelo y le había gritado al guía turístico que se pusiera a salvo. Movió los controles y, de pronto, el barco salió disparado hacia delante, zigzagueando, para que no resultara un blanco tan fácil.

Lo complicado sería pasar el barco por el ojo del puente, porque disponía del espacio justo. Era una maniobra que recordaba de otros viajes a la ciudad.

Tuvo una idea. Si podía meter el barco bajo el puente y desembarcar, quizá pudiera atrapar a Gruber. Pero necesitaría a alguien que condujera la embarcación.

—¡Maggie! —chilló—. ¡Ven aquí, rápido!

Maggie corrió hacia la cabina sin vacilar.

—¿Qué puedo hacer? —preguntó enseguida.

—Pilotar el barco, cariño. Yo voy a saltar.

—¿Qué?

Cord aceleró y apretó la mandíbula mientras guiaba la embarcación bajo el puente, arañando un costado, y la dejaba en punto muerto. Desenfundó su pistola y sentó a Maggie en la silla del piloto mientras la familiarizaba rápidamente con los controles. A ella le temblaban las manos, pero escuchó y asintió.

—No quiero hacer esto —dijo con voz ronca—. No quiero ponerte en peligro, pero si no detenemos a Gruber, matará a alguien. ¿Lo entiendes?

Ella lo besó con pasión.

—No dejes que te mate. ¡Te quiero tanto...!

—No tanto como yo, Maggie. Tu pasado no puede cambiarlo —le aseguró con fervor—. ¡Créeme!

La besó y sintió su reacción instantánea. Se apartó, se levantó, amartilló el arma, le quitó el seguro y se dirigió a los peldaños que conducían al casco.

—Atraviesa el puente, aunque tengas que arañar la pintura, y sal zigzagueando. No te detengas ni un segundo. Si ve un blanco, disparará. La única ventaja que tenemos es que está encima y no puede ver el interior. ¿Podrás hacerlo?

—Puedo hacer lo que sea necesario —contestó Maggie con valentía, y, en ese momento, parecía perfectamente capaz.

Maggie lo vio descender por los peldaños del casco, pero se concentró de inmediato en los controles y puso el barco en marcha. Había llegado el momento de emular a un piloto de barco de carreras y salvar vidas. No pensaba decepcionar a Cord.

XV

Cord saltó del casco al sucio reborde del puente de piedra y subió deprisa los peldaños de hierro que conducían a lo alto. Sostenía su pistola en una mano mientras trepaba con la otra.

Oyó el movimiento del barco, y supo que Maggie lo pondría en el punto de mira de Gruber de un segundo a otro. Con suerte, Gruber pensaría que el ruido de los rasponazos del barco significaba que se había quedado atrapado debajo y que algún otro miembro de la tripulación estaba intentando sacarlo de allí. En cualquier caso, no esperaría que él lo atacara.

El hombre estaba desesperado, y no dudaría

en matar. Consciente de ello, Cord se acorazó contra lo que pudiera ocurrir a continuación. Lo único que lamentaba era no haber sido sincero con Maggie y haberle dicho lo que realmente sabía.

El ruido de la motora camufló sus últimos pasos. Vio a un hombre moreno de corta estatura agazapado en el puente, con una pistola en la mano. Cord apuntó y le gritó en holandés que soltara el arma. Como era de esperar, el hombre se dio la vuelta y disparó. Cord también disparó, al tiempo que sentía un dolor agudo y abrasador en el hombro izquierdo. Su adversario cayó al suelo.

Cord no perdió el tiempo en acercarse a él. Había otro puente más adelante, y vio el destello del metal allí también. El hombre al que acababa de abatir no era Gruber. Maggie estaba en el canal, dirigiéndose hacia una muerte repentina, y él no podría alcanzarla a tiempo. Lo único que podía hacer era atraer los disparos de Gruber o llegar al puente siguiente antes que Maggie.

O… Tuvo una idea. Se sacó el móvil del bolsillo, advirtiendo que tenía sangre en la pantalla, y marcó el número de emergencias. Dio su nombre, explicó lo que ocurría y pidió ayuda. Por suerte, había un coche patrulla no muy lejos de allí; lo enviarían enseguida.

Cord echó a correr cuando todavía se estaba guardando el móvil en el bolsillo. Haría falta más suerte de la que creía posible para que la policía se presentara a tiempo de salvar a Maggie. Estaba mareado y le dolía el brazo, pero no iba a permitir que Gruber matara a Maggie.

Pasó delante de un grupo de turistas. Sabía que estaba asustando a la gente con la pistola y la herida sangrante, pero siguió corriendo mientras imaginaba una bala atravesando la cabina del piloto y hundiéndose en Maggie.

—¡Gruber! —gritó a voz en cuello.

A pesar del tráfico y de las conversaciones de los transeúntes, el hombre del puente lo oyó, se detuvo, se dio la vuelta y miró.

—¡Estoy aquí, Gruber! —gritó Cord, mientras salvaba la distancia que los separaba a grandes zancadas. Gruber se asomó al puente y rió mientras apuntaba el arma al barco que se acercaba rápidamente hacia él.

—¡Maggie, vira el barco! ¡Vira el maldito barco! —gritó Cord. Pero ella no podría oírlo con el bramido del motor...

Y, sin embargo, en aquel preciso instante, el barco empezó a girar despacio, con torpeza, dándole la espalda al hombre del puente, que disparaba al azar en un arrebato de ira.

Cord estaba en radio de tiro. No se fiaba de

su propia puntería, pues tenía la sensación de estar a punto de desmayarse. Hincó una rodilla en el suelo, les gritó a los peatones que se apartaran, apuntó con más cuidado que nunca, tomó aire, y disparó.

La bala tardó una eternidad en llegar al puente; fue como si todo se moviera a cámara lenta. La vista se le estaba nublando. De pronto, el dolor era insoportable; sentía el hombro tan pesado que no podía sostenerlo. Vio al hombre del puente volverse hacia él, despacio, y supo que estaba siendo un blanco fácil. Pero moriría luchando...

La policía estaba por todas partes cuando acabó el tiroteo. Le indicaron a Maggie que acercara la embarcación a la orilla del canal, y un policía saltó a bordo y pilotó el barco hasta el lugar en que otro compañero pudo usar el lazo para amarrarlo a los peldaños. Llovían las ambulancias.

Ayudaron a desembarcar a Maggie, porque gritaba a pleno pulmón que tenía que ver a Cord y no atendía a razones. No lo veía por ninguna parte. Había un hombre caído en el puente, pero no podía ser él. ¿Dónde estaría? ¿Seguiría vivo?

Maggie apremió a las autoridades para que se dieran prisa. Desesperado, uno de los policías la condujo a una zona de la acera en la que se había formado un corrillo. Cord estaba apoyado sobre un codo, y su hombro sangraba. Todavía tenía la pistola en la mano, mientras no dejaba de proferir maldiciones.

—¿Quieren ir a buscarla...? —gritaba. La repentina aparición de Maggie lo dejó helado—. ¡Maggie! —exclamó en un tono que ella no le había oído usar nunca.

—¡Cord! —gimió, y cayó al suelo junto a él. Le tocó el rostro, la garganta, mientras él la abrazaba con el brazo sano sin preocuparse si la manchaba de sangre. Ella también lo abrazó, sollozando de alivio.

—¡No te veía! —masculló junto a su cuello—. ¡No sabía si había llegado a tiempo!

—Estoy bien. Te oí decirme que virara el barco, aunque me pareció un susurro al oído. Ay, gracias a Dios que estás vivo —dijo con voz ahogada—. ¡Gracias a Dios!

—Estoy vivo —dijo Cord con voz ronca—. Aunque no haya salido muy bien parado.

Maggie se apartó un poco para mirarlo mejor y estuvo a punto de perder la compostura al ver la sangre que manaba de la herida del hombro.

—¡Estás sangrando! —exclamó, horrorizada—.

Por favor —suplicó al policía que estaba junto a ella—. ¡Pida ayuda!

—Todo esto es muy irregular —mascullaba el hombre, pero habló por un móvil en un idioma que ella no comprendía.

Maggie tomó la mano de Cord entre las suyas y se la apretó.

—No te mueras —gimió, aterrada por la sangre—. No te mueras, no puedo vivir sin ti. ¡No viviría! ¿Me oyes?

Cord rió entre dientes al oír su vehemencia.

—Cariño, he pasado por cosas peores que una bala en el hombro —la tranquilizó—. Duele y sale mucha sangre, pero no voy a morir. ¿Verdad, Bojo?

—Yo diría que no —murmuró Bojo, que había aparecido junto a Maggie, con una sonrisa lúgubre—. Cord es duro de pelar. Sin embargo —añadió con una mirada de ironía hacia su amigo—, si muere, yo me quedo con su pistola y ese reloj tan bonito que lleva.

Maggie estaba horrorizada, pero Cord prorrumpió en carcajadas.

Tras horas de agotamiento y preocupación, Maggie se sentó junto a Cord en la habitación individual a la que lo habían trasladado después de extraerle la bala con anestesia local. Dos policías, además de Bojo y de Rodrigo, estaban en el pasillo. No le habían dado explicaciones de por qué se encontraban allí, pero Maggie no era tonta. Aunque Gruber hubiera muerto en el tiroteo, todavía debía de tener socios sueltos por la ciudad. Iban a vigilar a Cord, y eso a Maggie la tranquilizaba un poco. Le habían dicho que se repondría, que saldría del hospital al día siguiente con un amplio suministro de antibióticos y analgésicos. Podrían tomar un avión de vuelta a casa cuando quisieran.

Al ver que abría los ojos, alargó el brazo para tocarle el rostro, los labios. Sintió el escozor de las lágrimas e intentó reprimirlas, pero el miedo y la preocupación de las últimas horas habían echado a perder su autodominio. Unas lágrimas abrasadoras resbalaron por sus mejillas.

—Eh —dijo Cord con suavidad—. No voy a morir, en serio —Maggie logró esbozar una sonrisa y le apretó la mano. Él la miró con atención—. Tienes un aspecto horrible.

—¿Eso crees? Pues deberías mirarte al espejo.

—No, gracias —sonrió—. Oye.

—¿Qué?

Entrelazó los dedos con los de ella.

—Cuando tengamos un momento libre, voy a ir a comprarnos unas alianzas. Noto la mano desnuda.

A Maggie le dio un vuelco el corazón. Se acordó entonces de la hoja doblada que Cord llevaba en la cartera. La habían rescatado del bolsillo interior de su chaqueta; por suerte, el del lado contrario al del hombro herido. Maggie la tenía a salvo en su bolso.

—Ni siquiera insinuaste que estabas pensando en casarte —lo acusó, pero no parecía enfadada—. A decir verdad, juraste que nunca te casarías.

Cord se encogió de hombros.

—Lo pasé muy mal con Patricia —reconoció pasado un minuto—. No estaba enamorado, Maggie, y ella lo sabía. Me casé con Patricia por muchas razones, pero ninguna acertada. Tú eras muy joven, pequeña —añadió con voz ronca, y la angustia que sentía se reflejaba en sus ojos oscuros—. No quería seducirte y temía hacerlo. Eras... Eres lo que más quiero en la vida. No fue más que un vano intento de protegerte de una relación para la que no te creía preparada —suspiró hondo—. Después, Patricia se suicidó y yo tuve que vivir no sólo con la culpa de su muerte, sino con la de saber que nunca la había amado —le apretó la mano—. Me arrepiento de muchas cosas. De lo del bebé, de tu matrimonio... De cómo te he tratado durante todos estos años...

Maggie le cubrió los labios con los dedos.

—¿No eres tú el que no deja de repetir que no debemos mirar atrás? ¿De verdad...? ¿De verdad quieres casarte conmigo? —añadió con vacilación.

—Más que seguir viviendo —dijo con el corazón en la mano. Ella suspiró con preocupación.

—Todavía hay cosas de mi pasado que no sabes. Cosas que... que no puedo contarte.

—Eh —Maggie alzó la vista—. ¿Qué tal si vivimos día a día? —dijo él con suavidad—. ¿Y si tomamos un vuelo a las Bahamas? —sonrió—. Podríamos casarnos allí.

—¿En serio?

—Sí —se llevó la palma de Maggie a los labios—. Quiero casarme contigo enseguida —añadió—. No quiero que vuelvas a huir de mi lado nunca más.

—¿Y qué pasa con los hombres de Gruber? —preguntó con preocupación.

—Todos detenidos —Cord enarcó una ceja y sonrió—. A sus colaboradores les esperan largas condenas en diversos países. El caso saldrá en titulares. Han desarticulado sus redes de prostitución, pornografía y trabajos forzados infantiles. Los clientes de Lassiter, cuyos niños habían sido secuestrados y asesinados, han encontrado la paz. Y nosotros estamos por fin a salvo.

—A salvo —Maggie bajó la vista—. Raras veces me he sentido así en la vida, salvo cuando estaba contigo. Pero te había dado por imposible —añadió con una sonrisa de pesar.

—Maggie, sin ti mi vida no vale nada —insistió Cord con solemnidad—. No ha valido nada desde que tenía dieciséis años.

Ella suspiró con preocupación.

—Cord, en cuanto a ese archivo que Lassiter quiere enseñarte...

—Por mí, que lo queme. Si tanto significa para ti...

—¿Lo dices en serio? —preguntó Maggie con alegría en la mirada.

—Sí, en serio.

Era como si le hubieran quitado un gran peso de los hombros, y sentía deseos de volar. Entonces, recordó que Stillwell y Adams conocían su secreto.

—Pero Stillwell y Adams...

—Lassiter tiene amigos —la interrumpió—. No te revelaré sus nombres ni sus ocupaciones. Basta con decir que Adams y Stillwell no son más que pececillos, y que se arriesgarían a ser devorados por un tiburón, aunque estén en la cárcel, si alguna vez abrieran la boca.

—Caray.

—Caray —repitió él, y la miró con tierna preocupación—. Necesitas dormir un poco.

—Dormiré cuando todo esto haya acabado. No pienso dejarte por nada del mundo. No me importa que no sea una herida grave; me quedaré aquí hasta que te dejen salir.

Cord entornó los ojos con emoción. Ni siquiera discutió.

—Está bien.

Era una concesión. Cord le estaba dando todo lo que ella quería, y Lassiter no la había traicionado, la había salvado. Maggie se preguntó si resultaría muy indecoroso abrazar a un hombre casado. Cuando regresaran a Houston, pensaba averiguarlo.

Dos días después, Cord y Maggie viajaron en avión a las Bahamas, donde un sacerdote norteamericano los casó en un hermoso hotel de lujo con vistas a Nassau, la capital.

Maggie se puso una falda y una blusa blancas de algodón, ambas con profusión de encaje blanco, y se pulverizó un poco de fragancia de jazmín en el pelo. Cuando, después de dar el sí, Cord la miró a los ojos, Maggie pensó que jamás había visto una expresión semejante de ternura en toda su vida. Se sentía como si hubiera vuelto a nacer. Cord comentó con una carcajada ronca que él se sentía igual. Las líneas paralelas de sus vidas se habían unido en un círculo eterno.

Después de tres días visitando las islas y acariciándose con locura, embarcaron en un crucero con rumbo a Miami, desde donde tomarían el avión a Houston.

Maggie se sintió como si hubiera vivido un cuento de hadas mientras yacía en la estrecha cama, a corta distancia de su marido, en el elegante camarote, sintiéndose amada, segura y protegida. Cord no quería que durmieran juntos todavía a causa del hombro; pero la besaba mil veces, y la acariciaba de mil maneras.

—Y pensar que estaba prometida y no lo sabía —lo acusó con picardía—. ¿Cómo pudiste solicitar una licencia matrimonial y no decírselo a la mujer con la que querías casarte? Con lo que me ha atormentado haberme acostado contigo...

—Con lo maravilloso que ha sido... —bromeó.

—¡Tenía remordimientos!

Él sonrió con desvergüenza.

—Sabías cuando lo hice que estaba pensando en el futuro. No me acuesto con inocentes.

—No era inocente.

—No digas tonterías; claro que lo eras. Soy el

único hombre con el que has estado, aunque la primera vez no fuera una experiencia que te agradara recordar.

—Incluso aquella vez fue mágica —susurró—. Y las demás han sido increíbles —lo observó con curiosidad, advirtiendo que rehuía su mirada—. Sólo es por el hombro, ¿verdad? —añadió con preocupación—. Todavía me deseas, ¿no?

—Pues claro —la regañó—. Pero me sigue doliendo la herida —añadió sin mirarla.

—Está bien. Mientras sólo sea una situación temporal...

Cord frunció los labios y sonrió, aunque el gesto parecía un poco forzado.

—¿Tan bueno soy?

—¡Ay!... Vas a poner a prueba mi paciencia —bromeó. Él la miró con adoración.

—Intentaré reformarme antes de que vengan los niños.

—Estás muy seguro de que los tendremos —repuso ella, no muy convencida.

—Segurísimo —afirmó Cord con sinceridad—. Mientras tanto, aprenderemos a conocernos de nuevo.

Houston resultaba familiar y desconocida al mismo tiempo. Parecía que hubieran transcurrido años y no escasas semanas desde que se habían ido.

El rancho resultaba acogedor. June salió a recibirlos a la puerta; Cord la había avisado de su llegada llamándola por teléfono desde el avión. Su padre y Red Davis estaban esperando en el salón para estrecharles la mano y darles la enhorabuena y la bienvenida.

Cord tardó un día entero en ponerse al corriente de los asuntos del rancho, y había llamadas, e-mails y faxes que debía responder. Hizo llamar a su secretario y recuperó la rutina con hombro herido y todo.

Sintiéndose extrañamente olvidada, Maggie daba vueltas por la habitación, preocupada. Aquella noche también habían dormido en habitaciones separadas a causa de la herida del hombro. Cord alegaba que no la dejaría dormir porque no dejaba de dar vueltas en la cama; era la misma excusa que había utilizado en el hotel de Amsterdam e incluso durante el crucero, una vez casados. Maggie sabía que el hombro no era el único problema.

Desesperada, porque Cord se había encerrado en sí mismo, fue a ver a Dane Lassiter a su oficina alegando como excusa que necesitaba ir a la ciudad para adquirir artículos femeninos. Cord le dio las llaves de su coche y le dijo que anduviera con cuidado. Aunque hubieran detenido a los hombres de Gruber, quizá no estuviera completamente a salvo. Para desolación de Maggie, le encargó a Davis que la acompañara.

—Ésta es tu antigua oficina —protestó Davis cuando ella aparcó delante de la fachada. Maggie le lanzó una mirada furibunda.

—Gracias, no lo sabía —dijo con sarcasmo.

—Maggie, ¿qué tramas?

—Nada que puedas decirle a Cord, y hablo en serio —añadió, alzando la mano en la que llevaba la alianza.

—No debería haber secretos entre un marido y su mujer.

—Eso díselo a él —le espetó—. Voy a subir a ver a Dane Lassiter y, si le dices una sola palabra a Cord, haré que te frían a la parrilla, ¿me has entendido?

Davis se la quedó mirando.

—Sabría horrible.

—Con salsa de barbacoa no, y hablo en serio. Espérame aquí, no tardaré —se apeó del coche—. Aunque puedes ir a tomarte un café... —añadió, y entró sola en el edificio.

Dane Lassiter no se anduvo con rodeos. Se inclinó hacia delante sobre su escritorio y taladró a Maggie con sus ojos negros y penetrantes.

—Quiere saber qué me sonsacó Cord.

Maggie tragó saliva y se ruborizó.

—Vi el fax que le envió a Amsterdam —dijo por fin.

—No le conté nada —repuso Lassiter enseguida—. Pero él sabe cómo acceder a archivos codificados —añadió con nerviosismo.

A Maggie se le paró el corazón. Miró a Dane con el semblante horrorizado.

—¿Quiere decir que lo sabe? ¿Que lo sabe todo?

—Eso parece.

Maggie se mordió el labio inferior. Estaba recordando detalles de aquella noche, los extraños comentarios, la afirmación de que la amaba sin importarle su pasado. Cord lo sabía todo pero no había dicho nada porque ella lo había amenazado con salir corriendo. Se había pasado la vida huyendo de sus emociones, de los compromisos, de todo, por miedo. Temía lo que Cord pudiera pensar de ella, pero él lo sabía y la amaba de todas formas. Contempló la pequeña alianza de oro que llevaba en la mano, la que había escogido por su sencillez. Cord se la había colocado en el dedo, la había mirado a los ojos y ¿qué había dicho? Que aquella alianza sellaba su futuro, que era una promesa de apoyo mutuo en la tragedia o en la adversidad. Y no había duda de que el pasado de Maggie podía calificarse de tragedia.

Miró a Lassiter. Le estaba diciendo algo, pero no lo había oído. El detective sonrió.

—No ha escuchado ni media palabra de lo que he dicho, ¿verdad? Le contaba que Cord me llamó por una línea segura y me dijo que pensaba volver aquí para hacer picadillo a Adams y a Stillwell, y que estrangularía a Gruber con sus propias manos. Jamás había visto a nadie tan sediento de sangre, salvo a mí mismo cuando dispararon a mi mujer, antes de casarnos —recordó—. Estaba ávido de venganza. Tardé media hora en disuadirlo mientras él maldecía en dos idiomas. Creo que había estado bebiendo... y puedo afirmar que Cord Romero no bebe. Era la mejor indicación de lo disgustado que estaba. Estaba dolido porque no se hubiera fiado de él lo bastante para decírselo desde que le conoce. Dijo que no había nada en su vida que no hubiera compartido de buena gana con usted.

El ceño de Maggie se disipó; las piezas encajaron en su sitio. Vio su vida como un libro abierto, como un patrón de conducta que se repetía una y otra vez. Nunca había confiado en Cord. Siempre había temido que la menospreciara, que no la deseara, que la juzgara mal, como tantas otras personas. Pero cuando se ponía en su lugar, cuando pensaba en cómo se habría sentido ella si... Creyó enfermar.

—Le he fallado desde el principio —dijo con voz trémula—. Nunca me he parado a pensar en cómo me sentiría yo si él tuviera un pasado así y no hubiese querido contármelo. Todo se reduce a la confianza, ¿verdad? —añadió—. Si quieres a una persona, tienes que fiarte de ella.

Lassiter sonrió despacio.

—Me alegro de que empiece a abrir los ojos.

—Y nada de lo que hagas, nada de lo que hayas hecho, importará nunca —prosiguió Maggie, como si acabara de descubrir una gran verdad—. Porque cuando amas, lo haces incondicionalmente.

—Exacto —Lassiter frunció los labios—. ¿Por qué no vuelve a casa y se lo dice a Cord?

Maggie abrió los ojos con alegría. Fue como una caída libre. No tenía nada que temer, ni siquiera que su pasado saliera a la luz. Cord la amaba, y su opinión era la única que le importaría siempre. Era tan sencillo..., pero nunca había sabido verlo.

Se levantó con ímpetu de la silla.

—Cuando los niños se hagan mayores, quiero trabajar para usted. ¿Puedo?

Lassiter rió de buena gana.

—Así se habla. Y sí, puede.

—Le tomo la palabra, señor Lassiter. Gracias. Por guardarme el secreto, por obligar a Adams y a Stillwell a guardarlo... ¡Por todo! Creo que es usted sensacional.

El detective se puso en pie y le estrechó la mano.

—Eso mismo dice mi esposa.

—¡No me sorprende! —rió Maggie.

XVI

Los siguientes minutos transcurrieron en una
nebulosa de actividad. Maggie estuvo a punto
de derribar a Tess con las prisas por salir del edificio. Le dio las gracias a Dane, prometió llamar
y se metió en el coche. Hostigó a Davis para
que se saltara el límite de velocidad y suspiró de
alivio al ver que la policía no los había sorprendido cuando se detuvieron delante de la casa.

Maggie abrió la puerta cuando Davis todavía estaba pisando los frenos. Entró como un
remolino ante la sorpresa de June y se fue derecha al despacho en el que Cord estaba hablando por teléfono con alguien sobre un toro.
Maggie cerró la puerta tras ella y echó la llave.

—Lo siento, pero tienes que colgar —le dijo a Cord con voz trémula.

—¿Por qué? —preguntó con el auricular a un par de centímetros del oído. Ella se encogió de hombros, sonrió con timidez y empezó a quitarse la blusa.

Cord bajó el auricular. Era la primera vez en sus vidas que Maggie tomaba la iniciativa. De hecho, se había convencido de que, a causa de su pasado, jamás se le insinuaría.

—Luego te llamo —le dijo a su interlocutor, y colgó deprisa.

Mientras tanto, Maggie se había despojado de la blusa y del sujetador y se estaba quitando los zapatos y bajándose la cremallera de los pantalones de pinzas. Se dirigió a él, completamente desnuda, disfrutando de la mirada de asombro y placer de Cord. Le dio la mano y lo condujo al sofá, donde se tumbó con abandono.

—¿Qué? —le preguntó—. ¿Te atreves?

Cord se estremeció mientras se deshacía de la camiseta con las manos.

—Ya verás si me atrevo —dijo con voz ronca. Ella contempló cómo las prendas caían de aquel cuerpo alto y fornido mientras se estiraba con sensualidad—. ¿Has echado la llave?

—Ya lo creo —murmuró ella con una sonrisa—. Estás muy sexy.

—Me encantaría decirte cómo estás tú —contestó Cord, como si le faltara el aire—, ¡pero no creo que tenga tiempo!

Ni ella, cuando lo vio completamente desnudo. Cord se tumbó a su lado, apoyándose en el brazo sano, y la besó. Movía las piernas con insistencia, febril, para separar las de ella con un deseo incontrolable.

—Lo siento —masculló. Ella se relajó, y sonrió bajo los labios de Cord cuando la penetró de improviso, con urgencia. Maggie arqueó la espalda para recibirlo, sintiendo cómo él contenía un pequeño ruido ronco cuando empezaba a moverse sobre ella con destreza y experiencia.

Maggie lo envolvió con las piernas y se estremeció con las crecientes punzadas de placer. Deslizó una mano por la espalda de Cord hasta sus glúteos, y hundió allí las uñas para apretarlo contra ella mientras él la penetraba con un ritmo ardiente y fiero.

Sintió cómo la tensión se intensificaba cada vez más. Sus movimientos resultaban atronadores en la habitación cerrada: jadeos ásperos y desesperados. Ella abrió la boca de par en par y sintió la lengua de Cord penetrándola justo cuando unas oleadas repentinas de calor y placer estallaban dentro de su cuerpo. Se convulsionó, y gimió quejumbrosamente dentro de la boca de Cord mientras él la embestía con violencia durante las últimas contracciones del éxtasis.

Cord gimió y siguió penetrándola con fiereza, como si ni siquiera estar piel sobre piel fuera lo bastante íntimo para él. Se estremeció con violencia cuando su propio cuerpo palpitó de ardiente liberación.

Maggie palpó la humedad en la espalda de Cord cuando él se dejó caer pesadamente sobre ella.

—Te siento dentro —le susurró al oído. Cerró las piernas con más fuerza en torno a él.

—Yo también te siento —respondió Cord, y se movió con brusquedad de lado a lado para hacerla jadear con renovados espasmos de placer—. Caramba, ¡qué explosión! No sabía si podría soportarlo.

—Lo sé. A mí me ha pasado lo mismo —lo abrazó con fuerza—. Te quiero tanto... Más que a mi vida.

Cord gimió con aspereza en su oído y volvió a besarla; siguió moviendo las caderas con abandono contra las de ella hasta que volvió a sentirse capaz y jadeó con renovado anhelo.

—Sí —le susurró Maggie al oído, casi atragantándose de placer—. ¿Podemos hacerlo otra vez? ¿Podemos? Cord, ¡te deseo tanto...!

Cord la besó en la boca y profundizó, alargó, ralentizó sus movimientos hasta que ella se estremecía con cada embestida. Rió de improviso y se tumbó de espaldas, sin separarse de ella, todavía estremeciéndose.

—El brazo me está matando —susurró, y la miró con ardiente pasión—. Tómame.

—¿Qué? ¿Cómo? —exclamó Maggie.

—Así, puritana mía —la regañó, y la sujetó por las caderas para enseñarle el movimiento. Cord hizo una mueca y movió el hombro herido—. Es demasiado, demasiado pronto, pero no puedo parar. Tú tampoco debes parar. ¡Maggie! ¡No pares!

Cord gimió con aspereza. Ella suspiró y apretó los labios, y siguió moviéndose hasta que halló la presión y el ritmo que lo hacían jadear. Pasado un tiempo, le resultaba emocionante, y placentero, incluso divertido. Rió. Él también rió. Hasta que el placer se apoderó de ellos y les resultó imposible pensar, hablar...

Maggie yacía junto a Cord, sudorosa y exhausta, con una pierna en torno a las de él, tan satisfecha que no deseaba moverse.

—No me quejo —dijo Cord—. Pero ¿podrías explicarme a qué ha venido esto?

Ella le besó el hombro sano con lentitud.

—Todo es cuestión de confianza —dijo con suavidad—. Yo no he confiado en ti, y pensaba que ya era hora de empezar. Así que debía demostrarte que podía ser una mujer, sin sentirme avergonzada de mí misma, de mi pasado, de mi cuerpo —suspiró—. Es maravilloso ser una mujer, Cord —deslizó la mano despacio sobre el vello que le cubría el tórax y él arqueó la espalda con un débil gemido.

—Para mí también es maravilloso que lo seas —alcanzó a decir, y le retuvo la mano—. Pero nos estás sobreestimando. Estoy agotado —rió—. ¡Agotado de verdad!

Ella sonrió con complacencia.

—Soy buena —murmuró.

—Más que eso.

—Gracias —lo besó en el hombro. Él cambió de postura para acercarse más a ella.

—¿Qué te ha dicho Lassiter, exactamente?

Maggie se quedó rígida.

—¿Cómo sabes que he ido a verlo?

—Mera lógica —murmuró —. No ibas a descansar hasta no averiguar lo que me había contado sobre ti.

—No te contó nada —dijo Maggie con sagacidad.

—¿Lo ves?

Ella cerró los dedos sobre el pecho de Cord.

—Él no te ha contado nada, pero yo debo hacerlo. Cord, mi madre murió cuando yo tenía seis años —empezó a decir con agonía—. Me quedé sola con mi padrastro. Tenía un amigo. Les gustaba beber cerveza y jugar a las cartas, y no les hacía gracia trabajar. Durante más de un año, simplemente, toleraba mi presencia. Estaba a punto de dejarme al cuidado de otra persona, cuando su amigo le dijo que era una niña mona y se preguntó si no podrían utilizarme para hacer dinero —tragó saliva—. Mi padrastro y su amigo se pusieron en contacto con un hombre que... traficaba con pornografía infantil —notó la repentina rigidez de Cord, pero no se interrumpió—. Buscaron a otra niña y a dos niños y... y grabaron películas de nosotros...

—¡Basta! —masculló—. No tienes por qué hacerte esto. No necesito saber...

—Sí, necesitas saberlo —lo interrumpió Maggie con labios trémulos y lágrimas en los ojos—. Necesito contártelo. Tienes que escuchar. Rodaron películas pornográficas sobre nosotros. Nos obligaban a hacer cosas que no comprendíamos y, si no las hacíamos, nos sacudían con cinturones. Nos dejaban señales, y se enfadaban aún más porque tenían que esperar a que desaparecieran las señales. Después, emplearon otros... castigos que no se veían —cerró los ojos y sintió cómo Cord se ponía rígido de rabia—. No iba al colegio y un profesor vino a averiguar por qué. En aquel momento, estábamos delante de las cámaras. Vio a través de una persiana lo que hacíamos y fue a llamar a la policía.

—Gracias a Dios —masculló Cord.

—Sí. Estábamos avergonzados y asustados. Los agentes fueron muy amables con nosotros. Una mujer policía vino a ocuparse de mí y de la otra niña pero, cuando salíamos, una vecina se rió y dijo que de mayores seríamos prostitutas y que nos lo tendríamos merecido por ser unas niñas tan detestables —se estremeció—. Nada me había dolido nunca tanto.

—Termina —la apremió Cord con voz tensa.

—Mi padrastro y su amigo fueron a la cárcel. Fue un juicio muy largo y lo cubrieron todos los medios de comunicación. Las cintas fueron requisadas como pruebas, pero alguien se hizo con una. Ésa debe de ser la que Stillwell y Adams tenían en su poder, porque las demás fueron destruidas años después.

—Fue entonces cuando te llevaron al centro de acogida de menores —adivinó Cord—. Después del juicio.

—Sí. Pensaron... Pensaron que era muy pequeña y que el trauma emocional había sido leve —susurró—. Hablé con una psicóloga infantil un par de veces y, después, me perdí en el sistema. Hay tantos niños perdidos en el sistema... —dijo con impotencia.

Cord le alisó el pelo y la besó con ternura.

—Sí, demasiados...

—A mi padrastro lo mataron durante una revuelta en la cárcel. Su amigo... Supongo que sigue entre rejas —añadió.

—Murió de cáncer hace dos años, cuando todavía cumplía condena en la prisión federal —le dijo Cord con brusquedad.

—Así que ya no queda ninguno —suspiró. Después, contuvo el aliento—. ¿Cómo lo has sabido?

Se produjo un largo silencio entrecortado.

—Accedí a los archivos protegidos cuando estábamos en Amsterdam.

—Entonces, ¿Lassiter tenía razón? ¿Lo sabías y te has casado conmigo? —parecía incrédula.

—¡Pues claro que me he casado contigo, tonta! —replicó con furia—. ¿Crees que soy capaz de echarte en cara tu pasado? ¡Te quiero! Siento que sufrieras tanto, y siento aún más no haberlo sabido desde el principio, pero me importa un comino.

—¿De verdad? —preguntó, perpleja.

—De verdad —la abrazó y la besó con ansia—. Y a ti también te dará igual con el paso del tiempo, Maggie —dijo con suavidad—. Ahora eres mía. Te querré mientras viva.

Ella lo miró a los ojos.

—Tú también eres mío —susurró—. ¿Verdad?

—En cuerpo y alma —corroboró con voz ronca, y la besó en la nariz—. Maggie, vamos a vivir muchos años juntos. Voy a agotarte de tanto amor que te voy a pedir.

—Eso no me importa —le acarició los labios—. Pero desearía que pudiéramos concebir otro hijo, Cord.

—Tienes que empezar a creer en los milagros, cariño —murmuró con voz somnolienta—. En tu vida has tenido muy pocos pero, créeme, van a empezar a salir como setas.

—¿Lo dices en serio?

—En serio. Maldita sea, tengo sueño...

Unos golpes insistentes en la puerta los despertaron horas más tarde.

—¡Señor Romero! —gritaba Davis—. ¿Se encuentra bien? Tengo una llave y voy a entrar.

—¡Davis, si pones un pie en mi despacho estás despedido! —gritó Cord justo cuando la puerta empezaba a abrirse.

Davis vio un rastro de ropa que conducía al sofá y, por encima del respaldo de este, dos pares de ojos furibundos.

Se oyó un portazo, una llave cayó al suelo y unas pisadas de botas se alejaron por el pasillo con atropello.

A pesar del susto, Cord miró a Maggie y prorrumpió en carcajadas. Cuando ella, todavía somnolienta, comprendió lo que había estado a punto de ocurrir y bajó la mirada a las prendas desperdigadas por el suelo, no pudo evitar sumar sus carcajadas a las de él. La vida era maravillosa.

Varios meses después, Cord estaba ayudando a cargar una pequeña manada de novillos Santa Gertrudis en los camiones cuando un deportivo apareció a gran velocidad y los espantó en todas direcciones. Maldijo, pero no muy alto, porque Maggie salió disparada del coche y corrió hacia él como una bala.

Cord sacó un pie del estribo y se inclinó para sentarla ante a él sobre la silla, cuando advirtió que no pensaba detenerse.

—Te importaría decirme...

Su boca ardiente lo interrumpió a mitad de la frase. Cord la besó con avidez, excitándose al instante y preguntándose vagamente si podría seducirla a caballo delante de todos sus ayudantes.

—Toca —susurró Maggie junto a sus labios, y le puso la mano en su vientre.

—Maggie, hay vaqueros por todas partes —intentó decir.

—Y aquí dentro hay un bebé —susurró ella.

Cord se puso rígido. Alzó la cabeza y la miró sin comprender, hasta que la alegría llorosa de sus ojos verdes y la risa que emergía de su garganta lo iluminaron.

—¿Estás embarazada? —preguntó con un estallido de voz—. «¿Embarazada?»

—Y mucho —murmuró mientras le rodeaba el cuello con los brazos—. De tres meses. Ni siquiera he tenido náuseas matutinas y pensaba que no podía quedarme embarazada. Entonces, me di cuenta de que no habíamos tenido ningún problema mensual...

—¿Habíamos? —preguntó Cord con deleite y afectuoso regocijo. Ella le dio un puñetazo.

—Se trata de nuestro hijo, vamos a tenerlo los dos. Ahora, escúchame. Fui a ver al médico y me hizo un pequeño análisis de sangre. He venido tan deprisa para contártelo que... —unas sirenas la interrumpieron—. Dios mío —dijo con nerviosismo al volver la cabeza.

Dos coches patrulla estaban deteniéndose a pocos metros de distancia, con las luces giratorias encendidas. De ellos salieron dos agentes uniformados que rodearon el deportivo y echaron a andar hacia el hombre y la mujer que estaban sentados, frente a frente, sobre el caballo.

–Lo siento mucho –empezó a decir Maggie en tono esperanzado.

–Señora, iba a ciento treinta en una carretera de noventa –contestó el de más edad con el bloc de multas en la mano.

–Y nos pasó tan deprisa que parecía que estuviéramos dando marcha atrás –dijo el más joven en tono beligerante.

–Está embarazada –anunció Cord, riendo entre dientes mientras Maggie se movía con nerviosismo e intranquilizaba al caballo. Lo calmó poniéndole la mano en el cuello–. Llevamos cuatro meses casados, pero un médico le dijo hace años que no podría tener hijos. Así que se trata de una especie de milagro. Y de un bebé –añadió con una sonrisa de oreja a oreja.

El de más edad miró al más joven.

–La ley es la ley –declaró, obstinado.

–Y tanto que sí, y podemos amonestar a las personas que no hace falta detener –repuso su compañero, sonriendo–. Así que dile a la embarazada que no lo vuelva a hacer para que podamos darles la enhorabuena y volver al trabajo.

El agente de más edad estudió al matrimonio. Frunció el ceño.

—Su cara me resulta familiar —le dijo a Cord—, pero no sé de qué... —clavó los ojos en Maggie y la reprendió—. Y usted respete los límites de velocidad en mi condado. Los bebés no crecen bien a velocidad supersónica, ¿entendido?

—Sí, señor —prometió Maggie, y sonrió—. Enseñaré a mi hijo a obedecer las normas de tráfico.

—A nuestra hija —la corrigió Cord—. Va a ser niña.

Ella abrió los ojos de par en par.

—Dios no obedece órdenes.

—Podemos pedírselo de buenos modos —replicó Cord—. Me gustan las niñas. La enseñaremos a criar toros.

—Y a atrapar a los malos —señaló Maggie.

—¡De eso me suena su cara! —exclamó de repente el policía de más edad, dándose una palmada en la frente—. Son los que desarticularon la red de tráfico de mano de obra infantil. Sus fotografías salieron en el periódico, junto con un reportaje completo.

El agente más joven miraba alternativamente a Maggie y a Cord mientras el de más edad sonreía de oreja a oreja.

—¡Maldita sea, son ellos!

Maggie se sentía como la heroína de una película de suspense. Rió y abrazó con fuerza a Cord sin dejar de mirar al policía.

—Si no me detiene, diré algo bonito sobre usted cuando escriba mis memorias —le prometió.

—Señora, debería escribir libros, no memorias, después de lo que leí en el periódico —dijo el agente—. Con una historia como ésa, sería un éxito.

A Maggie se le encendió una lucecita en la cabeza.

—¿Sabe? —empezó a decir con creciente entusiasmo—. ¡No es mala idea!

Seis meses más tarde, Maggie entregaba una novela sobre espionaje internacional a un editor de Nueva York que había leído el borrador y se había comprometido a publicarlo. Acto seguido, daba a luz a un niño. Fue una sorpresa, porque ni ella ni Cord habían querido conocer el sexo del bebé hasta su nacimiento. Habían escogido nombres para ambos casos, pero Cord estaba convencido de que Charlene María sería el que usarían.

Cuando regresaron a casa con el bebé y se sentaron en el porche delantero aquella misma tarde, Cord contempló al niño que tenía en brazos y suspiró con afecto.

—Jared Matías Romero —murmuró con orgullo—. Me siento muy feliz de ser tu padre, pero todavía necesitamos a una niña para que papá pueda malcriarla.

—Hasta entonces, papá puede malcriar a Jared —le dijo Maggie con una sonrisa, consciente de que estaba muy complacido de tener un bebé sano—. Puede que la flauta suene dos veces por casualidad pero, aunque no sea así, estoy muy contenta con lo que tenemos.

—Y yo —la besó a ella y a su hijo mientras se mecían en el balancín del porche cerrado y tibio y contemplaban al enorme toro Hijito arrancar heno de la parte posterior de una camioneta. Estaban en febrero, todavía hacía frío y la puesta de sol estaba barriendo las nubes. El horizonte era un estallido de color—. Mi esposa, la escritora —murmuró Cord, y la miró caprichosamente—. Al menos, así no tendrás que andar por ahí en gabardina y con un arma en el bolsillo.

—¿Eso crees? —le dirigió una sonrisa traviesa—. Necesitaré material nuevo si me ofrecen otro contrato para una novela.

Cord enarcó una ceja.

—No pienso desarticular ninguna otra red de

trabajadores ilegales, ni desactivar ninguna bomba, ni ayudar a Bojo con ninguna otra misión, por si acaso te lo estabas preguntando –le informó–. Ahora crío ganado, punto.

–Criar ganado es emocionante. Mira al viejo Hijito –reflexionó, mientras lo observaba–. Mmm... Supón que alguien lo robara y resultara que en la etiqueta de la oreja tenía un microchip oculto con información que demostraba la culpabilidad de una persona del intento de asesinato de... Eh, ¿adónde vas? ¡Cord, vuelve aquí!

Siguió alejándose por el pasillo, riendo con ganas. Maggie bajó la mirada al rostro dormido del bebé envuelto en su pijama calentito y pensó en los largos y dolorosos años que la habían conducido a aquel lugar, a aquel momento, a aquella felicidad. Al afrontar el sufrimiento y su pasado, había irrumpido en un nuevo mundo de felicidad. ¡Si hubiera sabido antes que la única manera de superar la oscuridad era encararse con ella en lugar de huir...!

Pero por fin tenía a Cord y a su hijo, y la vida era más dulce de lo que jamás había soñado. Las lamentaciones eran como nubes en el horizonte, el viento las disipaba rápidamente en el esplendor del ocaso, al igual que la aceptación del dolor era recompensada con un placer inesperado en cuanto acababa la desgracia. Besó con suavidad la frente minúscula de su hijo para no despertarlo, y su corazón voló de alegría. Al final del pasillo, oyó unos pasos familiares regresando al porche.

—Pensaba que iba a nevar —comentó Cord mientras levantaba a su hijo en brazos para que ella descansara—. ¡Pero mira qué puesta de sol!

Maggie le sonrió.

—Las nubes han desaparecido, cariño; el viento se las ha llevado —dijo con suavidad—. ¿Conoces ese antiguo dicho de: «Ocaso rojo, deleite de marineros»? ¡Mira qué cielo!

Cord tiró de ella.

—No soy marinero, y tú ya estás fantaseando otra vez —bromeó—. Ven a cenar. ¡Estoy hambriento!

—Siempre estás hambriento —Maggie sonrió con picardía y elevó las cejas repetidas veces—. ¡Qué suerte tengo!

Lo agarró del brazo mientras recorrían el pasillo con su hijo, y vio cómo Cord lo miraba con la expresión de amor más hermosa que había visto en aquellos ojos oscuros para alguien que no fuera ella.

—¿Sabes? —dijo, pensando en voz alta—. Creo que los bebés son más emocionantes que las intrigas internacionales.

Cord rió entre dientes.

—Estamos en una situación perfecta para averiguarlo.

—Cierto —suspiró ella con satisfacción—. Para ser un mercenario —murmuró—, eres un buen hombre de familia.

—Gracias. Te recomendaré para un ascenso cuando nos reclute la Legión Extranjera.

—¡Estupendo! ¿Aceptan mujeres? ¿Puede venir el niño también?

Cord quiso darle un azote que ella rehuyó hábilmente y con una carcajada, haciéndola pensar que algunos mercenarios nunca olvidaban las viejas costumbres. Pero ella lo amaba tal como era.

CORAZÓN INTRÉPIDO

DIANA PALMER

PRÓLOGO

Leo Hart se sentía solo. Su último hermano soltero, Rey, se había casado hacía un año. Leo estaba solo con la asistenta, que iba dos veces por semana y amenazaba constantemente con jubilarse. Eso lo dejaría sin sus bizcochos, a no ser que fuera todos los días a desayunar a un restaurante y aquello era prácticamente imposible teniendo en cuenta su horario.

Se echó hacia atrás en la silla de su despacho, de aquel despacho que ya no compartía con nadie. Se alegraba por sus hermanos. Excepto Rey, la mayoría de ellos tenían ya hijos. Simon y Tira tenían dos niños. Cag y Tess, uno. Corrigan y Dorie, un niño y una niña. Leo se dio cuenta de que hacía tiempo que no tenía una relación. Estaban a finales de septiembre. Los rodeos acababan de terminar y había habido tanto trabajo en el rancho que no había tenido tiempo de salir ni una sola noche.

En ese momento, sonó el teléfono.

—¿Por qué no te vienes a cenar? —le preguntó Rey nada más descolgar.

—¿Te parece normal invitar a tu hermano a cenar en tu luna de miel? —sonrió Leo.

—Nos casamos hace casi un año —apuntó Rey.

—Por eso, todavía estáis de luna de miel —rió Leo.

—El trabajo no lo es todo. Es mucho mejor el amor.

—Qué te lo digan a ti, ¿verdad?

—Bueno, haz lo que quieras, pero la invitación está en pie. Ven cuando quieras, ¿de acuerdo?

—Gracias, lo tendré en cuenta.

—Bien.

Tras colgar, Leo se estiró. Junto con sus hermanos tenía cinco ranchos, pero era él quien se ocupaba de casi todo el trabajo físico con el ganado, como ponía de manifiesto su enorme cuerpo. A menudo se preguntaba si no trabajaba tanto para no pensar en otras cosas. De joven, las mujeres habían revoloteado a su alrededor y se había hecho de rogar para aceptar sus invitaciones, pero ahora, a los treinta y tantos, las aventuras de una noche no le satisfacían.

Había pensado pasar un fin de semana tranquilo en casa, pero Marilee Morgan, una amiga íntima de Janie Brewster, lo había convencido para que la acompañara a cenar a Houston y al ballet. A Leo no le hacía mucha gracia lo del ballet, pero Marilee le había explicado que no podía ir sola porque tenía el coche en el taller. Era una mujer guapa y sofisticada, pero Leo no quería nada con ella porque no quería que le fuera contando nada de su vida privada a Janie, que estaba patente e incómodamente enamorada de él.

Sabía que Marilee jamás le habría pedido que saliera con ella en Jacobsville, Texas, porque era un sitio pequeño y Janie se enteraría enseguida. A Leo le habría gustado hacerlo para que Janie se diera cuenta de que era un hombre libre, pero aquello no habría favorecido en absoluto su amistad con su padre, Fred Brewster.

Lo bueno que tenía salir con Marilee era que se libraba de ir a cenar a casa de los Brewster. Fred era uno de sus mejores amigos, además de ser su socio, y le encantaba su compañía, pero había dos elementos en su casa que detestaba: su hermana, Lydia, que era una cotilla pero que no vivía con ellos, y su hija Janie, que tenía veintiún años y era psicóloga. Había vuelto loco a Cag analizando sus preferencias alimenticias y Leo solía buscar excusas para no ir a casa de Fred si estaba ella.

No era fea. Tenía una cabellera castaña y larga y tenía buen cuerpo. Lo malo era que estaba enamorada de él y todo el mundo lo sabía. Leo no la tomaba en serio porque la conocía desde que tenía diez años y llevaba aparato dental. Era difícil olvidar esa imagen.

Además, no sabía cocinar. Su pollo calcinado era famoso en la ciudad, como sus bizcochos, que eran armas letales.

Al pensar en aquellos bizcochos, Leo descolgó el teléfono y llamó a Marilee.

—Hola, Leo —lo saludó encantada.

—¿A qué hora quieres que te recoja el sábado?

—No le dirás nada de esto a Janie, ¿verdad?

—Sabes que procuro verla lo menos posible —contestó Leo impaciente.

—Por si las moscas —bromeó Marilee preocupada—. Estaré lista a las seis.

—¿Y si me paso a las cinco y cenamos en Houston antes del ballet?

—¡Perfecto! Me apetece mucho. Hasta luego.

—Hasta luego.

Leo colgó y marcó el número de los Brewster.

Por desgracia, contestó Janie.

—Hola, Janie —le dijo con simpatía.

—Hola, Leo —saludó ella sin aire en los pulmones—. ¿Quieres hablar con papá?

—No, bueno, era solo para deciros que no voy a poder ir a cenar el sábado. Tengo una cita.

—Ya —dijo ella tras una pausa apenas perceptible.

—Perdón, pero ya había quedado hace tiempo —mintió Leo— y se me había olvidado cuando le dije que sí a tu padre. Dile que lo siento.

—Claro —contestó Janie—. Pásatelo bien.

Estaba rara.

—¿Pasa algo? —preguntó Leo dubitativo.

—¡No, claro que no! Hasta luego, Leo.

Janie Brewster colgó el teléfono y cerró los ojos completamente decepcionada. Llevaba toda la semana planeando el menú, practicando aquel pollo tierno y suculento y la *crème brûlée* porque sabía que era el postre preferido de Leo. Le había costado, pero incluso sabía utilizar el aparatito para poner el caramelo por encima. Todo el trabajo tirado a la basura.

Estaba segura de que Leo no tenía una cita de antes. Se la había buscado para no ir a cenar con ellos.

Se sentó junto a la mesa del pasillo, con el delantal y la cara llenos de harina. Desde luego, era todo menos la cita perfecta. Llevaba un año intentando que Leo se fijara en ella. Había flirteado con él abiertamente en la boda de Micah Steele y Callie Kirby hasta que lo había visto fruncir el ceño enfadado por haber agarrado al vuelo el ramo de novia. Se había muerto del corte ante su mirada reprobadora. Meses después, había intentado encandilarlo con sus virtudes, pero no había servido de nada. No sabía cocinar y, según su mejor amiga, Marilee, que le estaba ayudando a cazar a Leo, parecía un figurín. Marilee la aconsejaba mucho y le decía todo lo que a Leo no le gustaba de ella para que Janie lo fuera puliendo. Incluso estaba haciendo todo lo que podía para acostumbrarse a los caballos, al ganado, al polvo y al barro. Pero si no conseguía que Leo fuera a su casa para mostrarle sus nuevos conocimientos, ¿de qué le servía todo aquello?

—¿Quién era? —preguntó Hettie, la asistenta, desde lo alto de la escalera?—. ¿Era el señor Fred?

—No, era Leo. No puede venir el sábado a cenar. Tiene una cita.

—Oh —sonrió Hettie con simpatía—. No te preocupes, habrá otras cenas, cariño.

—Claro que sí —sonrió Janie levantándose—. Bueno, cocinaré para papá y para ti —añadió decepcionada.

—Leo no tiene obligación de venir el fin de semana porque tenga negocios con tu padre —le dijo con amabilidad—. Es un buen hombre, pero algo mayor para ti...

Janie no contestó. Sonrió y volvió a la cocina.

Leo se duchó, se afeitó, se vistió y se subió al Lincoln negro que se acababa de comprar. Estaba listo para pasar una noche en la ciudad y, desde luego, no iba a echar nada de menos el pollo quemado de Janie.

Sin embargo, la conciencia le remordía un poco. Tal vez fuera por todas las cosas que Marilee le había dicho de Janie. La semana anterior le había estado contando lo que había dicho de él. Iba a tener que tener cuidado con lo que decía delante de Janie porque no quería que se hiciera falsas ilusiones. No le interesaba lo más mínimo. Era una cría.

Se miró en el espejo retrovisor. Su pelo era castaño con mechones rubios, tenía la frente ancha, la nariz ligeramente torcida y una boca grande de dientes perfectos. Comparado con la mayoría de sus hermanos era atractivo. Además, no le hacía falta ser guapo porque tenía dinero de sobra.

Sabía que a Marilee le parecía de lo más atractivo precisamente por su cuenta bancaria, pero era guapa y no le importaba sacarla por Houston y enseñarla, como los trofeos de pesca que llenaban su despacho. Un hombre tenía sus debilidades. Sin embargo, al pensar en la decepción de Janie al decirle que no iba a ir a cenar y en cómo se sentiría si supiera que su mejor amiga la estaba traicionando, sintió una punzada de remordimientos que no le gustó nada.

Se puso el cinturón y encendió el motor. Mientras avanzaba por la carretera, se dijo que no tenía motivos para sentirse culpable. Estaba soltero y nunca había hecho lo más mínimo para darle a entender a Janie Brewster que quería ser el hombre de su vida. Además, llevaba solo demasiado tiempo. Una velada cultural en Houston era lo que necesitaba para aliviar la soledad.

I

Leo no estaba de muy buen humor. Había sido una semana muy larga y ahora se encontraba teniendo que consolar a su vecino, Fred Brewster, que acababa de perder al toro de raza Salers que Leo quería comprarle. Aquel toro era hijo de un gran campeón y una de las compras prioritarias de Leo, que estaba tan triste como Fred.

—Ayer estaba bien —dijo Fred secándose el sudor de la frente mientras ambos observaban al animal que estaba tumbado de lado sobre la hierba—. No me podía venir peor que se muriera ahora, en plena temporada de cría —dijo el hombre pasándose la mano por el pelo cano.

Estaba pasando un mal momento económica-
mente, pero no se lo quería decir a Leo.

—Esto no me parece muy normal.¿Has despedido a alguien últimamente?

—Ya, yo he pensado lo mismo, pero hace
más de dos años que no despido a nadie. No lo
tenía asegurado, así que no me puedo comprar
otro... todavía —añadió porque no quería que
nadie supiera que estaba casi arruinado.

—Eso tiene arreglo. Tengo un toro Salers que
compré hace dos años. Lo quería cambiar y
comprar el tuyo, pero como eso ya no va a poder ser... mientras le busco sustituto, utilízalo
tú durante la época de cría.

—Leo, no puedo aceptar eso —dijo Fred sabiendo lo que costaban aquellos servicios.

Leo levantó la mano y sonrió.

—Claro que puedes. Así, en primavera, yo
elegiré el toro que más me guste de los que
hayan nacido.

Fred se rió.

—Bueno, si es con esa condición, de acuerdo,
pero me gustaría que alguien lo vigilara.

—No te preocupes. Tengo un par de vaqueros lesionados que no pueden salir con el ganado, así que pueden venir a vigilarlo.

—Nosotros nos encargaremos de darle de
comer.

Leo se rió.

—Muy bien, pero ya sabes que uno de estos come por tres hombres.

—No importa… —se interrumpió al oír un ruido detrás de ellos.

Era su hija, Janie, cubierta de barro de pies a cabeza.

—Hola, papá. Hola, Leo. Buenos días —saludó la chica, que llevaba una silla de montar sobre el hombro.

—¿De dónde vienes? —le preguntó su padre mirándola con los ojos como platos, al igual que Leo.

—De montar un rato —contestó ella yendo hacia el porche.

—De montar un rato —murmuró Fred—. Primero le dio por dar de comer a los animales, luego por conducir al ganado, ahora por montar a caballo… No sé qué le pasa. Decía que se iba a ir a la universidad a hacer otro curso de psicología y, de repente, le da por decir que quiere aprender a llevar el rancho. No hay quién entienda a los hijos, ¿verdad?

Leo se rió.

—Yo de eso no tengo ni idea. Ni tengo ninguna intención de tenerla. Bueno, volviendo a lo del toro. Te lo traigo cuanto antes y, si tienes algún otro problema, me lo dices.

Fred sintió un gran alivio. Los Hart tenían cinco ranchos. Eran la familia con más influencias políticas y económicas de la zona. El préstamo de aquel animal le permitiría recuperarse. Leo era todo un caballero.

—Te lo agradezco mucho, Leo. No lo estamos pasando muy bien últimamente.

Leo se limitó a sonreír. Estaba encantado de poder ayudar a aquel hombre con el que llevaba años haciendo negocios.

Se preguntó por el extraño comportamiento de su hija. Antes, se ponía camisetas ajustadas y faldas cortas y esperaba a que él saliera del despacho de su padre para dirigirle miradas seductoras desde el salón. Bueno, seductoras… Janie no sabía ser seductora. No como su amiga Marilee Morgan, que tenía sólo cuatro años más que ella, pero que podía dar lecciones a Mata Hari.

En cuanto se enterara de que había salido con su mejor amiga, Janie se olvidaría de él. Era demasiado joven para él y, cuanto antes lo supiera, mejor. Además, ¿de dónde salía ahora aquello del rancho? Lo que le faltaba, cubierta de barro… Lo único que le gustaba de ella era la forma tan elegante y sofisticada que tenía de vestir. ¡Cubierta de barro ya no había por dónde agarrarla!

Se despidió de Fred y se fue a su rancho dándole vueltas a por qué había muerto aquel toro de repente.

Janie se duchó mientras pensaba en el consejo de su amiga Marilee. «Leo me ha dicho que no le gustas porque no tienes ni idea de las cosas del rancho, que vas siempre demasiado bien vestida, demasiado chic y sofisticada. Además, no sabes cocinar».

Estaba claro: si quería que Leo se fijara en ella tenía que aprender a llevar el rancho y a cocinar.

Marilee y ella eran amigas y vecinas de toda la vida, así que confiaba en sus consejos. Su mejor amiga lo hacía todo por su bien. ¡Estaba dispuesta a no volver a la universidad aquel año con tal de demostrarle a Leo Hart que era capaz de convertirse en el tipo de mujer que a él le gustaba. ¡Se lo había tomado muy serio y lo iba a conseguir!

No le iba muy bien montando a caballo, pero, al fin y al cabo, su padre eran ranchero así que seguro que mejoraba con la práctica.

Siguió practicando. Una semana después, estaba en la cocina intentando hacer bizcochos, cuando se le cayó el paquete entero de harina al suelo y la cubrió por completo.

En ese momento, tuvo la suerte de que apareciera su padre con Leo.

—¿Janie? —dijo su padre mirándola con la boca abierta.

—¡Hola, papá! —sonrió ella—. Hola, Leo.

—¿Qué estás haciendo?

—Poner harina en un bote —mintió.

—¿Dónde está Hettie?

—Limpiando, creo.

Hettie estaba escondida en la habitación de Janie, intentando no reírse a carcajadas de los nulos intentos de la chica por cocinar mejor.

—¿Y la tía Lydia?

—Jugando al bridge con los Harrison.

—¡Si no es al bridge, es al golf! —exclamó su padre—. Pues a ver si viene porque tenemos que hablar de unas acciones.

Tenía que venderlas y las tenía a medias con su hermana. ¡Dónde estaría aquella maldita mujer!

—Dijo que no vendría hasta el sábado, papá —le recordó Janie.

Fred suspiró enfadado.

—Bueno, ven, Leo. Te las quiero enseñar a ver qué te parece a ti que debo hacer. ¡Maldito bridge! No puedo hacer nada sin Lydia.

Leo miró a Janie, pero no dijo nada. Siguió a su padre al despacho y se fue al cabo de un rato, pero por la puerta principal, no por la de la cocina…

Janie no se dio por vencida y siguió con su aprendizaje en el rancho. A la semana siguiente, el viejo John le enseñó cómo montar a un ternero. El animal la lanzó por los aires justo cuando Leo aparcaba su coche junto al establo.

No dijo nada. Sólo se rió a carcajadas. Janie tampoco dijo nada. Tenía la boca llena de barro. Se levantó y se fue a la ducha directa. Una vez duchada, bajó a la cocina sin maquillarse. ¿Para qué? Si Leo no iba a estar. Se puso unos vaqueros y una camiseta y no se puso zapatos.

—Verás como pises algo —le dijo Hettie, que estaba haciendo panecillos.

—Tengo los pies duros, no te preocupes —bromeó ella abrazándola por detrás.

Le encantaba cómo olía aquella mujer, a algodón recién lavado y harina. Llevaba con ellos desde que Janie tenía seis años y había sido de gran ayuda cuando se habían quedado ella y su padre solos tras la muerte de su madre.

—Ay, Hettie —suspiró—, ¿qué haríamos sin ti? —añadió cerrando los ojos.

–Largo de aquí, que sé lo que quieres hacer…

Demasiado tarde. Janie ya le había quitado el delantal y bailaba burlona ante ella mirándola divertida con sus grandes ojos verdes.

–¡O me pones el delantal u olvídate de los panecillos para esta noche! –le advirtió Hettie.

–De acuerdo, de acuerdo, sólo era una broma –rió Janie poniéndoselo.

Mientras se lo anudaba, oyó que la puerta se abría a sus espaldas.

–¡Deja de enseñarle estas cosas! –le dijo Hettie al recién llegado.

–¿Quién, yo? –dio Leo con total inocencia.

Janie sintió que se le anudaban los dedos con los lazos del delantal y que el corazón le latía a mil por hora. No se había ido. ¡Y ella hecha un asco!

–Pon ese delantal en su sitio, Janie –bromeó él.

Janie lo miró mientras ataba la prenda.

–Mira quién fue a hablar. Tus asistentas siempre se quejan de que les desatas el delantal a la mínima ocasión. ¡Había una que incluso siempre tenía una escoba a mano!

–Sí, y acabó rompiéndomela en la cabeza. ¿Qué haces, Hettie?

–Panecillos –contestó la mujer–. Lo siento, no sé hacer bizcochos.

—Bueno, aquello no fue para tanto… —protestó él.

—¿Cómo que no? Me han dicho que sacaste al cocinero del restaurante en volandas —bromeó Hettie.

—Me dijo que sabía hacer bizcochos y me lo estaba llevando a casa para que me lo demostrara —contestó Leo.

—A él no debió de parecerle lo mismo. Te ha quitado la denuncia, ¿no?

—Se puso un poco nervioso, eso fue todo. En fin, no creo que fuera verdad que sabía hacer bizcochos. ¿Seguro que tú no sabes? Tal vez, si lo intentaras…

—No, no tengo ningún interés. Me gusta trabajar aquí —contestó Hettie.

Leo suspiró.

—Era sólo una idea… Panecillos, ¿eh? Hace mucho que no tomo panecillos caseros.

—Dile a Fred que te invite a cenar.

—¿Por qué no me invitas tú, Janie?

Janie no podía articular palabra.

Leo no entendía por qué no contestaba. Debería estar dando brincos de alegría. Acababa de decirle que quería quedarse a cenar.

La miró intensamente y lo único que consiguió fue ponerla más nerviosa.

Janie pensó que, además de querer una mujer que supiera llevar un rancho y que supiera cocinar, Leo debía de querer una mujer guapa. ¡Y ella estaba feísima!

Se mordió el labio inferior y lo miró como si fuera a echarse a llorar.

—¿Qué te pasa? —le preguntó él en un tono que nunca había empleado con ella.

—Bueno, voy a tender la ropa —dijo Hettie saliendo de la cocina.

Ni Leo ni Janie oyeron la puerta al cerrarse.

Él se acercó a ella y, de repente, le puso las manos en los hombros. Janie las sintió, grandes y fuertes. No podía respirar ni dejar de mirarse en sus ojos negros. La estaba mirando como si no la hubiera visto nunca.

—Venga, ¿qué te pasa? Si te puedo ayudar…

Janie no sabía qué decir.

—Me he hecho daño al caerme del ternero —mintió.

—¿Ah, sí?

Leo apenas la oía porque estaba absorto en aquella maravillosa boca de labios rosados y dientes blancos.

Se preguntó si la habrían besado alguna vez. Aunque no la había visto nunca salir con un chico, Marilee le había dicho que salía con muchos, que era mucho más experimentada de lo que parecía.

Janie se estaba derritiendo. Las rodillas le temblaban.

Leo la sentía estremecerse. ¿Por qué se comportaba así si era tan experimentada como Marilee decía? Una mujer con experiencia ya le habría puesto los brazos alrededor del cuello y se estaría frotando contra su cuerpo...

—Ven aquí —le dijo abrazándola. Al hacerlo, sintió sus pechos a la altura del diafragma porque era mucho más alto que ella.

Janie puso las manos sobre su camisa, pero con vergüenza. Leo suspiró. La imaginación se le había disparado, pero no podía ser, Janie sólo tenía veintiún años y era la hija de un amigo. Entonces, ¿por qué no podía parar de mirarle la boca y por qué se había excitado al sentir sus pechos?

—Pon las manos en mi pecho —le dijo.

Janie obedeció lentamente. Tenía las manos frías y temblorosas. Se quedó muy quieta, sin respirar, rezando para que aquel momento no se rompiera, para que Leo no recobrara la cordura que había perdido por unos segundos.

—¿No sabes hacerlo?

—¿Hacer... qué? —dijo ella mojándose los labios con la lengua.

Leo le acarició la mejilla y le pasó el pulgar por el labio inferior en un rapto de deseo.

—Esto —murmuró bajando la cabeza.

Janie sintió sus labios sobre la boca, acariciándola y besándola suavemente. Aquello no saciaba su apetito ni de lejos.

Le clavó las uñas y Leo se tensó. Janie sentía sus músculos bajo la camisa y el latir acelerado de su corazón.

—Tranquila —le dijo Leo.

Janie sintió sus manos deslizarse desde su cintura a sus caderas mientras no paraba de besarla. ¿Se habría dado cuenta de que le costaba respirar, de que se moría de deseo?

Estaba experimentando sensaciones que nunca había imaginado.

Janie abría cada vez más la boca. Leo la apretó contra su cuerpo. Al sentir que su anatomía había cambiado, Janie se echó atrás.

—Muchos novios, ¿eh? —dijo Leo como para sí mismo.

—¿Novios? —repitió ella en un hilo de voz.

Leo la agarró de la cintura y con la otra mano le acarició la cara.

—Déjalo —susurró besándola de nuevo.

Janie le clavó las uñas y gimió.

Leo la apretó contra sí y la miró con los ojos encendidos. Le quitó la goma del pelo y se lo esparció.

—Puede que sí tengas la edad… —dijo antes de besarla con pasión.

Janie se regodeó en su deseo. Arqueó el cuerpo contra él y lo agarró de la nuca para que nunca dejara de besarla. Aquello era su sueño hecho realidad. Era genial. Desechó cualquier rastro de prudencia y abrió la boca para invitarlo a entrar.

Sintió su lengua explorando la oscuridad y tembló mientras la devoraba.

Al oír una puerta que se cerraba, salieron de la niebla en la que estaban.

Leo la miró como si no la conociera. Tenía los ojos como esmeraldas mojadas. La había levantado del suelo y su cuerpo se moría por ella.

Sabía que Janie se había dado cuenta de que estaba excitado. Sólo lo sabían ellos y así debía ser. ¡Debía parar aquello en ese mismo instante!

La soltó despacio y tomó aire. Se echó en cara haber perdido el control con una mujer a la que no debería de haber tocado jamás. No entendía qué le había pasado. Normalmente solía mantener la cabeza fría con las mujeres. Y más con Janie.

Le desconcertaba su mirada. Iba a tener que darle muchas explicaciones y no sabía por dónde empezar. Janie era mucho más joven que él, pero su cuerpo no parecía darse cuenta.

—Esto no tendría que haber ocurrido —dijo apretando los dientes.

—Es como un helado… apetece —contestó ella, que no quería oír un no por respuesta.

—Eres demasiado joven para tener apetencias —le contestó Leo—. Y yo, lo suficientemente mayor como para no hacer estas estupideces. ¿Me oyes? Esto no tendría que haber ocurrido. Lo siento.

Horrorizada, Janie se dio cuenta de que se estaba arrepintiendo. Se apartó sonrojada, con los ojos llenos de sueños que él no debía ver.

—Yo… también lo siento —dijo.

—Maldita sea —dijo Leo metiéndose las manos en los bolsillos—. Ha sido culpa mía. He empezado yo.

—No pasa nada —contestó Janie encogiéndose de hombros—. Así practico.

Leo enarcó las cejas sorprendido. ¿Había oído bien?

—No soy la reina del baile de graduación. Por aquí no hay muchos hombres y los que hay son solterones que mascan tabaco y no se bañan.

—Menudos prejuicios —bromeó él.

—¿Acaso tú sales con mujeres que huelen a caballo?

—No sé. La última vez que te vi, si no recuerdo mal, olías a barro y a mí…

—¡No sigas! —lo interrumpió sonrojándose.

Leo la miró intensamente.

—Es una pena que no te llames Jeanie —murmuró—. Stephen Foster tiene una canción muy bonita sobre el pelo de una mujer que se llama Jeanie.

Janie sonrió. Le gustaba su pelo. Era algo.

Leo pensó que se ponía muy guapa cuando sonreía.

—¿Estoy invitado a cenar, entonces? —preguntó perdido en su mirada—. Si me dices que sí, tal vez te dé unas cuantas clases más. Sólo nivel principiante, claro —añadió sonriendo.

II

Janie se dijo que era imposible que Leo hubiera dicho aquello, pero lo importante era que seguía sonriendo. Ella también sonreía. Se sentía guapa. Sin maquillaje, descalza, sin peinar… y Leo la había besado. No se lo podía creer. Entonces, recordó el amor que los Hart tenían por los bizcochos. Harían lo que fuera por ellos. ¿También por panecillos?

—Estoy pensando que un hombre que es capaz de secuestrar a un cocinero para que le haga bizcochos, es capaz de hacer cualquier locura por unos panecillos —le dijo.

Leo suspiró.

—Hettie hace unos panecillos de muerte.

—¡Vaya! —bromeó Janie riendo—. Está bien, te puedes quedar a cenar.

—Eres un encanto.

Encanto. Bueno, al menos, le caía bien. Ya era algo. No se le ocurrió que un hombre que realmente se interesara por ella no le diría que era un encanto.

En ese momento, entró Hettie, sacó unos guisantes y los puso en una fuente.

—Janie, cariño, ayúdame con esto. ¿Te quedas a cenar? —le preguntó a Leo.

—Janie ha dicho que podía quedarme.

—Muy bien, pues vete a dar una vuelta hasta que esté la cena lista.

—De acuerdo. Iré a ver a mi toro.

Sin decir nada más, salió de la cocina. No sin antes mirar a Janie con complicidad.

Sin embargo, aquel beso no cambió en nada su relación. Leo se pasó toda la cena hablando de cría genética con su padre y, aunque fue correcto y educado con ella, era como si no estuviera.

Después de cenar, sólo se quedó un rato. Se despidió alabando la cena de Hettie y sonrió a Janie, pero no como antes de la cena. Era como si hubiera borrado de su memoria el episodio de la cocina y quisiera que ella hiciera lo mismo. Qué chasco. Todo volvía a ser como antes, pero él la había besado y Janie quería que volviera a hacerlo. A juzgar por su comportamiento durante la cena, tenía más posibilidades de convertirse en actriz de Hollywood.

Se pasó las siguientes semanas recordando los besos de Leo. Cuando no estaba soñando despierta, estaba haciendo bizcochos. Como gastaba todos los paquetes de harina que se le ponían por delante, no paraba de ir a la tienda.

Aquella tarde no fue una excepción. Se maquilló un poco y se puso la chaqueta de cuero antes de montarse en su deportivo rojo. Una nunca sabía cuándo podía encontrarse con Leo en el supermercado. Era muy dado a ir a comprar bizcochos congelados.

Cuando estaba en la cola de la caja con la harina y los huevos y la leche que Hettie le había encargado, lo vio. Estaba de espaldas, pero era inconfundible porque era más alto que todos los demás. Estaba sonriendo.

Janie se dio cuenta de que no estaba solo. Miró hacia abajo y vio a una chica castaña. Aquel pelo le resultaba familiar.

¡Era Marilee Morgan!

Qué bien. Seguro que su amiga le estaba hablando de ella. Pensó en ir a saludar, pero ¿y si interrumpía en un momento crucial? En dos semanas, el sábado antes del día de Acción de Gracias, era el baile de ganaderos de Jacobsville. Seguro que Marilee le estaba diciendo que a Janie le encantaría que la invitara.

Era una suerte tener una amiga como Marilee.

Si Janie hubiera sabido lo que Marilee le estaba diciendo a Leo en realidad, habría cambiado su opinión sobre su amistad y sobre muchas cosas más.

—Te agradezco mucho que me hayas traído a hacer la compra —le dijo al salir de la tienda—. Tengo la muñeca fatal desde la caída.

—No es nada —murmuró Leo sonriendo.

—El baile de ganaderos es dentro de dos semanas —comentó ella coqueta—. Me encantaría ir, pero nadie me lo ha pedido y no voy a poder conducir para entonces porque me he hecho un buen esguince. Ya sabes que tardan tanto en curarse como las fracturas. ¿Sabes que Janie le ha dicho a todo el mundo que va a ir contigo? Sí, todos lo saben. Ha dicho que estás todo el día en su casa y que no vas a tardar mucho en comprarle un anillo.

¡Pero si sólo la había besado! ¡No había comentado nada de casarse, por Dios! Leo odiaba los cotilleos, sobre todo, cuando eran de él. Janie ya se podía ir olvidando de que la invitara al baile. No le gustaban las mujeres que mentían.

—Puedes ir conmigo —le dijo enfadado—. A pesar de lo que te haya dicho Janie, no soy propiedad de nadie y soy libre para ir al baile con quien quiera.

—¡Gracias, Leo! —dijo ella radiante.

Leo se encogió de hombros. Marilee era guapa y le gustaba su compañía. No era una mujer a la que le gustara estar siempre compitiendo con los hombres. No como Janie que, de repente, se había puesto a hacerse el vaquero en el rancho. Como le había comentado a Marilee, no le gustaban las mujeres así. Lo último ya era que se le hubiera ocurrido ir diciendo por ahí que la había invitado al baile.

—Gracias por decírmelo. Lo mejor para acabar con esto será decirlo en público —le dijo a Marilee.

—Pues claro. No le guardes rencor a Janie por esto. Es muy joven. Comparada conmigo, digo. Si no hubiéramos sido vecinas, seguramente jamás habríamos sido amigas. Es tan... bueno, tan niñata a veces, ¿verdad?

Leo arrugó el ceño. Había olvidado que Marilee era mayor que Janie. Recordó los apasionados besos que se habían dado y se preguntó cómo podía decir lo que había dicho por un par de besos. Entonces, se acordó de algo.

—Me habías dicho que Janie había tenido más novios que nadie.

Marilee carraspeó.

—Bueno, novios… lo que se dice novios. Amigos… —dijo cubriéndose las espaldas. Era difícil presentarla como una niñata y una devorahombres a la vez.

—No es lo mismo —apuntó Leo más tranquilo.

Marilee le dijo que tenía razón. Se arrepentía por ser tan mala con su mejor amiga, pero Leo era muy atractivo y a ella le gustaba tanto como a Janie. En la guerra y en el amor, todo estaba permitido, ¿no? Además, no había muchas posibilidades de que Leo invitara a Janie a salir… Pero, por si acaso, ya se encargaría ella de que no fuera así. Sonrió al montar en el coche de Leo, soñando con el primero de muchos bailes juntos. ¡Y si algún día quería casarse con ella!

Janie siguió haciendo bizcochos hasta que un día le salieron comestibles. Hettie estaba alucinada.

También había hecho progresos considerables montando a caballo.

Solo faltaban cuatro días para el baile y tenía un precioso vestidito blanco de tirantes muy finos. Le llegaba por los tobillos y dejaba los brazos y el escote al descubierto. Tenía una abertura de lo más provocativa que dejaba ver una de sus preciosas piernas. Se había comprado unas sandalias de tacón alto, también blancas, y todo lo iba a combinar con un abrigo negro de terciopelo. Solo le faltaba una cita.

Esperaba que, después de aquellos besos, Leo se lo pidiera, pero no había vuelto a aparecer por la casa. Por el rancho, sí, porque tenía que hablar con su padre y había ido varias veces, pero no se había acercado a la casa. Janie asumía que se arrepentía de lo que había pasado entre ellos y que temía que ella se lo hubiera tomado en serio. Por eso la estaba evitando. Estaba más claro que el agua.

Aquello quería decir que no la iba a invitar al baile. Llamó a Marilee desesperada.

—Te vi hace un par de semanas con Leo en el supermercado. No quise saludaros porque supuse que le estabas hablando del baile, pero no ha querido invitarme, ¿verdad?

Le pareció oír a su amiga tragar saliva.

—No, lo siento.

—No te preocupes. No es culpa tuya. Tú eres mi mejor amiga y lo has intentado.

—Janie…

—Me había comprado un vestido precioso para la ocasión —suspiró—. Bueno, qué se le va a hacer. ¿Tú vas a ir?

—Sí —contestó Marilee tras un silencio.

—¡Qué bien! ¿Con alguien que conozco?

—N… No.

—Espero que te lo pases bien.

—Tú no vas a ir, ¿verdad?

Marilee estaba un poco rara.

—No, no tengo con quién —se lamentó Janie—. Habrá otros bailes. Puede que Leo me invite a alguno alguna vez… —«cuando deje de tenerme miedo», añadió mentalmente—. Si lo ves, dile que ya sé atrapar a los terneros con el lazo y tirarlos al suelo. ¡Y ya sé hacer bizcochos!

Janie se reía, pero Marilee, no.

—Te tengo que dejar porque tengo que ir a la peluquería, Janie —le dijo—. Lo siento mucho… lo del baile.

—No es culpa tuya —insistió Janie—. Pasároslo bien, ¿de acuerdo?

—De acuerdo. Hasta luego.

Al colgar, Janie arrugó el ceño. A Marilee le debía de pasar algo. Le tendría que haber preguntado qué le ocurría. Decidió ir a su casa después del baile para que su amiga le contara todos los cotilleos y, así , averiguar qué le pasaba.

Sumida en sus pensamientos, salió al porche. En ese momento llegaba su padre a caballo con dos de sus hombres.

—Acabo de romper los últimos guantes que me quedaban sanos. ¿Te importaría ir a la ferretería y traerme otros? —le dijo Fred con cariño.

—Claro que no —contestó Janie. Leo solía ir mucho por la ferretería. Con un poco de suerte...

—¡No corras!

Al llegar a la ferretería, se le puso el corazón a mil por hora. Allí estaba la furgoneta del rancho Hart. ¡Leo! Sí, seguro que era él.

Se miró al espejo y se peinó un poco. Llevaba el pelo suelto porque a él parecía gustarle. Entró en la tienda con una gran sonrisa. No había nadie en el mostrador, lo que era bastante normal porque los empleados solían estar atendiendo por la tienda, así que se fue directa al estante de los guantes.

—También necesito un rollo de alambre —dijo una maravillosa voz.

¡Era él! Estaba al otro lado de la estantería.

—Muy bien —contestó Joe Howland—. ¿Vas a ir al baile de los ganaderos?

—Pues sí —contestó Leo—. No iba a ir, pero una amiga necesitaba que alguien la llevara y me ha tocado a mí.

Janie sintió que se le partía el corazón. ¿Leo iba a ir con otra? ¿Con quién? Salió del pasillo y se colocó detrás de Leo. Él no la veía, pero Joe, sí.

—¿Esa amiga no será Janie Brewster? —sonrió el hombre.

—Escucha, porque agarrara el ramo de novia en la boda de Micah Steele no quiere decir que esté conmigo —contestó Leo enfadado—. ¡Tiene una familia encantadora y ella es muy mona, pero aunque aprendiera a cocinar, que sería un milagro, nunca, jamás, me atraería como mujer! Y, para colmo, no se le ocurre otra cosa que ir contando por ahí mentiras sobre mí. ¡Qué pesada!

Janie sintió como una descarga eléctrica que le atravesara el cuerpo. No se podía mover del dolor.

Horrorizado, Joe intentó decir algo, pero Leo había tomado carrerilla y no estaba dispuesto a callar.

—Además, últimamente parece una mazorca de maíz. Lo único que la salvaba era su apariencia física y ahora se pasa el día cubierta de barro, polvo y harina. Se pasa horas en el rancho demostrando que es tan buena como cualquier hombre y fardando de que me tiene comiendo en la palma de su mano. Le ha contado a todo el mundo que estoy a un paso de regalarle un anillo de compromiso y que va a ir al baile conmigo. ¡Pero si ni siquiera se lo he pedido! Se ha equivocado de hombre. ¡Lo último que quiero es una niñata con cuerpo de chico y un gran ego! No tendría nada con ella aunque tuviera un rebaño entero de toros Salers como dote y eso es mucho decir. ¡Me pone enfermo!

Joe se había puesto pálido y le estaba haciendo gestos. Leo se volvió con curiosidad... y se encontró con Janie Brewster mirándolo como si le acabaran de clavar un puñal en el corazón.

—Janie —dijo lentamente.

Ella tomó aire y apartó la mirada.

—Hola, Joe —saludó intentando sonreír—. Sólo quería ver si habías recibido lo que te encargó papá la semana pasada —mintió. No era el momento de ponerse a buscar guantes. ¡Lo que quería era irse!

—Todavía no, Janie —contestó Joe con amabilidad—. Lo siento mucho.

—No pasa nada. Gracias, Joe. Hola, señor Hart —dijo sin mirarlo a los ojos—. Hace bueno, ¿eh? Parece que va a llover un poco, que nos hace falta. Hasta luego.

Salió del establecimiento con la cabeza bien alta y Leo se sintió enfermo de verdad.

—¿Por qué no me has dicho que estaba detrás? —le preguntó a Joe furioso.

—Porque no sabía cómo.

—¿Cuánto tiempo llevaba ahí?

—Todo el tiempo, Leo. Lo ha oído todo.

En ese momento, oyeron chirriar las ruedas del deportivo de Janie. Leo se apresuró a sacar el móvil y llamar a la policía.

—¿Grier? Mira, Janie Brewster acaba de salir de la ciudad como alma que lleva el diablo. Estaba enfadada por mi culpa y me da miedo que tenga un accidente. ¿Tienes a alguien en la carretera Victoria que la pueda parar? Sí, gracias, Grier. Te debo una.

Colgó y maldijo.

—Si se entera de que, para colmo he mandado a la policía tras ella, se va a poner como una furia, pero no quiero que le pase nada.

—Es un secreto a voces que lleva un año bebiendo los vientos por ti.

—Después de lo que me acaba de oír decir, supongo que se le pasará —dijo Leo compungido—. Llámame cuando tengas el pedido, ¿de acuerdo?

—Muy bien.

Una vez en su furgoneta, Leo echó la cabeza hacia atrás y suspiró. Pensó en Janie y en cómo debía de sentirse. Había dicho una crueldad tras otra. Se había dejado llevar y la había pagado con ella. Marilee le había puesto la cabeza como un bombo y, al final, había estallado. Janie nunca había hecho nada para herirlo. Su único delito era pensar que el mundo giraba alrededor de Leo Hart y dar demasiadas cosas por sentadas sólo por un beso.

Se rió sin ganas. Después de aquello, le debía de haber quedado claro que no había nada. Le extrañaba que Janie hubiera ido por ahí alardeando de su relación cuando sabía perfectamente que no le gustaban los cotilleos. De hecho, una vez en su presencia, había atajado las habladurías sobre otra chica diciendo que no le gustaba hacer leña del árbol caído.

Se quitó el sombrero y lo dejó en el asiento del copiloto. Se odiaba por lo que acababa de pasar. No quería que Janie se hiciera ilusiones con él, pero había otras maneras más amables de dejárselo claro. Al recordar su cara, supo que jamás la iba a olvidar. Aquel dolor lo iba a perseguir toda la vida.

Janie estaba batiendo récords de velocidad. Ya se había pasado la salida de su rancho, pero

no le importaba nada. Se sentía herida, humi-
llada, triste y confundida. ¿Cómo podía Leo
pensar esas cosas de ella? La única que sabía lo
que sentía por él era Marilee y ella no se lo había dicho a nadie, eso era seguro, porque odiaba los cotilleos, como ella. Leo la conocía hacía
años, pero no sabía nada de ella, estaba claro.
Lo que más le dolía era que Leo creyera todas
esas mentiras.

Se preguntó quién le habría dicho todo
aquello. Pensó en su amiga, pero rápidamente
se recriminó por pasársele siquiera por la cabeza. Marilee era su mejor amiga. Tenía que haber sido una enemiga... pero no tenía ninguna, por lo menos, que supiera.

Las lágrimas no le dejaban ver bien. Sabía
que iba demasiado rápido. Debería frenar un
poco. En ese momento, oyó una sirena y vio
un coche de policía por el retrovisor.

Se paró y bajó la ventanilla, limpiándose las
lágrimas mientras esperaba a que llegara el agente.

—¿Señorita Brewster?

—Sí...

—Soy Cash Grier —se presentó el hombre,
que llevaba el pelo recogido en una coleta—.
Soy el nuevo ayudante de policía.

—Encantada de conocerlo —sonrió Janie con

tristeza–. Siento que sea en estas circunstancias
–añadió tendiendo las manos–. ¿Quiere espo-
sarme?

El agente la miró muy serio. Aquel hombre
no tenía sentido del humor.

–Pero, bueno, ¿a qué tipo de juegos está usted acostumbrada con los hombres?

Janie dudó un segundo antes de reírse a carcajadas. Sí, sí que tenía sentido del humor. Bajó
las manos.

–Iba muy rápido.

–Sí, pero no la voy a llevar al calabozo. Simplemente, recuerde que en las carreteras co-
marcales no se puede ir a más de cincuenta mi-
llas.

–¿Estamos en una carretera comarcal?

–Sí. Tal y como está pensando, no tengo jurisdicción aquí. Por eso, se lleva una advertencia
cia y una sonrisa. En la ciudad se habría llevado
una multa y una buena bronca. Recuérdelo.

–Lo haré. De verdad –prometió limpiándose la cara–. Estaba enfadada y me he puesto
a acelerar. No debería haberlo hecho y no lo
volveré a hacer.

–Eso espero. Luego vienen los accidentes y
eso sí que es serio –comentó el hombre como
recordando algo.

–Gracias por su amabilidad.

Grier se encogió de hombros.

—Todo el mundo mete la pata de vez en cuando.

—Eso es exactamente lo que me acaba de suceder a mí…

—No me refería a usted —la interrumpió—. Y no soy amable. Jamás.

—Ah —dijo Janie intimidada.

—No corra —dijo el agente tocándole la punta de la nariz con el dedo.

—De verdad que no —contestó ella con la mano en el corazón.

Grier asintió, se metió en su coche y se fue. Janie esperó un par de minutos y, más calmada, volvió a casa. No le explicó a su padre por qué no le había comprado los guantes, pero el buen hombre dijo que ya iría él al día siguiente.

Janie subió a su habitación y no hizo más que llorar hasta quedarse dormida.

A la mañana siguiente fue por allí Harley Fowler, el capataz del rancho Cy Parks. Janie y él se llevaban de maravilla y le pidió que fuera al baile con él.

—Si no tienes ya con quién ir o si no vas a ir con tu padre, claro.

—¡Nadie me lo ha pedido y papá estará fuera

de la ciudad por motivos de negocios, así que iré contigo encantada!

—¿De verdad? —dijo Harley sonriente. Sabía que a Janie le gustaba Leo Hart, pero también sabía que él la evitaba. A él no le gustaba Janie, pero la apreciaba de verdad.

—De verdad —contestó ella—. ¿A qué hora quedamos?

—El baile empieza a las siete, pero vendré a buscarte a las seis y media para llegar bien.

—Estupendo. ¡Gracias, Harley!

—¡Gracias a ti! Nos vemos el sábado.

Cuando se fue, Janie suspiró con alivio. No había nada que deseara más en el mundo que ir al baile y demostrar a Leo Hart que no tenía ningún interés en él. Harley era joven y guapo. Le caía bien. Iría al baile con él y se lo pasaría bien. Leo vería que ya no estaba interesada en él, podía estar tranquilo, no pensaba volver a acercarse a él en su vida. Sonrió con frialdad. La venganza era dulce. Después del dolor que Leo le había infligido, tenía derecho a vengarse un poquito. Leo no iba a olvidar aquel baile mientras viviera.

III

Leo estaba bebiendo en exceso y sus hermanos estaban muy sorprendidos porque no era propio de él. A su lado, Marilee estaba pálida y mirando todo el rato hacia la puerta.

—¿Esperas a alguien?

—Sí, a Janie. Me dijo que no iba a venir, pero tu cuñada Tess me ha dicho que Harley Fowler le había comentado que iba a venir con ella.

—¿Con Harley Fowler?

Aquel joven había demostrado su valía como capataz, pero no era de las mejores familias de Jacobsville, como Janie. Leo dudaba mucho que a su padre y a su tía les hiciera mucha gracia que saliera con él.

Bueno, tampoco era que se fuera a casar con él...

—Harley es simpático —apuntó Marilee recordando la cantidad de veces que le había dicho que no quería salir con él porque era un inmaduro. Ahora que todos comentaban que pronto tendría un rancho propio, lo miraba con otros ojos, pero Harley no la soportaba.

—Janie no me va a perdonar nunca que haya venido contigo.

—A ver si os enteráis las dos de que no soy de nadie —contestó Leo malhumorado—. ¿A quién le importa que venga?

—A mí —suspiró Marilee.

En ese momento, entraron Janie y Harley. Acababan de dejar los abrigos y estaban saludando a la gente. Ella estaba preciosa, con su vestido blanco, y Leo no podía dejar de mirarla.

Recordó lo que había sentido al besarla y, de repente, sintió celos de Harley.

Marilee no podía ni hablar.

Leo se terminó la copa y la agarró del brazo para ir a saludarlos.

—Es ridículo esconderse, ¿no?

—Supongo que sí —contestó Marilee nerviosa.

Al verlos, Janie los miró con sorpresa y dolor. Lo que Leo había dicho de ella en la ferretería le había dolido, pero la traición de su mejor amiga era todavía peor. De repente, todas las piezas encajaron. Estaba claro lo que Marilee le había estado contando a Leo sobre ella.

—Hola… Janie —saludó su supuesta amiga tímidamente—. Me dijiste que no ibas a venir.

—Y no iba a hacerlo, pero, en el último minuto, me lo ha pedido Harley y aquí estamos —contestó Janie mirando a su acompañante con agradecimiento—. Hace años que no bailo.

—Pues esta noche vas a bailar todo lo que quieras, cariño —dijo Harley estrechándole la mano.

—No he visto a tu jefe —apuntó Leo.

—No van a venir. El niño está enfermo y no querían dejarlo con nadie —contestó Harley—. La verdad es que están felices. Viéndolos a ellos, uno piensa que el matrimonio tiene que ser algo maravilloso —añadió mirando a Janie deliberadamente.

—Para algunos —comentó Leo con frialdad.

—Vamos a bailar —propuso Harley—. Me muero por bailar el vals contigo.

—Perdonad… —dijo Janie mirando a su amiga con rencor.

—Janie, déjame que te lo explique…

Pero Janie ya se estaba alejando.

—Me alegro de verte, Marilee. A usted, también, señor Hart —añadió con fría cortesía.

—¿Por qué lo llamas señor Hart? —le preguntó Harley.

—Porque es mucho mayor que nosotros. Casi de otra generación —contestó ella lo suficientemente alto como para que Leo la oyera.

—Sí, tienes razón.

Leo se mordió los labios.

—No me va a volver a hablar —comentó Marilee apesadumbrada.

—No soy de su propiedad —la tranquilizó Leo—. No es culpa tuya que haya ido diciendo por ahí mentiras sobre mí.

Marilee hizo una mueca.

Leo volvió a mirar a Janie, que iba hacia la pista de baile con el maldito Harley.

—No me gusta. ¿Qué me importa que le guste Harley? —murmuró.

En ese momento, la orquesta comenzó a tocar un vals de Strauss y Janie y Harley salieron a bailar. Lo hacían tan bien que pronto se quedaron solos y todo el mundo los miraba. Leo no pudo evitar acercarse a verlos.

Se movían perfectamente acompasados. Aquello parecía un ballet.

—¡Qué bien bailan! —apuntó Marilee—. ¿Tú no bailas?

—No —mintió Leo. No le apetecía nada salir a hacer el ridículo con ella, que tenía dos pies izquierdos y el mismo sentido del ritmo de una zarigüeya.

—Bueno, no pasa nada —se resignó Marilee.

Janie y Harley se miraban a los ojos y se sonreían. Leo sintió envidia de su juventud. Al terminar, tuvo que controlarse para no saltar a la pista de baile y darle un puñetazo a Harley.

De repente, se dio cuenta de lo que estaba pensando. Janie no era suya. No tenía derecho a actuar así. Además, aquella chica se había dedicado a gritar a los cuatro vientos que estaban juntos.

Todo el mundo los aplaudió y Cash Grier y Christabel Gaines, que también hacían una buena pareja, salieron a bailar.

—Quién iba a decir que Harley bailaría tan bien… —comentó Marilee.

Leo la miró, se giró y la dejó allí sola. Se fue hacia la barra mientras Harley y Janie seguían bailando. Él la agarraba demasiado y ella se dejaba.

Recordó sus palabras en la ferretería y se sintió morir, así que se sirvió otra copa. Whisky solo. ¿Por qué se sentía tan mal? Al fin y al cabo, Janie había estado cotilleando…

—Hola, Leo —lo saludó su cuñada Tess sonriente—. ¿Has venido con Marilee?

—Sí —contestó él—. Le seguía doliendo la

muñeca y la he traído. Llevo haciendo de chó-
fer desde que se hizo el esguince.

Tess pensó que los hombres eran de lo más
idiotas. ¿No se daba cuenta de que, si hubiera
querido, Marilee podía conducir con una
mano? Miró hacia la chica, que estaba observando a Harley y Janie bailar.

—Creí que era su mejor amiga —comentó—.
Para que te fíes de la gente.

—¿De qué me hablas?

Tess se encogió de hombros.

—La oí contarle a alguien que Janie iba diciendo por ahí que tú y ella estabais juntos
—le explicó negando con la cabeza—. Y no es
cierto. Janie es muy tímida. Le cuesta hablar
con la gente. Nunca la he oído hablar mal de
nadie, ni siquiera de gente que no le cae
bien. No sé por qué Marilee ha ido contando
mentiras sobre ella.

—Janie le ha dicho a todo el mundo que iba
a venir al baile conmigo —insistió Leo.

—Marilee le ha dicho a todo el mundo que
Janie había dicho eso —lo corrigió Tess—. No te
has dado cuenta, ¿verdad? Marilee está loca por
ti. Tenía que deshacerse de Janie para que no te
fijaras en ella y creo que lo ha conseguido.

Leo fue a decir algo, pero se calló. No podía
ser.

Tess vio que no se lo creía y sonrió.

—No me crees, ¿verdad? No importa. Aunque no quieras, tarde o temprano, verás que es verdad. Voy a buscar a Cag. ¡Hasta luego!

Era imposible. Leo no podía creer... no quería creer que Marilee lo hubiera engañado como a un bobo.

Dejó la copa y sintió que se le iba un poco la cabeza. Eso le pasaba por beber demasiado. Aquello era ridículo. No podía seguir comportándose como un idiota porque la hija de Fred lo tratara como a un viejo. Intentó andar recto, pero se chocó contra su hermano Cag.

—Eh, cuidado. Estás borracho —sonrió su hermano.

—Ese whisky debe de tener doscientos grados.

—No, lo que pasa es que no estás acostumbrado a beber. Cuando te vayas a ir, avisas. Dejas aquí tu coche y Tess y yo os llevamos a Marilee y a ti a casa. No estás como para conducir.

—Supongo que no —suspiró Leo—. Qué estupidez.

—¿Qué? ¿Beber tanto o ayudar a Marilee a apuñalar a su amiga por la espalda?

—¿Tess te lo cuenta todo?

Cag se encogió de hombros.

—Estamos casados.

–Marilee está guapísima, ¿eh?

–A mí me parece que lo está pasando fatal –contestó Cag mirando a la aludida, que estaba apoyada en la pared intentando pasar inadvertida–. No me extraña... Después de contarle a todo el mundo que Janie iba a por ahí diciendo que estaba contigo...

–Janie lo dijo, no ha sido Marilee. No tenía motivos para actuar como si estuviéramos prometidos. Sólo fue un beso.

–¿La has besado? –dijo Cag con las cejas enarcadas.

–Bueno, si a eso se le puede llamar besar. ¡No tiene ni idea!

–No creo que siga así mucho tiempo si sigue viendo a Harley. No es ningún playboy, pero a las mujeres les gusta.

Leo lo miró enfadado. No le gustaba nada la idea de que Harley besara a Janie. Iba a tener que hacer algo al respecto.

–No te caigas dentro del ponche –le advirtió Cag–. Y, por favor, no bailes. Podrías hacer tanto el ridículo que entonces sí que ibas a ser la comidilla de todo el mundo.

–Si quisiera, podría bailar perfectamente.

Su hermano se alejó para sacar a bailar a su mujer y Leo fue junto a Marilee.

–De repente, tengo la peste. Joe Howland, el

de la ferretería, le está contando a todo el mundo lo que dijiste de Janie en su local y me están culpando por haberte calentado la cabeza.

—¿Ha sido así?

Marilee se miró la punta de los zapatos. Se sentía culpable, herida y avergonzada.

—Le dije a Janie que te gustaría más si supiera montar a caballo, hacer bizcochos y no ir siempre tan arreglada.

—¿Le dijiste eso?

—Sí —contestó mirando a Janie, que estaba bailando con Harley y pasándoselo en grande—. Hay más —añadió—. No era cierto que le hubiera dicho a la gente que la habías invitado al baile.

—¡Marilee, por Dios! ¿Por qué me has mentido?

—Es solo una chiquilla, Leo —murmuró incómoda—. No sabe nada de los hombres ni de la vida. Ha crecido muy protegida. Tiene dinero, es guapa… pero yo soy mayor que ella y más madura y me gustas mucho. Pensé que, si me la quitaba de encima, tal vez, te fijaras en mí.

De repente, Leo entendió la cara de Janie en la ferretería. Tess tenía razón sobre Marilee. Había traicionado a su mejor amiga y él la había ayudado. Se sintió morir.

—No me digas que soy una rata —dijo Marilee sin mirarlo–. No sé cómo se me ocurrió que Janie no se iba a enterar nunca de que iba diciendo mentiras por ahí sobre ella –añadió consiguiendo mirarlo a los ojos–. Nunca ha dicho nada de ti, Leo. Se moría por que la invitaras a este baile, llevaba semanas hablando de ello, pero jamás le dijo a nadie que se lo hubieras pedido. Creía que yo la estaba ayudando, convenciéndote para que se lo pidieras –se rió con amargura–. Era mi mejor amiga y la he traicionado. No me va a volver a hablar y me lo merezco. Si te sirve de algo, lo siento.

Leo intentó asimilar la verdad. Aunque le dijera a Janie que no sabía nada, estaba claro que no lo iba a creer. No creía que fuera a seguir siendo bien recibido en su casa, sobre todo si Fred se enteraba de lo que había dicho de su hija. Aquello ponía en peligro su amistad y había acabado con lo que Janie sentía por él. Lo sabía por cómo lo miraba, dolida y enfadada.

–¿Cómo le has podido hacer algo así?

–No lo sé –suspiró Marilee–. He debido de perder la cabeza. ¿Me podrías llevar a casa? No me apetece quedarme más tiempo.

–No te puedo llevar a casa.

–¿Y eso?

–Por decirlo de manera suave, porque he bebido mucho.

—Ah… lo siento.

—Tú lo sientes y yo lo siento, pero eso no cambia las cosas —dijo mirando a Janie con dolor.

Ahora entendía toda aquella campaña suya de cambios. Había dejado que los caballos la tiraran y se había prestado a ir cubierta de barro todo el día en un intento por ser como se suponía que él quería.

Leo hizo una mueca.

—Se podría haber matado —dijo muy serio—. No está acostumbrada a estar con el ganado ni a montar a caballo. ¿No te das cuenta?

—No lo había pensado. Menos mal que no le ha pasado nada.

—Eso es lo que tú te crees.

Marilee se encogió de hombros y se fue corriendo al baño de señoras para ocultar las lágrimas.

En ese momento, Harley dejó de bailar y fue también al baño.

Sin pensárselo dos veces, Leo fue hacia Janie, la agarró de la mano y se la llevó.

—¿Qué haces? ¡Suéltame!

Leo no le hizo caso. Abrió la puerta que daba al patio, la hizo pasar y cerró la puerta, que era de cristal.

—Quiero hablar contigo.

—¡Pero yo no quiero hablar contigo! ¡Vuelve con tu cita, Leo Hart! ¡Has venido con Marilee, no conmigo!

—Quiero decirte…

Janie intentó darle una patada en la espinilla.

Leo perdió el equilibrio y se fue contra ella. Qué bien se sentía teniéndola entre sus brazos.

—Harley… se estará preguntando dónde estoy —dijo Janie sorprendida por su contacto.

—A la porra Harley —murmuró Leo besándola con pasión.

La abrazó con fuerza y la apretó contra sí, para que viera lo excitado que estaba por ella.

Janie intentó forcejear, pero la debilidad pudo con ella. ¿Cómo podía hacerle aquello? ¿Cómo estaba permitiendo ella que se lo hiciera? Lo estaba haciendo para demostrarle que no se podía resistir a él, no porque le importara lo más mínimo. ¡Pero si había ido con su amiga al baile donde iba todo el mundo!

—¡Suéltame! —insistió ella, apartando la boca—. ¡Te odio!

—No me odias —contestó él—. Me deseas. Cuando me tienes cerca, tiemblas. Hasta un ciego se daría cuenta —añadió volviéndola a abrazar con fuerza—. La pasión de una mujer excita a un hombre y tú me excitas.

–Dijiste que te ponía enfermo –le recordó.

–Y así es... Cuando estás tan excitado como yo y no puedes aplacar la sed, te pones enfermo –contestó con insolencia agarrándola de las caderas–. ¿Lo sientes? ¡Me excitas tanto que no puedo ni pensar...! –se interrumpió al sentir el tremendo pisotón.

–¡A ver si eso te ayuda! –exclamó Janie clavándole bien el tacón.

Se apartó de él enfadada consigo misma por desearlo tanto. Leo se agarró el pie y maldijo a gusto.

–¡Eso por decir cosas groseras! ¡Tú no me deseas! ¡Ya me lo dejaste bien clarito! Prefieres a Marilee. Por eso, la paseas por ahí contigo. ¿Lo recuerdas? Yo soy la pesadita cotilla que te persigue sin cesar. ¡No te preocupes, porque no lo voy a volver a hacer en mi vida! ¡No te quiero ver ni en pintura!

–No me lo creo –sonrió Leo–. Si quisiera, podría tomarte ahora mismo, aquí mismo. Tú harías lo que yo dijera.

Tenía razón y eso era lo que más la enfurecía.

–Ya no –dijo apartándose un mechón de pelo de la cara–. Ahora que sé lo que piensas de mí, no.

–Has venido con Harley –apuntó Leo con frialdad–. Que sepas que es un ligón.

—¡Pero tiene mi edad, señor Hart! No soy más que una niña, eso dijiste, ¿no? —le recordó al borde de las lágrimas—. Sólo una niña enamorada, la hija pesadita de tu socio.

Sí, lo había dicho, pero debía de haber estado loco. Mirándola ahora no se podía creer que hubiera dicho algo así de ella. Era toda una mujer y estaba con Harley. ¡Maldito Harley!

—No te preocupes. No le voy a contar a mi padre que has intentado seducirme delante de todos con tu novia a pocos metros. ¡Pero, como me vuelvas a tocar, te mato!

Se dio la vuelta y se fue dentro.

Mientras la observaba ir hacia la mesa de la comida, Leo se preguntó por qué no habría mantenido la boca cerrada.

No había hecho más que empeorar las cosas.

IV

Cuando Leo entró, Janie y Harley estaban de nuevo en la pista de baile. Marilee estaba junto a la mesa de la comida, con cara de amargura.

—Harley me acaba de decir que soy una rastrera —se quejó—. ¿Te importaría preguntarle a tu hermano si nos podría llevar a casa?

—Voy —contestó Leo, harto.

Por supuesto, su hermano no tuvo ningún problema en llevarlos.

Leo no sabía si estaba cada vez más borracho o qué, pero le pareció que sus tres hermanos y sus mujeres lo miraban, cuchicheaban y maquinaban algo.

Por fin, le dijo a Marilee que se iban y se fueron, no sin antes mirar a Janie, que seguía bailando sin hacerle ni caso.

Tras dejar a Marilee en casa, Corrigan miró a su hermano.

—Cojeas.

—Intenta andar sin hacerlo cuando una mujer te ha clavado el tacón con todas sus fuerzas.

—¿Marilee?

—¡No! Janie.

—¿Qué le has hecho para que te pisara?

Leo enrojeció.

—¡Ajá! —dijo su hermano.

—Empezó ella. Lleva meses persiguiéndome, poniéndose vestidos bonitos cuando voy a ver a su padre, seduciéndome en la cocina… Y, de repente, se pone como una furia por unos comentarios sin importancia.

—Por lo que he oído, no fueron sin importancia. Ten cuidado o te puedes encontrar con alguien partiéndote la cara.

—¿De quién me hablas?

—De Harley, por ejemplo. Ha estado a punto de hacerlo esta noche cuando ha visto entrar a Janie del patio llorando.

—¡Harley que se meta en sus asuntos!

—Eso es exactamente lo que hace. Le gusta Janie.

—Janie no se va a enamorar de un capataz —protestó Leo.

—Se porta bien con ella. La hace reír y la trata como a un princesa. Además, no intenta seducirla entre los rosales.

—¡Yo, tampoco! Además, no hay rosales en ese patio.

—¿Cómo lo sabes?

Leo suspiró.

—Porque, si los hubiera habido, Janie me habría tirado encima.

Corrigan se rió. Leo nunca había perdido la cabeza por una mujer. Había tenido sus historias, sus líos y sus relaciones, pero no se había enamorado de verdad. Por eso, todos los hermanos Hart estaban alucinados de que, de repente, bebiera y estuviera dispuesto a pelearse por Janie.

—Tiene carácter, ¿eh?

—Bueno, Marilee ha estado mintiendo a todo el mundo, yo me he creído todas sus mentiras y he reaccionado como un imbécil.

—Sí… La verdad es que ha reaccionado con dignidad cuando ha llegado al baile y os ha encontrado juntos.

—Sí…

—Bueno, siempre te queda Marilee —bromeó Corrigan aparcando el coche frente a la casa principal del rancho familiar—. No hagas ni caso de lo que te haya contado de Janie.

—Es sólo una cría —murmuró Leo.

—Ya crecerá. Va por buen camino.

—Me ha dicho que no quiere volver a verme.

—Dale tiempo.

—Me importa un bledo que no quiera verme. ¿Qué hago yo con un chicazo cubierto de barro?

—Desde luego, no es tan guapa como Marilee, pero yo la prefiero.

Leo se encogió de hombros.

—Marilee ha perdido a su mejor amiga.

—Sí. Aunque la perdone, no creo que Janie vuelva a confiar en ella en la vida.

—Es increíble lo fácil que resulta cargarse la vida en unos minutos —comentó Leo mirando a su hermano mayor.

—Sí. Bueno, me tengo que ir.

—Gracias por traerme.

—De nada. Hasta luego.

—Hasta luego —dijo Leo saliendo del coche.

Abrió la puerta, desconectó la alarma, la volvió a conectar y subió a su habitación. Sólo le dio tiempo a quitarse la cazadora y los zapatos antes de quedarse completamente dormido sobre la cama.

Janie se pasó todo el camino de vuelta a casa callada. Harley sabía por qué. Se moría por partirle la cara a Leo Hart.

—Tendrías que haberme dejado que le diera una lección.

—Ya ha habido suficientes cotilleos, pero gracias —sonrió Janie con tristeza.

—Ha bebido mucho.

—No sabía que bebiera.

—No bebe. Eb Scott me ha dicho que nunca lo había visto tomar más de una cerveza —le contó Harley—. Ha debido de ser por ti.

—Ya estaba bebiendo antes de que discutiéramos —contestó Janie mirando por la ventana—. Lo que me extraña es que Marilee se haya ido con él.

—Si hubieras visto cómo la miraba todo el mundo, lo entenderías. Le está bien empleado —apuntó Harley, enfadado, entrando en el rancho de su padre—. A una amiga no se la apuñala por la espalda así. Aunque le gustara Hart, tú tendrías que haberle importado más.

—Creí que te gustaba.

—Le pedí salir una vez y se rió de mí.

—¿Qué?

—Sí, me dijo que era un inmaduro... Lo peor es que tenía razón –sonrió.

—Gracias por llevarme al baile –dijo Janie cambiando de tema por si a Harley le dolía todavía.

—Ha sido un placer. No me malinterpretes, no quiero que seamos nada más que amigos, pero llámame siempre que quieras. Podemos ir al cine o a tomar una hamburguesa.

—Lo mismo te digo. Gracias –rió Janie.

—Janie... –dijo Harley acariciándole la mejilla–. Olvídate de Leo. Es peligroso para tu corazón. Aunque sus hermanos se hayan casado, él no es así. Asume que, a veces, los amores no son correspondidos.

—¡De eso, nada! No pienso darme por vencida. ¡Se va a enterar!

—No lo hagas. Lo único que vas a conseguir es hacerte más daño –le aconsejó Harley.

Janie tomó aire.

—Tienes razón... Ay, Harley, ¿por qué no podemos hacer que la persona a la que queremos nos quiera?

—Ojalá lo supiera –contestó Harley rozándole suavemente los labios–. Me lo he pasado muy bien. Siento mucho que tú, no.

Janie sonrió.

–Claro que me lo he pasado bien. Por lo menos, no he ido al baile sola o con mi padre. Imagínate haberme encontrado a Leo con Marilee y yo del brazo de mi padre…

Harley asintió comprendiendo lo que quería decirle.

–¿Dónde está tu padre?

–En Denver, intentando captar inversores.

–No sabía que las cosas estuvieran tan mal –se lamentó Harley.

–Muy mal. Perder ese toro le ha supuesto un revés económico enorme. Menos mal que Leo nos ha prestado el suyo. Si no, no sé qué habríamos hecho. Al menos, le cae bien mi padre –suspiró.

Harley estaba convencido de que también le gustaba ella, pero no se lo dijo.

–Si hay algo en lo que os pueda ayudar…

–Muchas gracias, Harley, pero me temo que sólo nos puede salvar que nos toque la lotería –bromeó Janie con tristeza–. De momento, voy a dejar la universidad y me voy a poner a trabajar.

–¡Pero Janie!

–La universidad es muy cara y mi padre no está ahora como para hacer esos gastos. Hay un trabajo en Shea's…

–¿En Shea's? No puedes trabajar allí. Hay peleas de borrachos todas las noches.

—Yo me encargaría de servir emparedados y pizzas. No te preocupes.

Harley se preocupaba, por supuesto. No le hacía ninguna gracia imaginarse a una chica tan dulce e inocente como Janie en aquel ambiente.

—No me vas a hacer cambiar de parecer, Harley —le aseguró.

—Bueno, entonces, iré de vez en cuando a vigilar que estés bien —le prometió él.

—Gracias, Harley —le dijo Janie de corazón saliendo del coche—. Gracias otra vez por llevarme al baile.

—¡De nada, Cenicienta! Me lo he pasado muy bien. ¡Buenas noches!

—Buenas noches.

Janie entró en casa y cerró la puerta sintiéndose diez años mayor. Había sido una noche bien movidita. ¡Pensó en Leo y rezó para que tuviera la resaca de su vida al día siguiente!

V

Fred Brewster volvió de Denver desesperado.

—No he encontrado a ningún inversor —le dijo a su hija sentándose en su butaca favorita—. No es buen momento. La gente no tiene dinero.

—Papá, me he puesto a trabajar —anunció Janie sentada frente a él.

—¿Cómo?

—Tengo trabajo —sonrió su hija—. Me dan buenas propinas. Empiezo esta noche.

—¿Dónde?

—En un restaurante —mintió Janie.

—Janie, me gustaría que siguieras en la universidad y terminaras la carrera.

—Papá, vamos a ser sinceros. Ahora mismo, no estamos como para pagar la universidad. Si fuera, tendría que trabajar de todas formas. Trabajar y estudiar a la vez. Soy joven y fuerte. No me importa trabajar. ¡Saldremos de ésta, papá! Todo el mundo pasa por malos momentos y nos ha tocado a nosotros, pero todo se solucionará.

—No puedo permitir que mi hija...

—Papá —lo interrumpió Janie arrodillándose a su lado—, tarde o temprano, encontrarás la manera de solucionar esto, seguro, confío en ti, pero mientras tanto...

—Eres como tu madre —contestó Fred acariciándole el pelo.

—¡Gracias!

—Bueno, bueno... sólo unas semanas, ¿eh? Y no quiero que vuelvas más tarde de las doce.

Janie pensó que aquello iba a ser un poco difícil, pero se calló.

—Ya verás qué bien —dijo poniéndose en pie y plantándole un beso en la frente—. ¡Voy a hacer la comida!

Se fue corriendo a la cocina para que su padre no le preguntara nada más. No tuvo tanta suerte con Hettie.

—No me gusta nada que trabajes en un bar.

—Shhh —dijo Janie—. ¡Que no te oiga papá!

—Te vas a meter en un lío, ya verás.

—Que no. Sólo voy a hacer y servir pizzas y emparedados, no me voy a meter en ninguna pelea, te lo aseguro.

—Mezcla hombres y alcohol y la pelea está asegurada —protestó Hettie nada convencida—. No creo que al señor Hart le guste.

—No creo que le importe mucho después de todo lo que ha dicho de mí.

—¿Qué ha dicho?

—Que soy una pesada mentirosa y cotilla que no lo deja en paz —contestó Janie con tristeza—. Se lo estaba diciendo a Joe Howland la semana pasada y lo oí todo.

—¡Lo siento mucho, pequeña! —dijo Hettie, que conocía sus sentimientos hacia Leo Hart.

—Y lo de Marilee es todavía peor —añadió Janie con amargura—. Me ha estado mintiendo. Me decía cosas que supuestamente le gustaban a Leo, para poder gustarle, y lo que estaba haciendo era justamente lo contrario, alejarme de él. Fue al baile con él. La invitó a ella… —dijo tragando saliva—. ¿Quieres un emparedado, Hettie?

—No, gracias —contestó la mujer abrazándola—. La vida pone a cada uno en su lugar y todo se termina solucionando —le dijo.

Janie no lo tenía tan claro. Ojalá el trabajo hiciera que dejara de pensar en Leo. Al menos, en Shea's no lo veía. Después de la borrachera del sábado, no creía que quisiera volver a probar la bebida.

El siguiente sábado, Janie ya llevaba cuatro días trabajando y le iba muy bien. Shea's abría a la hora de comer y cerraba a las once. Aparte de pizzas y emparedados, servían bebidas fuertes. Los clientes solían ser casi siempre los mismos, pero ella no los saludaba. No quería problemas.

Su padre se había enterado de dónde trabajaba y no le había hecho ninguna gracia, pero Janie le había hecho comprender que, aparte de querer ayudar en casa, quería aquel trabajo para sentirse un poco independiente.

Fred consideró sus palabras y no tuvo más remedio que darle la razón.

A Janie le gustaba su trabajo. El local no era nada del otro mundo, pero el portero, Tiny, un tipo enorme, calvo y lleno de tatuajes, le había tomado cariño rápidamente y estaba muy pendiente de ella. Janie se sentía a gusto.

El lunes por la tarde, Leo fue a ver a Fred.

—¿Qué tal la convención? —le preguntó el padre de Janie.

—Muy bien. Hemos hablado de las exportaciones de carne a Japón con etiqueta de denominación de origen y todo ha ido sobre ruedas —contestó sentándose y pasándose los dedos por el pelo—. He oído algo que no me ha gustado tanto.

Fred pensó que se había enterado del trabajo de Janie.

—Bueno, que estabas buscando socios.

—Ah, eso —dijo Fred carraspeando—. Bueno, he tenido un par de contratiempos...

—¿Por qué no has recurrido a mí? Sabes que no tienes más que pedirme el dinero que necesites y yo te lo presto.

Fred tragó saliva.

—Lo sé... Pero no quiero hacerlo estando como estoy —contestó el hombre evitando la mirada de Leo.

—¿A qué te refieres?

—A Janie.

Leo no sabía si Fred se habría enterado de todo, pero veía que sí.

—Entiendo.

—No quiere que se mencione tu nombre en su presencia —dijo Fred con tono de disculpa—. Si te pido dinero sin que ella lo sepa, tarde o temprano, se va a enterar. Jacobsville es muy pequeño.

—No creo que se entere estando en la universidad.

—Bueno, no ha vuelto a la universidad… Está trabajando. Tiene un buen trabajo y le gusta.

—¿Dónde?

—En un restaurante, de cocinera y camarera.

—Será una broma.

—No, después de dos meses en la cocina con Hettie, cocina muy bien —protestó su padre—. Incluso hace… —iba a decir bizcochos, pero rectificó a tiempo—… pizzas.

—Fred, no sabía que las cosas estuvieran tan mal. Lo siento.

—Nadie tiene la culpa de que el toro muriera. Me gasté mucho dinero en él y no lo tenía asegurado.

—Me gustaría ayudarte, si me dejas —insistió Leo.

—Gracias, pero no puedo.

—Supongo que Janie te habrá contado lo que pasó en el baile —dijo Leo tras una incómoda pausa.

—No, no me ha dicho nada de eso. Me ha contado lo de la ferretería. ¿Es que hay más?

Leo desvió la mirada.

—Sí. Nos peleamos —contestó mirándose las manos—. He metido la mata y bien. Creí varios cotilleos sobre Janie que jamás tendría que haber creído. Ahora, sé que no eran ciertos, pero no me deja ni acercarme a ella para pedirle perdón.

Aquello era nuevo.

—¿Cuándo la has visto? —preguntó Fred intentando ganar tiempo.

—El viernes, en el banco —contestó Leo—. Me ignoró —añadió recordando su mirada de desprecio—. La primera vez que me pasa en mi vida.

—Janie no suele ser así —dijo Fred justificando a su hija—. Puede que sea por el trabajo…

—No, es por lo que le dije —confesó Leo—. No sé cómo pude creerme todas esas patrañas.

—Según Janie, Marilee puede resultar de lo más convincente y, como le gustabas…

—No era mutuo —contestó Leo—. No me daba cuenta de lo que estaba pasando. Me creí todo lo que contó Marilee. Creía que era difícil engañarme, pero veo que soy más ingenuo de lo que pensaba.

—A todos nos pueden engañar. Has tenido mala suerte. Janie nunca ha hablado de ti con nadie. Es tímida, por si no te has dado cuenta —sonrió Fred—. Una tarde, mientras tú estabas en casa, se puso guapa y, cuando saliste de mi despacho, coqueteó contigo. Luego, le contó a Hettie que había sido lo más difícil que había hecho en su vida. No es propio de una mujer sofisticada, ¿verdad?

—No —contestó Leo suponiendo cómo le debía de haber dolido a Janie que la tildara de todo aquello—. Ojalá me hubiera dado cuenta. No me gustan las mujeres agresivas y sofisticadas —confesó—. Me gustaba Janie como era antes.

—¿Inofensiva?

Leo se puso rojo.

—Yo no diría eso.

—¿Ah, no? —sonrió Fred echándose hacia atrás en la butaca—. Mira, he criado a mi hija entre algodones porque quería que tuviera una vida fácil, pero veo que no le he hecho ningún favor. No es una muñequita de porcelana, Leo, es una mujer. Tiene que aprender a ser independiente y autosuficiente. Tiene carácter y está aprendiendo a utilizarlo.

—Sale con Harley.

—¿Y por qué no? Harley es un buen tipo, pero no es lo que tú crees. Son sólo amigos.

—¿Y a mí qué me importa? —dijo poniéndose en pie—. No voy a insistir más, pero que te quede claro que tu hija no tendría por qué enterarse nunca de lo del rancho.

Fred estuvo tentado de aceptar. Se levantó y suspiró.

—Ha habido momentos en los que he trabajado veinte horas, he sobrevivido a sequías e inundaciones, pero esto es mucho peor. Podría perder fácilmente el rancho.

—No te arriesgues —contestó Leo—. Te prestaré el dinero que necesites. Te prometo que Janie nunca se enterará. Quedará entre tú y yo. No pierdas el rancho por orgullo, Fred. Lo tenéis desde hace muchas generaciones.

—Leo…

—¡Déjame ayudarte!

—Tendría que ser un secreto —dijo Fred cediendo ante la sincera mirada de preocupación de su socio.

—Así será. Te doy mi palabra. Quedamos con mi abogado para ver los detalles, ¿te parece?

Fred tuvo que morderse el labio inferior para controlar las lágrimas que amenazaban con brotar de sus ojos.

—No te puedes ni imaginar cuánto…

—Fred, me sobra el dinero —lo interrumpió Leo—. ¿De qué me serviría tener tanto si no ayudara a mis amigos cuando lo necesitan? Sé que tú harías lo mismo por mí.

—Por supuesto —contestó Fred tragando saliva—. Gracias.

—De nada —contestó Leo poniéndose el sombrero—. Por cierto, ¿en qué restaurante está Janie? Lo digo para ir a comer algún día.

—No sé si es buena idea. Está todo demasiado reciente —mintió Fred con pesar.

—Tienes razón. Dejaré pasar un poco de tiempo a ver si se calma. Tiene carácter, ¿eh? Quién lo iba a decir.

—Últimamente no deja de sorprenderme.

—Sí. Bueno, hasta luego.

Cuando Leo se hubo ido, Fred dio rienda suelta a sus emociones. No se había dado cuenta de lo mucho que significaba su rancho hasta que había estado a punto de perderlo. Ahora, pasaría a Janie y a sus hijos. Gracias a Leo Hart, que era un buen hombre y el mejor de los amigos. La vida era bella. ¡La vida era muy bella!

Fred estaba despierto cuando Janie llegó de trabajar bastante cansada. Antes de pasar al salón, estuvo hablando con Hettie en la cocina.

—Hettie me ha dicho que ha estado Leo en casa —dijo en tono preocupado—. ¿Para qué?

—Para ver al toro —mintió su padre sin mirarla a los ojos.

Janie dudó.

—¿Ha… preguntado por mí?

—Sí, le he dicho que estabas trabajando en un restaurante.

—¿Le has dicho en cuál?

—No —contestó Fred.

—No te preocupes, papá. No es asunto suyo dónde trabajo o lo que hago.

—Sigues enfadada y lo entiendo, pero él quiere hacer las paces.

Janie tragó saliva mientras recordaba sus insultos. Apretó los puños.

—¿Quiere enterrar el hacha de guerra? Que tenga cuidado, a ver si se la voy a acabar clavando.

—Hija, no es un mal hombre.

—Claro que no, pero no le caigo bien. No le puedo culpar, claro, por preferir a Marilee.

—No, pero has perdido a tu única amiga.

—Bueno, bueno, a una amiga. Por lo visto, se ha ido deprisa y corriendo de vacaciones a Colorado.

—Supongo que por vergüenza. Ha cometido un error, pero no es una mala chica. La gente se equivoca, Janie.

—Tú, no —sonrió su hija de repente—. Tú eres la única persona del mundo que jamás me engañaría.

Fred se puso rojo de la culpa. ¿Cómo se tomaría Janie que Leo comprara una parte del rancho a sus espaldas? Era por una buena causa. De hecho, era para que Janie pudiera heredar lo que le pertenecía por derecho, pero, de repente, se sintió un traidor.

—¿Por qué pones esa cara? Venga, deja de hacer cuentas y a la cama.

Fred miró aquellas cuentas, aquellos libros de contabilidad que no había manera de cuadrar y pensó en el dinero que necesitaba para arreglar el vallado, arreglar el establo, comprar forraje para el invierno, pagar a los hombres, comprar medicamentos para los animales y contratar veterinarios. La tentación era demasiado fuerte. No podía permitir que el rancho pasara a manos de desconocidos.

—¿Has pensado alguna vez en el futuro, cuando tus hijos se hagan cargo del rancho?

Janie parpadeó.

—Bueno, sí, a veces —confesó—. Es una buena herencia —sonrió—. ¡Aquí hay mucha historia!

Fred tragó saliva.

—Demasiado como para dejar que el rancho se eche a perder o pase a manos extrañas.

—Desde luego… ¿No estarás pensando en venderlo?

—¡Claro que no!

—Perdón, pero, por lo que estabas diciendo…

—Haría lo que fuera para que permaneciera en la familia —le aseguró Fred—. No te importaría que tuviera un socio que participara en él o un inversor o algo, ¿verdad?

—Claro que no. ¿Has encontrado a alguien? —preguntó emocionada.

—Sí. Me lo han dicho hoy.

—¡Maravilloso!

—Me alegro de que te lo parezca. Ahora, podrás dejar el trabajo y volver a la universidad.

—No.

—Pero, Janie…

—Papá, aunque haya un inversor, tenemos que comer, ¿no? ¿Qué pasa con las herramientas, la comida del ganado, las vallas?

Fred suspiró.

—Tienes razón. La inversión será para cosas grandes.

—Además, me gusta el trabajo. De verdad.

—Durante el fin de semana, no es un sitio muy recomendable —objetó su padre preocupado.

—Pero Tiny cuida de mí. Además, Harley también se suele pasar los fines de semana. En Shea's estoy tan segura como aquí contigo.

—No es que me importe que trabajes… —intentó explicarle su padre.

—Lo sé. Papá, no te preocupes. Tiny no deja que la gente se emborrache. Antes, los echa.

Fred suspiró.

—Muy bien, me doy por vencido. Puede que uno de estos sábados me pase a tomar una pizza.

Janie sonrió.

—¡Estupendo!

—Leo quería saber dónde estabas trabajando para ir a verte —le dijo su padre de repente.

—No quiero verlo.

—Ya. Estaba muy dolido por cómo lo estás tratando.

—Se lo merece. No soy un felpudo al que se puede pisotear como si tal cosa.

—No le va a gustar que estés en Shea's

—¿Y a mí qué me importa? No es asunto suyo. No tiene nada que decir. ¿Por qué te preocupa eso?

Porque si Leo se enteraba de que estaba dejando a su hija trabajar en aquel local, tal vez, se echara atrás con lo del crédito. Se sintió tremendamente culpable por no decirle la verdad, pero le podía el miedo de perder el rancho. Era la herencia de Janie.

Tenía que hacer todo lo que estuviera en sus manos para salvarlo.

—Porque es amigo mío.

—Yo creía que mío también, pero los amigos no hablan así unos de otros. ¡Yo nunca he dicho nada de él!

—Ahora lo sabe.

—Si supiera lo que estoy haciendo, no se lo podría creer. Él, que cree que no sé cocinar.

—Le he dicho que estabas cocinando en un local.

—¿Y qué ha dicho?

—Se ha mostrado muy sorprendido.

—O sea, que se ha quedado alucinado.

—Está dolido porque lo evitas. Está muy arrepentido de lo que ha dicho sobre ti. También me ha contado lo del baile.

—¿Qué te ha contado? —preguntó Janie sonrojándose.

—Que tuvisteis una buena pelea. No se podía creer que tuvieras tanto genio.

—Pues que se ande con ojo porque, como se acerque a mí, se va a enterar de lo que es genio de verdad —comentó Janie—. Bueno, papá, me voy a la cama. Que duermas bien.

—Tú, también, cariño. Buenas noches.

Fred observó a su hija mientras salía del salón y respiró aliviado. De momento, todo iba bien.

VI

El miércoles, Fred fue con Leo al despacho de su abogado para ultimar los detalles del préstamo.

—Nunca podré agradecerte esto suficiente —dijo Fred una vez redactado el borrador del contrato.

—Tú habrías hecho lo mismo por mí —contestó Leo—. ¿Cuándo podemos venir a firmar? —le preguntó a Blake Kemp, su abogado.

—El lunes.

—Muy bien. Gracias, Blake.

El abogado les estrechó a ambos la mano.

—Ojalá todos los clientes fueran como vosotros e hicieran las cosas con tanta cordialidad.

Leo miró el reloj.

—¿Te apetece que vayamos a Shea's a tomar una pizza, Fred?

Fred palideció e intentó buscar una excusa a toda velocidad.

—¡Es que Hettie ha hecho chili! —recordó—. ¿Por qué no te vienes a casa a cenar? ¡También hay pan de maíz!

Leo dudó.

—Suena bien… ¡Vaya, se me había olvidado que había quedado con Cag y Tess! Quieren comprar dos toros Santa Gertrudis, ¿sabes? No sé cómo se me ha podido olvidar —se excusó pensando que Janie estaría en casa—. Te tengo que dejar, que no llego.

—No te preocupes —contestó Fred aliviado—. ¡Pásatelo bien!

—Tú, también. Hasta luego.

Al montarse en el coche, Fred suspiró. Un día más sin que Leo se enterara de la verdad. Con un poco de suerte, tal vez, nunca se enterara.

Leo, sincero de corazón, llamó a Cag para invitarse a cenar y hablar de los toros. Tenía tiempo antes de ir a casa de su hermano, así que se puso a pensar en el toro de Fred. Recordó que Christabel había comprado uno de la misma remesa y también había muerto. Dos toros del mismo criador muertos en un mes. Demasiada coincidencia. Agarró el teléfono y llamó a información.

Desde luego, Cag y Tess estaban tan felices como el día que se casaron. No paraban de sonreírse y de hacerse carantoñas.

—Se te da muy bien —bromeó Cag refiriéndose a su hijo, que Leo tenía en brazos.

—Por fuerza. Todos tenéis hijos… y Meredith se ha quedado embarazada, creo.

—Así es. ¿Y tú? ¿Cuándo te vas a unir al club?

—¿Yo? Nunca —contestó Leo—. Tengo una casa enorme, todas las mujeres que quiera y varios niños a los que mimar. ¿Para qué iba a querer atarme?

—Era sólo una idea —contestó su hermano—. Tarde o temprano, te vas a cansar de tener que bajar todas las mañanas a la ciudad a por bizcochos.

—Me parece que voy a hacer un curso de cocina.

Cag se partió de risa.

—¡Si quisiera, cocinaría estupendamente! —protestó Leo indignado.

Tess no dijo nada.

—Lo que pasa es que no quiero —continuó

Leo metiéndose las manos en los bolsillos—. La verdad es que ir todos los días a la ciudad es un poco latoso, pero me las apaño... Bueno, vamos a dejar eso. Quería comentaros algo.

—¿Qué pasa?

—Veréis, es sobre el toro Salers que se le ha muerto a Fred. Christabel y Judd Dunn también han perdido uno.

—Judd dice que ha muerto de meteorismo —apuntó Cag.

—He visto el cadáver y no es así. Judd cree que lo ha hecho Christabel, no sé por qué. No quiso moverse de Victoria para ver al animal. Christabel no llamó al veterinario y el toro de Fred no tenía marcas —suspiró Leo—. Cag, he estado haciendo investigaciones. Esos toros están relacionados. Eran hijos del mismo semental, y éste ha muerto también hace poco, así que el único Salers campeón que queda es el que le he dejado a Fred y no tiene parentesco con los muertos.

—¿Estás de broma?

—Sospechoso, ¿eh?

—¿Por qué no hablas con Jack Handley, el que nos vendió el toro?

—Ya he hablado con él. Me ha contado que este año ha tenido que despedir a dos hombres porque le robaban. Son hermanos y se llaman John y Jack Clark. Uno tiene antecedentes por robo y el otro es conocido por ser una persona vengativa en exceso. La última vez que alguien los despidió, perdió un toro semental y cuatro crías. No hay pruebas, pero Handley ha estado preguntando y ha averiguado que esto lleva ocurriendo dos años. Los despiden y los toros aparecen muertos. Cuatro ganaderos han pasado por ello, pero creo que nadie se había parado a atar cabos.

—¿Cómo demonios se van de rositas, si se puede saber? —quiso saber Cag.

—Porque no hay pruebas. Además, son peligrosos e intimidan a la gente.

—A nosotros, no.

—No, claro que no, pero, ¿entiendes a lo que voy? Handley los echa y su semental y su descendencia mueren. Los toros de Judd y de Fred eran hijos del suyo. Judd lo despidió por robo también.

—¿Y ahora dónde están esas dos joyitas?

—Handley me ha dicho que John está trabajando en un rancho cerca de Victoria y que Jack, el vengativo, está aquí, en Jacobsville, conduciendo un camión de ganado para Duke Wright. Le he llamado y le he dicho lo que sabía. Duke me ha dicho que lo tendría vigilado. También he llamado a Judd Dunn, pero estaba con la cabeza en otras cosas y no me ha prestado mucha atención. Sólo tiene ojos para la supermodelo esa que está rodando la película en el rancho de Christabel.

—Se va a pegar un buen chasco porque ella está jugando, pero él, no.

—Le estará bien empleado por olvidar que está casado con Christabel.

—Todo el mundo sabe que aquello fue un matrimonio de conveniencia. Si no se hubiera casado con ella, Christabel habría perdido el rancho después de la brutal paliza que le dio su padre en una borrachera. Su madre estaba inválida. Entre las dos no habrían podido con el rancho. Estoy seguro de que Judd anulará el matrimonio en cuanto ella cumpla veintiún años.

—Los ha cumplido este mes —apuntó Leo—. Pobrecilla. Está completamente enamorada de él, pero, al lado de la modelo, no tiene nada que hacer.

—¿Qué verá una modelo de esa altura en un Texas Ranger? —sonrió Cag.

—Te diré que, si no estuviera casada contigo, a mí se me haría la boca agua con Judd Dunn.

—Bueno, da igual —dijo Leo—. Lo importante ahora es no perder de vista a nuestro toro y a Clark. Por lo visto, le gusta beber, así que estaría bien pasarse por Shea's.

Cag arrugó el ceño.

—Podrías hablar con Janie…

—¿Con Janie?

—Sí, con Janie Brewster —dijo su hermano con impaciencia—. Dile cómo es el tal Jack Clark y que tenga los ojos abiertos por si aparece por allí.

Leo se quedó mirando a Cag.

—No entiendo lo que me estás diciendo. ¿Y qué iba a estar haciendo Janie en Shea's?

Al darse cuenta de lo que pasaba, Cag se quedó mudo.

Tess hizo una mueca.

—No lo sabe. Me parece que sería mejor que se lo dijeras.

—¿Decirme qué? —gruñó Leo.

—Bueno… Janie lleva un par de semanas trabajando en Shea's.

—¿Está trabajando en un bar? —explotó Leo.

—Ya es mayorcita…

—¡Pero si acaba de cumplir veintiún años! —protestó Leo—. ¿Qué hace trabajando entre borrachos? ¿En qué demonios está pensando Fred? ¿Cómo la deja trabajar en un sitio así?

Cag suspiró.

—Parece ser que Fred está casi arruinado. Creo que Janie insistió en ayudar a su padre.

Leo se puso en pie enfadado y agarró el sombrero.

—No vayas a montarla. ¡No la pongas en evidencia delante de su jefe!

Leo no dijo nada y salió de la casa dando un portazo.

Cag y Tess se miraron con preocupación.

—¿La llamo para advertírselo?

Tess asintió.

—Al menos, estará preparada.

Cag pensó que no había manera de estar preparado ante un enfado de Leo, pero marcó el número de todas formas.

Shea's no estaba muy lleno cuando Leo llegó. Al verlo, tres hombres que estaban charlando en una mesa se callaron al instante. Sin duda, les pareció peligroso.

A Janie, también. Aunque le había asegurado a Cag que no tenía miedo de Leo, una cosa era decirlo por teléfono y otra tenerlo delante con los ojos inyectados en sangre y las mandíbulas apretadas.

Leo se paró en la barra y la miró.

—Recoge tus cosas.

Janie lo miró altiva.

—¿Qué tal tienes el pie? —le preguntó con sarcasmo recordando el baile.

—Bien. Recoge tus cosas —repitió enfadado.

—Trabajo aquí.

—Ya, no.

Janie se cruzó de brazos.

—¿Me vas a sacar de aquí pataleando y gritando? Te lo digo porque es la única forma en la que me voy a ir…

—Muy bien —contestó Leo entrando en la barra.

Janie le tiró una jarra de cerveza, pero aquello no impidió que la levantara en brazos y fuera hacia la puerta.

Tiny, al ver lo que estaba pasando, no dudó en cortarles el paso.

—Déjala en el suelo, Leo —le advirtió.

—Me la llevo a casa, donde estará segura —contestó Leo. Conocía a Tiny y sabía que era buena persona, aunque no muy inteligente—. No me parece bien que trabaje en un bar.

—Esto no es un bar —apuntó Tiny—. Es un restaurante de carretera. El señor Duncan no permite borrachos aquí, así que pon a la señorita Janie en el suelo o voy a tener que arrearte.

—Lo hará —advirtió Janie—. Le he visto hacerlo con hombres más fuertes que tú. ¿A que sí, Tiny?

—Claro que sí, señorita Janie.

Leo no estaba dispuesto a dar marcha atrás.

—He dicho que me la llevo a casa —repitió.

—Me parece que ella no quiere irse, señor Hart —dijo otra voz desde la puerta.

Leo se giró con Janie en brazos y vio que era Harley Fowler.

—¡Muy bien dicho, Harley! —exclamó Janie.

—Estate quieta. ¡No se te ha perdido nada aquí! —exclamó Leo furioso.

—¡No tienes ningún derecho a decirme lo que puedo y no puedo hacer! —le espetó ella roja de ira—. No creo que a Marilee le hiciera mucha gracia enterarse de que estás aquí dándome la lata.

Leo enrojeció.

—Hace dos semanas que no la veo y, por mí, como si no la vuelvo a ver en la vida.

Aquello era nuevo. Janie parecía tan interesada como Harley.

—Te he dicho que la dejes en el suelo —insistió Tiny.

—¿Crees que vas a poder con Tiny y conmigo? —dijo Harley.

Leo se estaba poniendo de los nervios.

—Con Tiny, no sé —contestó dejando a Janie en el suelo—, pero tú eres pan comido.

Dicho y hecho. Le lanzó un puñetazo que Harley no se esperaba haciendo que se cayera sobre una mesa.

—¿Quieres seguir trabajando aquí? Muy bien,

todo tuyo. Si te ves metida en una pelea o te dan la lata los borrachos, no vengas a llorar sobre mi hombro.

—¡Pues... claro que no! —contestó Janie sorprendida ante su comportamiento.

Leo se giró y se fue sin siquiera mirar a Harley.

Janie corrió hacia él y lo ayudó a levantarse.

—¿Te ha hecho daño? —le preguntó compungida.

—Un poco —rió Harley frotándose la mandíbula—. ¡Qué puñetazos mete, el tío! No me lo esperaba. Me parece que le importas más de lo que creíamos.

Janie se puso roja.

—Lo único que quiere es mandar sobre mí.

Tiny se acercó y observó detenidamente la cara de Harley.

—Le va a salir un buen moratón, señor Fowler —le dijo educadamente.

Harley sonrió. Sabía perfectamente cuándo un hombre tenía celos y estaba claro que era el caso de Leo. Ya había querido pegarle en el baile y no había podido.

—Qué bestia —murmuró Janie—. Ven al baño, Harley, a que te cure. Muy bien, chicos, se acabó la diversión. Aquí ya no hay nada que ver. Tomaos vuestras cervezas y vuestras pizzas.

De camino al baño, Janie se dio cuenta de que estaba emocionada porque Leo se preocupara por su trabajo y porque todo el mundo pensara que tenía celos de Harley. No quería admitirlo, pero le encantaba.

Leo tuvo suerte de que no le pusieran una multa por exceso de velocidad en el trayecto hasta casa de Fred. El padre de Janie lo oyó llegar y supo lo que ocurría.

Salió al porche a esperarlo y se quedó mirando al cielo mientras Leo bajaba del coche. Nunca lo había visto tan enfadado.

—Quiero que deje ese maldito bar —dijo sin siquiera saludar—. Tómatelo como una condición para el préstamo o lo que quieras, pero ya te la estás trayendo para casa.

—He intentado hablar con ella, pero me ha dicho que ya tiene edad para tomar sus decisiones. ¿Y qué contesto yo a eso? Es mayor de edad. No lo va a dejar.

Leo maldijo furioso.

—¿Qué te ha pasado? —preguntó Fred acercándose y oliéndole la camisa—. Apestas a cerveza.

—¡Pues claro! ¡Tu hija me acaba de bautizar delante de todo el mundo con una jarra llena! —contestó Leo indignado.

—¿Janie? ¿Mi Janie? —dijo Fred con los ojos como platos.

—Me ha tirado la cerveza y les ha pedido ayuda a Tiny y a Harley Fowler.

—¿Y por qué necesitaba ayuda? —preguntó Fred.

—Bueno, como estaba pataleando y gritando, supongo que creyeron que…

—¿Pataleando…?

Leo se mordió la lengua.

—Para que lo sepas, he intentado traerla a casa, pero no ha podido ser.

Fred silbó por no reírse.

—¿A quién has pegado? —preguntó al ver que le sangraba la mano derecha.

—A Harley —contestó Leo incómodo—. ¡No se tendría que haber metido! Janie no es suya. Si hubiera sido un hombre de verdad, le habría dicho, como yo, que se fuera a casa. En lugar de hacer eso, va y me ordena que la deje en el suelo. ¡Con órdenes a mí! ¡Ha tenido suerte de que sólo le diera un puñetazo!

—Vaya —dijo Fred tapándose la cara con las manos. Ya había cotilleo para un mes.

—No ha sido culpa mía —se defendió Leo—. He ido para evitar que tenga que oír insultos y propuestas indecentes de borrachos y mira cómo me lo paga.

—Menudo numerito.

—¡Dile a Janie que he dicho que va a dejar ese trabajo por las buenas o por las malas!

—Se lo diré —contestó Fred sabiendo que no iba a servir de nada.

Leo lo miró fijamente.

—Fred, de verdad, no es lugar para ella. Hay peleas constantemente. Es un sitio peligroso, sobre todo ahora.

—¿Por qué?

—No digas ni una palabra de esto, ¿de acuerdo? Ni siquiera a Janie.

Fred asintió y Leo le contó lo que había averiguado sobre los hermanos Clark.

—¿Crees que a mi toro lo mataron?

—Sí —contestó Leo—. Pero como no podemos demostrarlo, no podemos denunciarlos.

—¡Cómo han podido! —exclamó Fred furioso.

—He decidido que dos de mis hombres vengan aquí a vigilar a mi toro. No voy a permitir que nadie lo mate. Voy a instalar cámaras de seguridad. ¡Como se acerquen a este toro, los meto en la cárcel!

—Por una parte, me gustaría que lo hicieran.

—A mí también, pero no tengo muchas esperanzas.

—Eh… sobre Janie.

Leo lo miró con decisión.

—Bueno, bueno, hablaré con ella —dijo Fred—. Claro que, por otra parte, nos sería muy útil en Shea's porque, si a ese tipo le gusta beber, seguro que va a acabar yendo.

—No sabe cómo es físicamente.

—¿No lo podrías averiguar y decírselo?

Leo suspiró.

—No me gusta tenerla en primera línea de fuego.

—A mí tampoco —contestó Fred—. Harley, tú yo podríamos pasarnos de vez en cuando a ver qué tal está.

—A Harley que se lo pida ella.

—Te lo estás pensando, ¿verdad?

Efectivamente.

—Mis hermanos también podrían ir de vez en cuando, incluso mis hombres. Seguro que los Tremayne también nos ayudan. Podría hablar con Harden y con mi capataz.

—Yo hablaré con Cy Parks y con Eb Scott —apuntó Fred.

Leo consideró la opción. Con tanta gente vigilándola, Janie estaría a salvo sin siquiera saberlo.

—Es buena idea, ¿no?

—A ti lo que te pasa es que no quieres enfrentarte a tu hija. Te da miedo. ¿Qué pasa?

¿Temes que a ti también te eche la cerveza por la cabeza?

Fred estalló en carcajadas.

—Admite que es increíble que lo haya hecho.

—Sí, desde luego —contestó Leo recordando lo tímida que era antes—. Nunca la había visto así.

—Hay muchas cosas de ella que no sabes —apuntó Fred enigmático.

—Muy bien, que se quede en Shea's —dijo Leo—, pero voy a ver si averiguo cómo es Clark. A ver si puedo conseguir una foto. Tal vez, Grier sepa algo. Le gusta Christabel Gaines y ella también ha perdido un toro por culpa de ese tipo, así que seguro que nos ayuda.

—Ten cuidado con Judd Dunn —le advirtió Fred.

Leo se encogió de hombros.

—Sólo tiene ojos para la supermodelo. No se molesta en mirar a su mujer.

—¿Has hablado con el jefe de Clark?

—Duke Wright no tenía ni idea de que su nuevo conductor era así. Se ofreció a echarlo enseguida, pero lo convencí para que no lo hiciera. Nos interesa tenerlo cerca para poder vigilarlo. En cuanto meta la pata, estaremos allí para hacérselo pagar. Me gustan los toros, son animales nobles que comen de nuestra mano. Un hombre que puede matarlos a sangre fría, sería capaz también de matar a una persona. No quiero a Clark por aquí, pero tenemos que ir poco a poco. Mientras tanto, Janie estará constantemente vigilada. No le va a pasar nada.

Fred lo miró y se dio cuenta de sus sentimientos. No creyó ni que el mismo Leo los hubiera percibido.

—Gracias —le dijo.

Leo se encogió de hombros.

—Voy a cambiarme de camisa —dijo sonriendo.

VII

Leo fue a la comisaría de Jacobsville a ver a Cash Grier y lo pilló comiendo.

—Pasa —lo invitó Grier—. ¿Te gusta la comida china? Hay arroz y cerdo agridulce. Sírvete.

—Gracias, pero he comido en el Café de Bárbara —contestó Leo sentándose.

—Supongo que habrás venido por Clark.

Leo estuvo a punto de dar un respingo en la silla.

—Sí, bueno, me gustaría conseguir una foto suya. Tengo una amiga que trabaja en Shea's y quiero dársela para que lo tenga vigilado, para que me diga con quién habla y lo que hace.

—Eso es peligroso —contestó Grier—. El hermano de Clark casi mata a un tipo en Victoria porque creía que lo estaba espiando.

—¿Qué hacen tipos como ellos en la calle? —preguntó Leo arrugando el ceño.

—No es fácil encerrarlos. Primero hay que pillarlos con las manos en la masa y someterlos a juicio —contestó levantándose y abriendo un armario que tenía cerrado con llave—. Toma —le dijo entregándole información sobre Clark—. En lo que a mí respecta, no tengo ni idea de dónde has sacado la foto. Nunca has estado aquí.

Leo estudió los papeles. En la fotografía se veía a dos hombres, obviamente hermanos, a los que habían dado un premio por buenos ciudadanos.

—Buen truco, ¿eh? Estaban robando ganado y los vieron, pero la gente creyó que lo estaban salvando porque la valla se había roto y los animales se habían escapado. Como tenían un camión esperándolos, dijeron que eran camioneros, que habían visto a los toros y habían parado para rescatarlos. Increíble, ¿eh?

—¿Me puedes hacer una copia?

—Es una copia. Quédatela. Yo tengo otras dos.

—Esperabas tener problemas con ellos, ¿no?

—Dos toros carísimos en un mes y los dos

del mismo criador. Demasiada coincidencia —contestó Grier sentándose—. Cuando me enteré de que Clark estaba trabajando para Duke Wright, todo encajó.

—Pero no tenemos pruebas —apuntó Leo.

—Todavía, no, pero dales tiempo. Dile a tu amiga que tenga cuidado. Son peligrosos.

—Muy bien.

—Y deja de pegar a la gente en Shea's. No puedo detenerte porque está fuera de mi jurisdicción, pero puedo llamar al sheriff —le advirtió muy en serio—. No puedes ir por ahí raptando a las mujeres delante de todo el mundo.

—¡No la estaba raptando, sino intentando salvarla!

—¿De qué?

—¡De las peleas!

—Anda, largo de aquí —dijo Grier levantándose riendo—. Tengo mucho trabajo.

—Si Harley Fowler ha dicho que le pegué porque sí, miente. Me provocó. No debería haberme dicho que dejara a Janie en el suelo. Lo único que consiguió fue que tuviera las manos libres para pegarle.

—Deberías hablar con esa mujer y decirle cuáles son tus sentimientos —le aconsejó Grier—. Es más fácil.

El problema era que Leo no sabía cuáles

eran sus sentimientos. Se despidió de Grier y se fue.

Le preocupaba que Janie tuviera algo que ver con Clark. De momento, el tipo no había aparecido por Shea's. Tal vez, comprara el alcohol y se lo bebiera en casa. Sí, pero, ¿y si quería compañía? Seguro que acababa yendo a Shea's.

Odiaba todo lo que pudiera hacer daño a Janie, lo que no entendía era por qué había sentido odio hacia Harley de repente.

Lo cierto era que Janie tenía una posición privilegiada para vigilar a Clark sin que se diera cuenta. Había que vigilar a aquel hombre porque un tipo que era capaz de matar al ganado, era capaz de cualquier cosa.

Fue a buscar a Janie el domingo por la tarde, pero no estaba en casa. Fred le dijo que había salido a pesar de que estaba lloviendo. Leo se montó en la furgoneta y salió a buscarla.

Ni oyó el motor. Estaba caminando, con las manos en los bolsillos, y la mirada fija en el suelo.

No entendía el comportamiento de Leo. Por una parte, le adulaba que se preocupara por ella, pero tampoco eran formas. Se lo había hecho pasar mal con lo de Marilee y, desde entonces, no se había vuelto a acercar a él, así que no entendía por qué tenía que meterse en su vida. Además, se sentía culpable por Harley, que se había llevado un buen puñetazo sólo por querer ayudarla.

Cuando ya lo tenía casi encima, oyó el motor y se apartó. Leo paró y abrió la puerta del copiloto.

—Sube.

Janie lo miró sin saber qué hacer. No sabía si estaba a salvo tan cerca de él.

—Venga, no estoy armado ni soy peligroso. Sólo quiero hablar.

Janie se acercó a la furgoneta.

—Últimamente te comportas de una forma muy rara —comentó—. No sé si será porque no tienes bizcochos.

Leo la miró con severidad, haciéndola enrojecer.

Por fin ella entró y se quitó la capucha.

—Vas a pescar un resfriado —apuntó él poniendo la calefacción.

—No hace tanto frío. Además, llevo un buen impermeable.

Leo condujo sin decir nada hasta que llegaron a su rancho. Apagó el motor, se quitó el sombrero y se quedó mirándola.

—Tu padre me ha dicho que no vas a dejar el trabajo.

–Así es.

–He estado hablando con Grier –dijo Leo dando golpecitos en el volante.

–¡Ya está bien! ¡No me pueden detener por no querer dejar el trabajo! –lo interrumpió Janie.

–No de eso –contestó Leo–. Hay un hombre que podría estar involucrado en la muerte de varios toros y está en la ciudad. Te voy a enseñar una foto suya y quiero que me digas si lo has visto por Shea's.

–Al de la izquierda, no lo he visto nunca, pero el otro suele venir los sábados por la noche y bebe whisky –contestó Janie mirando la fotografía–. Grita e insulta y Tiny le tuvo que decir anoche que se fuera.

–Es vengativo –dijo Leo apretando las mandíbulas.

–No lo sabes tú bien. Cuando Tiny terminó de trabajar y fue a su coche, se encontró todas las ruedas pinchadas.

–¿Se lo ha dicho al sheriff?

–Sí. Le han dicho que lo van a investigar, pero no creo que puedan demostrar nada.

–Estamos investigando a un hombre que se llama Jack Clark –le dijo–. Es el de la foto. Si vuelve por Shea's, me gustaría que nos dijeras con quién habla. Que no se dé cuenta. Dile a

Tiny que deje estar lo de las ruedas. Ya se las pago yo.

—Eso es un buen detalle por tu parte.

Leo se encogió de hombros.

—Te protege y eso me gusta.

La estaba mirando fijamente y Janie se puso nerviosa. Aquello de estar con él en un espacio tan reducido, bajo la lluvia... Era como estar en otro mundo.

—¿Qué toros creéis que ha matado? —le preguntó.

—Para empezar, el de tu padre.

—¿Por qué iba a matarlo? —preguntó sorprendida.

—Porque era hijo de otro que ya había matado en Victoria. Trabajaba para el dueño de aquel y lo echó. Por lo visto, sus venganzas se extienden muy lejos.

—¡Está loco!

Leo asintió.

—Por eso, si vuelve, ten cuidado con él. No te enfrentes a él, no lo mires, que no se dé cuenta de que lo estás observando —le advirtió—. Odio que vayas a estar tan cerca de un lunático. Tendría que haberme enfrentado a Tiny también y haberte sacado de ese lugar —suspiró.

—No soy responsabilidad tuya—apuntó ella con el corazón a mil por hora.

—¿Ah, no? —protestó Leo mirándola de arriba abajo.

Janie tragó saliva. Estaba más guapo que nunca.

—Me tengo que ir —anunció.

De repente, Leo se echó hacia delante, la tomó entre sus brazos y la sentó entre sus piernas.

—¡Leo! —exclamó Janie avergonzada ante aquella postura.

Él le pasó un brazo por la cintura y se quedó mirándola.

—Si te sigues moviendo, te vas a chocar con eso que diferencia a los hombres de las mujeres —le advirtió.

Janie se quedó inmóvil al segundo. Sabía a lo que se refería. Ya se había rozado con aquella diferencia en el baile y estaba volviendo a ocurrir. Lo miró roja como un tomate.

—Te lo dije —dijo Leo—. Pero, ¿no sabes que los hombres se suelen excitar cuando tienen a una mujer encima?

Janie le dio un golpecito en el hombro intentando no perder la compostura.

—¡Suéltame!

—De eso, nada —contestó él echándola hacia atrás y mirándola a los ojos—. ¿Qué es lo que te da tanto miedo?

Janie tragó saliva. Le temblaban las piernas. Tenerlo tan cerca era como una droga. Sintió los pechos duros contra su torso.

Leo se echó un poco hacia atrás y observó los pezones erectos.

—¡Deja… de mirarme eso! —le espetó ella.

Leo enarcó una ceja y sonrió.

—A los hombres nos gusta saber cuándo causamos buena impresión —bromeó.

Janie se mordió el labio.

—Te estás pasando.

Leo se echó hacia delante y la besó.

—A mi cuerpo le gustas. Te lo está diciendo muy claramente.

—Tendrías… que… hablar con él —contestó Janie en un hilo de voz.

—No se aviene a razones —murmuró Leo mordiéndole el labio superior y acariciándole el escote.

Le quitó el impermeable sin dejar de besarla y, sin darse cuenta, también la blusa. Janie tampoco se dio cuenta. Estaba concentrada en sus eróticos besos y en sus dedos rozándole los pechos por encima del sujetador.

Tenía una pierna de Leo entre las suyas, acariciándola de forma también muy erótica. No le importaba nada, sólo que no parara.

Nunca se había imaginado que se pudiera

excitar tanto. Rezó para que le quitara el sujetador y le tocara bien. Aquello era una dulce tortura. Leo la estaba mirando y debía de estar viendo lo mucho que lo deseaba.

No era el momento para pensar en que, en el futuro, aquel recuerdo le daría vergüenza. Lo único que importaba era que moviera aquella mano un par de centímetros. Janie se retorció e hizo todo lo que pudo.

Cada vez llovía más, pero Janie oía su propia respiración, cada vez más agitada, y el ritmo frenético de su corazón.

—¿Te importaría… tocarme? —gritó.

—¿Dónde?

—¡Lo sabes… perfectamente!

Leo la miró a los ojos mientras obedecía. Al sentir su mano sobre el pecho, Janie se estremeció de pies a cabeza.

—Eres una caja de sorpresas… —comentó él.

Se besaron con pasión mientras Leo le desabrochaba el sujetador. A Janie no le importó. De hecho, se incorporó para ayudarlo.

—Esto lo va a cambiar todo. Lo sabes, ¿verdad? —le dijo él mirándola muy serio.

—Sí.

Leo le quitó el sujetador y le acarició ambos pechos mirándolos con placer. Con los pulgares, le tocó los pezones formando círculos hasta que estuvieron como una piedra. Se moría por mordérselos.

La echó hacia delante agarrándola de la zona lumbar para que sintiera su erección.

—¡Leo! —exclamó Janie.

—Me excitas tanto que no puedo ni pensar —gimió él—. ¡Mira cómo me pones!

Janie se apretó contra su cuerpo. Estaba perdida y decidida. Le daba igual su virtud y su futuro. Estaba experimentando el placer más delicioso y erótico del mundo. ¡Cómo lo deseaba!

—Yo también te deseo —dijo Leo.

Entonces, Janie se dio cuenta de que lo había dicho en alto. Sintió la mano de Leo entre las piernas desabrochándole los vaqueros. Le tocó el estómago. Iba bajando… Janie se movió para hacérselo más fácil.

Mientras se besaban como salvajes, Leo oyó un coche que se acercaba. Se quedó totalmente quieto y levantó la cabeza.

Miró a Janie a los ojos. Se dio cuenta de que estaba encima de ella y que Janie tenía la blusa y el sujetador en el cuello y los vaqueros a medio quitar.

—¿Qué demonios estamos haciendo? —le dijo.

—¿No lo sabes? —contestó Janie.

Leo miró por la ventana, que estaba com-

pletamente empañada. La ayudó a incorporarse
y sentarse en su asiento. Mientras Janie se arre-
glaba la ropa, oyeron el claxon del otro vehículo.

Los dos tenían el pelo revuelto y estaban
acalorados. La miró mientras el otro coche se
ponía a su altura. Leo no veía nada, así que
limpió un trozo de ventana con la mano y
miró fuera… ¡para encontrarse con Cag y Tess
intentando no poner cara de sorpresa, y sin
conseguirlo!

VIII

Leo bajó la ventanilla y miró a su hermano y a su cuñada.

—¿Qué? —les dijo enfadado.

—Nada, solamente queríamos saber si estabas bien —contestó Cag carraspeando e intentando no mirar a Janie—. Como hemos visto tu coche aquí, en mitad de la nada… Y no veíamos a nadie.

—Eso, no veíamos a nadie ni nada. No hemos visto nada —se apresuró a asegurarle Tess.

—No, no, nada de nada —apuntó Cag.

—Le estaba enseñando a Janie una foto del Clark ese —dijo Leo cortante, sacándose el recorte de prensa del bolsillo—. ¿Veis?

—Sí, pero deberías de habértela sacado del bolsillo antes de enseñársela —comentó Cag—. ¡Nos vamos!

Cag subió la ventanilla sonriente y se fueron. Leo subió también la ventanilla apretando las mandíbulas.

Janie estaba de espaldas haciendo unos ruiditos muy raros. Estaba a punto de desternillarse de risa.

Leo le tiró el recorte.

—No ha sido culpa mía —protestó ella—. Yo estaba aquí tranquilamente y tú, de repente, te has puesto amoroso.

Leo la miró divertido.

—Amoroso. Buena palabra.

Janie recogió el recorte y, al ver el sombrero de Leo en el suelo del coche, lo recogió también.

—Tu pobre sombrero.

—Da igual —contestó Leo dejándolo en el asiento de atrás—. Marilee nos ha traído muchos problemas —añadió impaciente—. Lo siento.

Janie se quedó muy sorprendida.

—¿Eso quiere decir que no te pongo enfermo? —le preguntó en un hilo de voz.

—Claro que no. Dije lo que dije porque creía que tú habías ido por ahí diciendo ya sabes qué. Te pido perdón, si te sirve de algo.

Janie se puso a juguetear con un botón del

abrigo mientras miraba por la ventana. Sí, servía de algo, pero no podía evitar preguntarse si no habría sentido lo que había dicho. Tal vez le pedía perdón porque se sentía culpable. Por otra parte, sabía que a Leo no le gustaba hacer sufrir a la gente.

Lo oyó suspirar.

—Te llevo a casa —anunció él—. Ponte el cinturón, preciosa —añadió.

Aquel apelativo la llenó de satisfacción, pero no se acababa de fiar de Leo Hart.

—Tu padre y yo vamos a hablar con mucha gente para que vayan a verte a Shea's —le dijo Leo ya en la carretera—. Dile a Harley que vaya también de vez en cuando.

—Tiene un buen golpe en la mandíbula.

—Que no se hubiera metido. ¡No eres suya!

Aquello sonaba a celos, pero no podía ser.

—¿Le dejas que te quite la blusa en el coche? —le espetó furioso.

—¡Claro que no! —gritó Janie.

Leo se calmó.

—No tienes derecho a tener celos.

—¿Después de lo que acaba de pasar? Claro que sí.

—Tampoco te pertenezco a ti.

—Casi —rió Leo—. No sabes lo cerca que has estado. Te han salvado Cag y Tess.

—¿Perdona?

—Janie, ¿se te ha olvidado ya que te había medio quitados los vaqueros?

—¡Leo!

—No sé si podría haber parado —continuó Leo tomando una curva—. Y tú, desde luego, no eras de gran ayuda —añadió con ironía—, moviendo las caderas y pidiéndome que no parara.

—¡Serás descarado…!

—Exacto. Ha sido descarado. Para que lo sepas, cuando un hombre se pone así, es mejor que intentes, por todos los medios, pararlo. Ya veo que no tienes mucha experiencia, así que deja que te dé un par de consejos.

—No necesito tus consejos.

—¡No te lo crees ni tú! Si llego a ponerte los labios más abajo del pecho, no habría habido manera de pararme.

Janie recordó el placer que había sentido al tener su boca en los pechos. ¿Cómo habría sido tenerla en el estómago, en las caderas, en las piernas…?

—Sabes demasiado de mujeres.

—Y tú no sabes absolutamente nada de hombres —sonrió—. Me encanta. Me habrías dejado hacerte lo que me hubiera dado la gana. Al darme cuenta, me puse como un toro. Has sido el caramelo más dulce que he tenido nunca.

Janie estaba confundida por sus comentarios. La había tratado fatal y ahora, de repente, le hablaba así…

—¿Crees que todo podría volver a ser como antes? Te he dicho que esto iba a cambiarlo todo, ¿verdad?

—Sí —contestó ella tragando saliva.

—Ya ha cambiado. Te miro y me excito. Esto va a ir de mal en peor.

Janie se puso como un tomate.

—No pienso tener una aventura contigo.

—Estupendo. Me alegro de saber que tienes tanto autocontrol. A ver si me enseñas a mí un poco.

—No pienso volver a meterme en el coche contigo —murmuró Janie—. Ni sueñes con volver a tenerme tumbada debajo de ti.

—Sólo tengo que tocarte y lo harás.

—¡De eso nada!

Leo paró el coche, la tomó en sus brazos y se la puso encima en menos que canta un gallo. En un abrir y cerrar de ojos, la estaba devorando a besos.

—¿Lo sientes? —le dijo refiriéndose a su erección—. Ahora, intenta pararme.

Janie no hizo el más mínimo intento. Todo

lo contrario. Estaba disfrutando demasiado para que se le ocurriera protestar, sobre todo cuando sintió su gran mano sobre uno de sus pechos por encima de la blusa.

En ese momento, Leo cambió las posturas y se puso él encima sin dejar de besarla con un deseo insoportable.

Janie no podía más. Todo su cuerpo lo deseaba.

Por segunda vez en menos de una hora, un motor los interrumpió. Leo alzó la mirada y vio horrorizado la furgoneta de Fred a quinientos metros.

Rápidamente, puso a Janie en su asiento y le ató el cinturón.

Janie temblaba. Se miraron a los ojos y, sin querer, se le fue la mirada a la bragueta de Leo.

—La próxima vez... —le aseguró él—. Ojalá pudiera explicarte lo que se siente.

—Sé lo que se siente —murmuró ella—. Yo también me muero de ganas.

En ese momento, a Leo se le quitó el enfado. No podía dejar de mirarla. Era deliciosa.

—Lo siento —dijo Janie.

—¿Por qué? Nos hemos lanzado los dos.

Janie lo miró con deseo. Se moría por él.

—Si utilizáramos algo...

Leo se sonrojó. Se puso al volante y evitó

mirarla. No se podía creer lo que le estaba proponiendo.

Fred llegó a su altura.

—Ha dejado de llover, así que voy a hablar con Eb Scott para contarle lo de Clark —le dijo a Leo.

—Buena idea —contestó Leo todavía rojo.

Fred no quiso mirar mucho a ninguno de los dos, pero se hizo una idea de lo que acababa de interrumpir.

—No creo que tarde mucho, cariño —le dijo a su hija.

—Muy bien, papá. Ten cuidado —contestó ella.

Fred asintió, sonrió y se fue.

Leo puso en marcha el coche y fijó los ojos en la carretera.

—Claro que podría ponerme algo, Janie, pero te advierto que esto es adictivo. Una vez que lo has probado, no hay manera de parar.

Le agarró la mano.

—No te puedes imaginar lo halagado que me siento. Sé que eres virgen y te ofreces a mí...

—Por favor, no sigas.

—Bueno... ¿Qué te parece si el sábado, si no tienes que trabajar, vamos al cine y cenamos por ahí?

Janie sintió que se le subía el estómago a la boca.

—¿Con... conmigo?

—Podrías ponerte ese maravilloso vestido blanco que llevaste al baile —comentó él—. Me gusta cómo te queda, dejando al descubierto tus hombros. Tienes una piel muy bonita... Igual que tus pechos... y unos preciosos pezones...

—¡Leo Hart! —gritó Janie.

Leo se echó hacia delante y la besó con pasión.

—La próxima vez, te enseñaré los míos, y así no te dará tanta vergüenza.

Al pensar en verlo sin ropa, se puso roja.

—A pesar de lo que te he dicho...

Leo paró el coche por enésima vez y la besó con ternura.

—Me conoces de toda la vida, Janie. ¿Te parezco el tipo de hombre que se aprovecha de una muchacha inexperta?

—No —admitió Janie.

—Nunca lo haría —insistió con la respiración entrecortada—. Siempre has sido especial para mí, incluso antes de aquel primer beso en la cocina de tu casa. Pero ahora, después de haber probado lo que hay, me voy a convertir en tu sombra. No te das cuenta de lo que ha pasado, ¿no?

—Que me deseas —contestó ella con la voz ronca.

Leo le mordió el labio superior sin parar de besarla.

—Es algo un poco más complicado que el sexo. Busca adicción en el diccionario.

—¿Adicción?

—¿Te acuerdas de cómo has gemido cuando te he metido la mano por debajo de la blusa?

—Sí —contestó ella tragando saliva.

—Piensa en cómo habría sido si, en vez de la mano, hubiera sido la boca… sobre tu pecho, sobre los pezones…

Janie se estremeció.

Leo asintió.

—La próxima vez —le prometió—. Mientras tanto, mantén bien abiertos los ojos y los oídos. No hagas nada que le haga sospechar.

—Tendré cuidado —contestó Janie.

—Como te toque, lo mato.

No lo decía en broma.

La agarró de la nuca y la miró a los ojos.

—Eres mía, Janie. Voy a ser tu primer hombre, eso dalo por hecho.

La volvió a besar con dulzura y puso el coche en marcha de nuevo. Mientras conducía en silencio, sus dedos buscaron involuntariamente los de Janie, como si no pudiera dejar de tocarla. Ella no lo sabía, pero, en aquellos segundos, Leo había tomado una decisión y ya no había marcha atrás.

El viernes por la noche, Jack Clark apareció en el Shea's.

Janie no había hablado con ninguno de sus compañeros de trabajo sobre aquel tipo porque temía que aquello le trajera consecuencias adversas.

No le quitó el ojo de encima. Era un hombre rudo y solitario. Se sentó en una mesa en un rincón y no paró de mirar alrededor, como si estuviera buscando bronca.

Llegó un vaquero de Cy Park, uno de los hombres de Harley, se sentó en la barra y pidió una cerveza y una pizza.

—Hola, señorita Janie —saludó muy sonriente—. Harley dice que viene dentro de un rato a verla.

—Muchas gracias —sonrió ella—. Ahora te sirvo, Ned.

—¿Dónde está mi maldito whisky? —gritó Clark—. ¡Llevo aquí sentado cinco minutos esperando!

Janie miró a Nick, el adolescente que se encargaba de preparar las pizzas. El pobre estaba hasta arriba de trabajo. Tiny no estaba por allí, debía de estar fumándose un cigarro en la parte de atrás del local. No había otra opción, tenía que hacerse cargo ella.

Sirvió un whisky en un vaso bajo y lo puso en una bandeja. Se dirigió a la mesa de Clark y forzó una sonrisa.

—Aquí tiene —dijo poniendo el vaso en la mes—. Perdón por el retraso.

Clark la miró enfadado.

—Que no vuelva a pasar. No me gusta que me tengan esperando.

—No se preocupe.

Janie se giró para irse, pero Clark le había agarrado los lazos del delantal y tiró de ellos.

—Eres una monada. ¿Por qué no te sientas conmigo y te tomas un whisky?

Janie se quedó helada.

Le habría dicho que no muy alegremente si Tiny hubiera estado por allí, pero ahora no sabía qué hacer.

—Voy a servir a aquel hombre —contestó refiriéndose a Ned— y ahora vuelvo.

—Que le sirva el chico.

—Él se encarga de las pizzas —protestó Janie—. Por favor.

Craso error. A Clark le encantaba que las mujeres le suplicaran. Sonrió. No era una sonrisa agradable.

—¡Te he dicho que vengas aquí! —exclamó sentándola en su regazo.

En ese momento, dos vaqueros se levantaron y fueron hacia ellos.

—Vaya, vaya, si tienes ángeles de la guarda —dijo Clark riendo y levantándose sin soltarla—. Atrás —les ordenó agarrándola del pelo y echándole el cuello hacia atrás—. Como os acerquéis, la rajo —añadió sacando un cuchillo y poniéndoselo en la garganta.

Janie temblaba.

Intentó pensar en una manera de escapar y se dio cuenta de que era inútil. Aquel hombre estaba dispuesto a rajarle el cuello si los vaqueros se acercaban. Se le ocurrió que la llevaría fuera y la violaría. Podía hacer con ella lo que le diera la gana. Nadie lo iba a poder evitar porque sería poner su vida en peligro. ¡Si Leo estuviera allí!

Vio que Nick iba hacia el teléfono. ¡Por Dios, que llamara a la policía!

Le agarró la muñeca a Clark intentando que apartara el cuchillo.

—Me está haciendo daño.

—¿De verdad? —rió él apretando más.

Janie sintió que la ahogaba. Entonces, pensó en hacer que se desmayaba. Tal vez, así, la dejara.

—No... puedo respirar... —jadeó cerrando los ojos.

Si se dejaba caer, podría rebanarle el cuello, pero había que arriesgarse.

Así lo hizo y, al mismo tiempo, oyó gritos en la puerta. Clark la soltó y se golpeó el codo y la cabeza en la caída.

Entraron Leo y Harley y fueron directos a por Clark, a pesar del cuchillo. Estaban en el aparcamiento, hablando de Janie y, al oír el alboroto, habían entrado corriendo.

Harley le quitó el cuchillo de una patada, pero Clark le lanzó otra al estómago que lo dejó jadeando sobre una mesa. Leo se abalanzó sobre él, pero Clark lo agarró del brazo, se lo retorció a la espalda y lo lanzó contra otra mesa. Los otros dos vaqueros, al ver lo que había hecho con Leo, que era más grande y fuerte que ellos, se echaron atrás.

Se hizo el silencio. Janie se estaba sentando cuando vio entrar a Grier. Se acercó a Clark con una sonrisa fría y calculadora.

Clark consiguió recuperar el cuchillo y fue a por él. El ayudante de policía lo esperaba con tranquilidad. Con movimientos rápidos, le arrebató el cuchillo y lo clavó en la pared. Clark se fue a por él furioso, pero Grier esquivó todos sus golpes sin problema y le dio una buena zurra. En menos de tres minutos, lo tenía tirado en el suelo sin poder respirar.

Grier ni se había despeinado. Sacó las esposas y lo esposó.

Leo corrió hacia Janie y la abrazó.

—¿Te lo has roto? —le dijo refiriéndose al codo.

Ella negó con la cabeza.

—¿Me sangra la boca? —preguntó confundida.

Leo asintió. Estaba lívido. Maldijo por no haber podido reducir a Clark. Se sacó un pañuelo y le limpió la cara, que el tipo le había arañado. Le estaba saliendo ya un enorme moratón en el lado izquierdo.

—Necesito a un voluntario para que vaya al juez y ponga la denuncia —dijo Grier cacheando al detenido.

—Yo voy —contestó Harley rápidamente—. Seguro que Leo, también.

—Claro que sí —contestó el aludido—. Voy primero a dejar a Janie en casa.

—No hay prisa —contestó Grier agarrando a Clark del cuello—. Harley, sabes dónde vive el juez Burr Wiley, ¿verdad? Yo voy para allá a llevar a éste.

—Sí, sé dónde es. Yo también voy para allá. No tengo problema en prestar declaración para que puedas meter entre rejas a este… caballero —se ofreció Harley—. Janie, ¿estás bien? —añadió preocupado.

—Claro que sí —contestó ella poniéndose en pie con ayuda de Leo.

—¡Ya os enteraréis! —gritó Clark mirando a Janie y a Leo—. ¡Los dos!

—De momento, no —intervino Grier con seguridad—. El juez te va a poner una buena fianza y vamos a presentar unas cuantas denuncias contra ti.

—¡Yo, dos! —gritó Janie con valentía.

—Mañana, cariño —apuntó Leo—. Vamos, que te llevo a casa —añadió pasándole el brazo por los hombros.

Salieron del local y la ayudó a subir al coche.

—Menos mal que no te ha pasado nada —comentó Leo poniéndose al volante.

—Había dos vaqueros de Park en la barra, pero no se atrevieron a acercarse porque Clark amenazó con degollarme.

Leo le tomó la mano con fuerza y la miró. Tenía sangre en la cara y el brazo hecho polvo. Le iba a quedar la cara marcada unos días. Aquello lo enfureció.

—Muchas gracias a todos —dijo Janie.

—No es que hayamos podido hacer mucho —sonrió Leo con tristeza—. Ese Clark sabe pegar. Parece como si hubiera recibido entrenamiento militar. Claro que Grier se lo ha merendado. Ha sido como de película. No me ha dado tiempo ni de verlo atacar. Éste Grier es el tipo más rápido que he visto en mi vida.

Janie lo miró mientras Leo encendía el motor.

—¿Te ha hecho daño?

—En el orgullo —contestó él sonriendo—. Es la primera vez que me tiran contra una mesa tan fácilmente.

—Bueno, lo has intentado —dijo ella—. Gracias.

—No debí permitir que siguieras trabajando aquí. Esto ha sido culpa mía.

—Yo tomé esa decisión.

Leo le besó los párpados.

—Mi pobre cosita —le dijo con ternura—. No creo que sea buena idea que te vea tu padre así —añadió viendo que también tenía sangre en la blusa—. Te voy a llevar a casa y, desde allí, llamamos a tu padre y le decimos que la noche se ha complicado y que vas a llegar tarde.

—De acuerdo —contestó Janie—, pero no es tonto.

—Ya lo sé. Es una excusa. Es sólo porque quiero estar contigo y curarte las heridas.

—Estoy bien —sonrió Janie—, pero te dejo que me cures.

Leo sonrió y se alejaron en su coche.

IX

La casa estaba vacía y silenciosa. La única luz
que estaba encendida era la del salón. Leo condujo a Janie por el pasillo hasta su habitación,
cerró la puerta y la metió en el cuarto de baño.

Las toallas eran azules, como todo en aquella estancia, y estaban bien almidonadas y
planchadas. Leo sacó el maletín de primeros
auxilios.

—Menuda herida tienes aquí —le dijo levan-
tándole el mentón—. Y aquí otra, pero más pequeña —añadió comenzando a desabrocharle la
blusa.

Janie le agarró la mano.

—No pasa nada.

Janie le dejó seguir.

Leo le quitó la blusa y la tiró al suelo. Miró a ver si tenía más heridas. Vio que le estaba saliendo otro moratón en el hombro. Le desabrochó el sujetador y lo tiró también al suelo, a pesar de que Janie hizo amago de recuperarlo.

Tenía otro moratón en el pecho.

—Canalla —exclamó Leo furioso, tocándoselo.

—Él también se ha llevado lo suyo —contestó Janie intentando animarlo.

—Y más que le tendríamos que haber dado. Yo, desde luego, lo he hecho fatal. Mira que comerme ese puñetazo como un chiquillo —dijo Leo despreciándose a sí mismo.

Janie le acarició la cara.

—No pasa nada, Leo.

Él le miró el pecho con preocupación.

—No me gusta nada ese moratón.

—El mes pasado me hice uno peor cuando me caí del caballo y ya se me ha quitado.

—Sí, pero el sitio es muy malo.

—El otro, también.

Al ver que Leo le bajaba la cremallera del pantalón, Janie sintió pánico. Él no se dio cuenta y siguió adelante quitándole los zapatos y los calcetines.

—¡Leo! —gritó Janie cuando él puso las manos sobre las braguitas de encaje blanco.

—Sabía que ibas a protestar, pero no está el horno para bollos —dijo soltándole el pelo y abriendo la ducha.

—¡Ya puedo yo! —protestó Janie.

Nada. Leo le bajó las braguitas, la tomó en brazos y la metió en la ducha.

—Dúchate mientras pongo una lavadora con tus cosas —le indicó recogiendo su ropa del suelo.

Janie se enjabonó el cuerpo intentando borrar las sucias huellas de Clark.

Al salir, se envolvió en una de las enormes toallas. Se estaba preguntando qué se iba a poner cuando apareció Leo con un vestido de terciopelo negro.

—Toma —le dijo quitándole la toalla y dándole el vestido.

Janie se apresuró a ponérselo roja de vergüenza.

Se dio cuenta de que Leo también se había duchado porque llevaba un albornoz abierto y solo unos calzoncillos de seda negros.

—Ahora vamos a ponerte pomada antibiótica en esas heridas y a secarte el pelo —sonrió—. Me encanta tu pelo.

—Tarda mucho en secarse.

—Bueno, no tenemos prisa, ¿no? He llamado a tu padre y he intentado contarle lo menos que he podido.

—¿Está preocupado?

—Por tu virginidad, creo que sí —bromeó Leo agarrando la pomada—. Debe de creer que te he traído a mi casa para acostarme contigo.

—¿Y es así? —preguntó Janie en un hilo de voz.

Leo se giró y la miró.

—Si tú quieres, sí. Depende de ti.

Aquello la sorprendió. Janie se quedó muy quieta mientras Leo le ponía la pomada en las heridas. Al terminar, enchufó el secador y se puso a secarle el pelo. Eso de estar tan cerca de él mientras le secaba el pelo era de lo más íntimo. Janie pensó que jamás se hartaría de algo así. En su vida. Pensó que, siempre que se lavara el pelo, recordaría las enormes manos de Leo. Sonrió y echó la cabeza hacia atrás con los ojos cerrados.

—No te duermas —dijo él.

—No —contestó Janie.

Sintió los labios de Leo en el pelo a la vez que las manos en los hombros. Janie no protestó y Leo siguió bajando hasta posar sus enormes manos sobre sus pechos, como si le pertenecieran por derecho.

A los pocos segundos, los dos albornoces estaban en el suelo, y Janie y Leo se abrazaban con fuerza, con los cuerpos pegados uno al otro. Era la primera vez que Janie besaba a alguien desnuda.

Le encantó el roce del vello de su torso contra sus pechos. Le clavó las uñas en los antebrazos e intentó que la cabeza no le diera vueltas.

—Te gusta, ¿eh? —susurró él—. Pues hay cosas todavía mucho más excitantes.

La tomó en brazos y comenzó a besarla con pasión. Janie correspondió a su ardor decidida a no negarle nada.

Leo la llevó a la cama y la depositó en el centro. Su primer impulso fue quitarse los calzoncillos y zambullirse en su cuerpo, pero apretó los dientes y logró controlarse.

Se tumbó a su lado y la besó con fruición.

—Cómo me apetecía hacer esto —jadeó deslizando su mano hasta el interior de los muslos de ella—. ¡Es lo que más deseaba en el mundo!

Janie fue a decir algo, pero, al sentir sus dedos dentro de su cuerpo, no pudo articular palabra.

—Ya eres mayorcita —se justificó él—. He esperado todo lo que he podido.

Comenzó a tocarla con delicadeza sin dejar de besarla. Sus dedos expertos exploraron su interior hasta lograr que Janie comenzara a moverse con él. Era increíble. Estaba allí, desnuda, tumbada en su cama, dejando que explorara su cuerpo… Y le estaba encantando. Era la gloria. Arqueó la espalda y jadeó al sentir que se elevaba por la cima del placer.

Sintió las piernas de él encima, sintió su potente erección.

—Tócame. No lo voy a hacer yo todo, me tienes que ayudar.

Janie no entendía a qué se refería, así que le acarició el torso.

—No, muñeca —susurró él agarrándole una mano y poniéndosela en los calzoncillos—. No tengas miedo.

Al tocar aquello, Janie no pudo reprimir un grito de sorpresa. Leo la miró a los ojos sin permitir que quitara la mano. La obligó a abrirla y apretar. Janie lo vio cerrar los ojos de placer.

Aquello la fascinó.

—¿Te… duele? —preguntó con inocencia.

—Claro que no —consiguió decir Leo—. Mira —le indicó—. No tengas miedo —susurró quitándose los calzoncillos.

Era la primera vez que Janie veía a un hombre excitado.

—No tienes por qué sentir vergüenza. Eres la primera mujer que me ve así.

—¿Ah, sí? —contestó ella mientras él le volvía a agarrar la mano y se la ponía de nuevo en su entrepierna.

—Sí, nunca me ha gustado mostrarme vulnerable.

—Ah.

A Janie no se le había ocurrido que a él le costaba tanto como a ella controlarse.

Leo volvió a tocarla. Se sonrieron mientras se tocaban mutuamente.

Janie no se podía creer lo que estaban haciendo. Lo miró fascinada, con los ojos colmados de deseo. Era suya y Leo era suyo. Aquello era increíble.

—¿Lo vas a hacer? —murmuró Janie.

Leo la besó con ternura.

—¿Qué?

—Tomarme —susurró.

Leo rió.

—Qué palabra tan antigua. Esto es algo entre dos, ¿sabes? ¿Acaso tú no me vas a tomar a mí?

Janie lo miró con los ojos muy abiertos.

—Supongo que sí —contestó—. ¡Oh!

Leo la miró con deseo e invadió su cuerpo.

—¿Me vas a dejar que te satisfaga?

—No… te entiendo.

—Ya lo sé. Por eso, es tan delicioso —contestó

doblándose sobre su cuerpo y lamiéndole un pezón–. Este es el encuentro más maravilloso que jamás he tenido con una mujer. Sólo quiero darte placer.

Su lengua se deslizó sobre el pezón erecto en una danza maravillosa. Janie sintió la succión acompañada de un enorme placer. La mano de Leo no dejaba de tocarla, cada vez más íntimamente. Abrió las piernas para dejarlo moverse con libertad y comenzó a jadear al ritmo de sus dedos.

–Sí –murmuró Leo–. Déjame hacer, preciosa –añadió mirándola a los ojos.

Janie nunca había imaginado que se pudiera sentir tanto placer. Le parecía que le estallaba el cuerpo.

–Janie, tócame –le ordenó Leo con la voz entrecortada.

Le tomó la mano, se la puso alrededor de su erección y le enseñó el movimiento y el ritmo que debía seguir.

–Oh, preciosa –dijo besándola–. ¡Madre mía!

Se colocó entre sus piernas temblando de excitación. Janie también se estremecía de deseo. Se imaginó cómo sería lo que iba a llegar a continuación. No quería imaginárselo, quería sentirlo. Ya no podía más. Estaba perdida. La iba a tomar de un momento a otro. Lo amaba y estaba dispuesta a entregarse a él. ¡No había nadie ni nada en el mundo que pudiera parar aquello!

—¡Señor Hart! ¡Señor Hart! ¿Está usted ahí?

Leo se incorporó, la miró a los ojos y maldijo furioso.

—¡Señor Hart! —insistió el hombre.

Leo se tumbó en la cama boca abajo temblando de deseo y clavó los dedos en la almohada. De repente, recordó que no había cerrado la puerta con llave.

—¡Quédate ahí fuera, me oyes!

Janie intentó taparse.

—Perdone, señor, pero hay un toro que se encuentra mal. Lo hemos metido en el camión y lo hemos traído, pero quería que lo viera usted.

—¡Llama al veterinario! —ordenó Leo—. ¡Ahora mismo voy al corral!

—¡Sí, señor!

Se oyeron pisadas que se alejaban a toda velocidad. Leo levantó la cara y miró a Janie, que estaba tan frustrada como él.

De hecho, tenía lágrimas en los ojos.

Leo la abrazó.

—No pasa nada —susurró besándola—. No llores, cariño. No ha pasado nada.

—¿Nada? —repitió ella nerviosa.

—Bueno, casi.

Janie estaba horrorizada consigo misma.

—Si no llega a venir ese hombre… —dijo histérica.

—Lo sé, pero ha venido —contestó él con ternura poniéndose en pie. Vio que Janie intentaba no mirar, pero no podía contenerse—. Ahora, cuando quieras comparar, ya tendrás con qué —bromeó viendo sus ojos como platos.

Janie se puso como un tomate y apartó la mirada. Al hacerlo, se dio cuenta de que ella también estaba desnuda. Se tapó a toda velocidad con la sábana, pero, mirándolo, era difícil arrepentirse de lo ocurrido.

Leo sonrió y la miró con ternura.

—Novata, sabes mucho más de los hombres ahora que esta mañana, ¿eh?

Janie tragó saliva y no pudo evitar mirar su erección. Aquello le produjo una gran satisfacción.

—Creo que sería mejor que te llevara a casa —anunció Leo con un chasquido—. Porque, si no, ya sabes… Podría acostarme contigo tres veces seguidas y seguiría estando así. No es fácil satisfacerme.

Janie se estremeció.

—Tú también quieres, ¿verdad? Yo me muero

por hacerlo, pero esta noche no va a poder ser. Ya has tenido suficientes emociones por un día.

Leo la agarró de la mano y la ayudó a levantarse, la acompañó al baño y la volvió a meter en la ducha, pero aquella vez se metió con ella, la enjabonó y la enjuagó.

La secó y le indicó que fuera a buscar su ropa mientras él se vestía. La ropa de Janie ya estaba limpia y seca porque Leo la había lavado y puesto en la secadora mientras ella se duchaba por primera vez.

Cuando alargó la mano para ponérsela, Leo negó con la cabeza.

—De propina, me dejas que te vista.

Así fue. Después de hacerlo, la llevó al vestidor y le cepilló el pelo con esmero. Tenía una mirada de fascinación que Janie no le había visto nunca.

—Ahora ya sabes un poco como es el sexo aunque sigas siendo virgen —comentó él—. Cuando llegue el momento, ya no te dará miedo, ¿verdad?

Janie negó con la cabeza.

Leo dejó el cepillo y le tomó la cara entre las manos.

—Ahora, me perteneces y yo te pertenezco. No te hagas cruces por lo que hemos hecho esta noche. Es tan natural como respirar. No tienes nada de lo que avergonzarte. Ambos nos hemos mostrado vulnerables al otro. No va a haber bromas ni cotilleos al respecto porque jamás le diré a nadie lo que me has dejado hacerte.

Janie se relajó, pero vio que Leo la miraba de forma diferente.

—¿Te arrepientes? —le preguntó.

—No —contestó él con decisión—. Era inevitable. Hoy, he temido por ti. No he podido con Clark. Harley, tampoco. Hasta que no vi aparecer a Grier, he tenido miedo y lo que ha pasado aquí ha sido un síntoma de ese miedo, así de fácil. Quería abrazarte, hacerte parte de mí —añadió tomando aire—. Quería sentirme dentro de tu cuerpo, Janie, pero éste no es el lugar ni el momento. Tendremos que esperar.

Janie se sonrojó y miró hacia otro lado.

—Mientras tanto, no habrá secretos, de ningún tipo, entre nosotros —dijo Leo mirándola a los ojos.

—Nadie me había visto desnuda desde que era pequeña —susurró como si fuera un secreto.

—No te creas que a mí me han visto muchas mujeres así —contestó él con una sonrisa.

Janie enarcó las cejas.

—¿Te sorprende? —dijo Leo mientras se ponía los calcetines–. No soy un playboy. No voy a decir ahora que no haya tenido experiencias, pero nunca he traspasado determinada línea con mujeres que no conocía lo suficiente. Las personas que saben detalles íntimos de ti tienen un poder sobre ti bastante fuerte.

–Sí –dijo Janie sentándose junto a él en la cama–. Gracias.

–¿Por qué?

Janie sonrió.

–Por hacerme sentir bien. Por... me refiero a... haberme tocado como lo has hecho.

Leo le dio un beso de lo más tierno.

–Nunca volveré a tocar a una mujer así. Sería como cometer adulterio –le prometió.

Janie sintió que el corazón se le disparaba.

–¿De verdad?

–¿Tú estás deseando salir corriendo y hacer con otro lo mismo que acabas de hacer conmigo?

Janie negó con la cabeza.

–¿Por qué?

Janie sonrió con timidez.

–Porque sería como cometer adulterio –repitió.

Leo se levantó y la miró.

–Hemos estado a punto. No sé si pegarle un puñetazo a mi hombre o subirle el sueldo por habernos interrumpido. Yo ya estaba descontrolado. No podría haber parado.

—Yo tampoco —contestó Janie besándolo—. Por cierto, en los libros dicen que un hombre sólo puede hacerlo una vez y que después tiene que descansar —añadió sonrojándose ligeramente.

Leo se rió.

—Ya, pero un puñado de elegidos aguanta toda la noche. Por ejemplo, yo.

—¡Oh!

—Estaba imaginándome todas las cosas que íbamos a hacer, mucho más placenteras, cuando nos han interrumpido.

Aquello era interesante.

—¿Mucho más placenteras?

—La diferencia entre lo que hemos hecho y lo que no hemos llegado a hacer es la misma que hay entre chupar un helado o comerse un banana split —bromeó Leo abrazándola con fuerza—. Lo que acabas de vivir ha sido sólo un pequeño ejemplo de lo que podría haber entre nosotros.

—Guau —dijo Janie.

—Guau —repitió él besándola con pasión—. Estaba tan lanzado que he estado a punto de arriesgarme a dejarte embarazada —añadió mirándola a los ojos—. ¿Qué te parecen los niños, Janie?

—Me encantan. ¿Y a ti?

—A mí también. Me estoy replanteando mi decisión de no tenerlos —contestó tocándole la tripa—. Ya le puedes ir diciendo a tu jefe que dejas el trabajo —dijo de repente—. No pienso volver a correr el riesgo de perderte. Si Clark sale de la cárcel, tenemos que tener cuidado para que no te haga nada.

Janie se tocó el cuello.

—Dijiste que era un hombre vengativo.

—Primero tendrá que pasar por encima de mi cadáver y no creo que lo consiga si tengo una pistola a mano.

Janie le acarició la cara.

—No quiero que te pase nada.

—Yo tampoco quiero que te pase nada a ti —contestó Leo—. No podría vivir sin ti —añadió abrazándola.

Janie sintió que el mundo daba vueltas mientras Leo la besaba.

—Ojalá no tuviera que llevarte a casa —dijo él—. ¡Quiero hacerte el amor, tumbarme sobre ti, moverme sobre ti y dentro de ti!

Janie gimió de placer mientras se besaban con pasión.

Leo estaba temblando. Tuvo que dejar de besarla para no volver a excitarse.

—Es increíble —dijo acariciándole el pelo—. No sé cómo no lo he visto venir.

—¿El qué?

—Nada —contestó él besándola de nuevo—. Venga, te llevo a casa. Tengo que ir a ver qué le pasa a ese toro. Mañana por la mañana, te voy a buscar y vamos a ir a poner las denuncias contra Clark.

—¿Crees que lo van a soltar así como así?

—Si Grier puede impedirlo, te aseguro que no —contestó Leo tomando las llaves del coche—. Vamos a salir por detrás para que nadie sepa que has estado aquí.

—No te preocupes. Nadie se va a enterar —le aseguró Janie.

A la mañana siguiente, su padre entró en el comedor como un terremoto.

—¿Se puede saber qué estabas haciendo ayer por la noche en la habitación de Leo Hart? ¿No se suponía que estabas trabajando?

Janie lo miró con la boca abierta. Fred estaba furioso.

—¿Cómo…?

—Uno de sus hombres, el que fue a decirle que uno de los toros estaba mal, lo vio sacarte por la puerta de atrás —le aclaró su padre—. ¿Qué demonios te ha pasado en la cara? —añadió mirándola de cerca—. Leo me dijo que un

CORAZÓN INTRÉPIDO - 475

cliente te había dado problemas y que te traía a casa. ¿Qué demonios ha pasado, Janie?

Estaba buscando una contestación que no preocupara a su padre cuando oyeron un coche que llegaba a la casa.

Dos segundos después, Leo estaba en el comedor. Pasó junto a Fred, dejó el sombrero en la mesa y fue directo a mirarle la cara a Janie.

—¡Maldita sea! —exclamó viendo el gran moratón que le había salido—. ¡No creí que te hubiera dado tan fuerte!

—¿Cómo dado? —explotó Fred—. ¿Quién le ha pegado y qué estaba haciendo en tu habitación anoche?

—¿Te lo ha contado ella?

—¡Claro que no! —exclamó Janie.

—Uno de tus hombres se lo comentó a uno de los míos —le aclaró Fred.

—Muy bien. Lo despido hoy mismo. ¡Nadie, absolutamente nadie, tiene nada que contar sobre Janie!

Padre e hija se miraron asombrados.

—¿Por qué te asombras tanto? —preguntó Leo a Janie—. ¿Crees que suelo llevar mujeres a mi casa todos los días?

Janie no lo había pensado.

Leo miró a Fred.

—Supongo que tienes derecho a saberlo

todo. Ayer, Jack Clark estuvo en Shea's y se pasó con tu hija. De hecho, le puso un cuchillo en el cuello —le dijo. Fred tuvo que sentarse—. Harley y yo estábamos fuera, habíamos llegado a la vez, y entramos corriendo al oír jaleo. Allí nos encontramos con Janie con el cuchillo en el cuello. Los dos intentamos pegarle, pero pudo con nosotros. Menos mal que apareció Grier, lo redujo y se lo llevó —añadió mirando a Janie—. Tu hija estaba cubierta de sangre y tenía tal susto en el cuerpo que no podía ni andar. Pensé que era mejor que no la vieras así. Por eso, la llevé a mi casa, le curé las heridas y la tranquilicé.

Fred tomó la mano de su hija entre las suyas.

—¡Ay, cariño, cuánto lo siento!

—No pasa nada, papá. Queríamos evitarte un disgusto.

Leo sacó el móvil y marcó el número de su capataz.

—Le dices a Carl Turney que está despedido. Le pagas y que recoja sus cosas antes de que yo vuelva… Sí, es cierto, pero Clark está detenido. Sí, sí. Bueno, que Carl no esté cuando yo llegue.

Colgó furioso. No se podía creer que uno de sus hombres se pusiera a contar cotilleos.

—Eso, por cotilla.

—Gracias, Leo —dijo Fred—. Perdona por haber sacado conclusiones equivocadas, pero es que... bueno... normalmente, cuando un hombre se lleva a casa a una mujer por la noche... es para...

—¿Seducirla? —dijo Leo mirando a Janie.

—Sí —contestó Fred incómodo.

—No sé si es el momento de decírtelo, pero te aseguro que, en el futuro, lo haré.

X

Fred se quedó como si se hubiera tragado un pollo entero. Se puso rojo. Intentó olvidar que Leo le había prestado el dinero para sacar adelante el rancho. Lo único que le importaba era el bienestar de su hija.

—Mira, Leo...

—Era broma —le aseguró Leo—. No tienes de qué preocuparte, Fred. Conmigo, siempre estará a salvo —añadió tomándola de la mano y levantándola—. Tenemos que ir a ver al juez. Quiero que vea cómo le ha dejado la cara. No creo que haya problema para denunciarlo por agresión —concluyó con frialdad.

Janie se sentía protegida a su lado. Leo la

miró con ternura. Fred se dio cuenta de lo que estaba pasando.

A juzgar por su mirada, su hija, no. Janie debía de creer que Leo sólo se estaba comportando como un hermano mayor.

—¿No queréis desayunar primero? —ofreció Fred.

Leo miró la mesa. Beicon, huevos revueltos, café y… bizcochos. ¡Bizcochos! Soltó la mano de Janie y se acercó, tomó uno y lo partió. Estaba esponjoso y olía de maravilla.

Sin darse cuenta, se sentó, tomó un plato, puso mantequilla y mermelada sobre un bizcocho y lo probó. Suspiró de placer.

—Se me había olvidado lo de los bizcochos —comentó Janie a su padre.

—Tal vez los tendríamos que haber guardado para darle una sorpresa.

Leo cerró los ojos en éxtasis mientras masticaba.

—Llegamos tarde al juzgado, seguro —comentó ella.

—Si sigue a esa velocidad, se los habrá terminado en diez minutos —rió Fred.

—Voy a por otro plato. Tú y yo nos podemos tomar los huevos y el beicon —apuntó Janie encantada con que sus esfuerzos culinarios se vieran, por fin, recompensados.

Leo siguió comiendo como si estuviera solo en el mundo.

—¿Quién los ha hecho? —preguntó cuando se los terminó.

—Yo —contestó Janie.

—Pero si no tenías ni idea de cocinar…

—Bueno, como Marilee me dijo que no te gustaba precisamente por eso… aprendí.

Leo le tomó la mano.

—Te mintió, pero permíteme decirte que estos bizcochos están deliciosos.

Janie sonrió tímidamente.

—Te los hago cuando quieras.

—Todas las mañanas —contestó él mirándola posesivo—. Estoy dispuesto a venir a desayunar todos los días… si a tu padre no le importa.

—A su padre no le importa —murmuró el aludido.

—Estás como si le estuvieras dando vueltas a algo —le dijo Leo a Fred.

—No, estaba pensando en mis cosas. Nada preocupante.

Leo miró a Fred a los ojos y comprendió. Asintió y sonrió. Estaba claro que Fred no estaba ciego.

—Bueno, me voy a ver al ganado —anunció el hombre levantándose—. Por cierto, ¿qué tal tu toro?

—Tiene cólico. Ya está en tratamiento. Nada grave.

—Me alegro. Ya me estaba temiendo que Clark le hubiera hecho algo.

—No, ese tipo se va a pasar una buena temporada entre rejas. Lo que me recuerda, Janie, que tenemos que irnos.

—Sí, vamos —contestó ella levantándose.

Leo la miraba con fascinación y Fred se dio cuenta de que su amigo estaba completamente enamorado.

Fueron a ver al juez e interpusieron las denuncias convenientes. Clark ya estaba en la cárcel del condado, así que fueron a ver a Grier.

—Siéntense —les indicó fijándose en la cara de Janie—. Si le sirve de consuelo, señorita Brewster, Clark tiene un buen golpe en las costillas y un ojo morado.

Janie le sonrió a pesar de que, al hacerlo, le dolía la cara.

—Gracias, señor Grier —le dijo sinceramente.

—Lo mismo digo —apuntó Leo—. Aunque me dé vergüenza admitirlo, no me dio tiempo ni a tocarlo.

—No hay de qué avergonzarse —comentó Grier—. Ese tipo es un genio de las artes marciales. De hecho, tenía un local en Victoria. Se lo cerraron cuando averiguaron que enseñaba técnicas para matar a ex combatientes.

Leo lo miró con la boca abierta.

Grier se encogió de hombros.

—Es cinturón negro, así que… Espero que eso te haga sentirte mejor.

—Sí, gracias —contestó Leo.

—Bueno, esta mañana ha estado el hermano de Jack Clark en la cárcel. De momento, sólo tenemos la denuncia de Harley, así que no creo que…

—Nosotros acabamos de poner una por agresión —lo interrumpió Leo—. Le puso un cuchillo a Janie en el cuello.

—Sí —dijo Grier mirando las marcas que Janie tenía en el cuello—. Un centímetro más y estaríamos visitándola en el tanatorio.

—Lo sé. ¿Va a salir? —preguntó preocupada.

—Le voy a pedir al juez Barnett que ponga la fianza más alta que pueda, pero el hermano de Jack no va a consentir que lo defienda un abogado de oficio. Me ha dicho que va a contratar al mejor que encuentre.

—¿Corre Janie peligro? —preguntó Leo.

—No, John Clark ha vuelto a Victoria después de ver a su hermano. Hice que uno de mis hombres lo siguiera. De todas formas, pienso mantener los ojos muy abiertos y les aconsejo que hagan lo mismo. Estos tipos no son nada bueno.

—Entendido —contestó Leo.

Leo llevó a Janie a su rancho para que lo acompañara a ver diferentes asuntos. Al llegar a las cuadras, le dijo que lo esperara en el coche.

Janie no supo por qué hasta que recordó que había despedido al hombre que los había interrumpido la noche anterior. No le hacía ninguna gracia que aquel tipo pudiera ir contando lo que había visto por ahí.

Leo volvió en menos de cinco minutos y llevaba cara de pocos amigos.

—Se ha ido —le dijo para tranquilizarla—. No era un buen vaquero —añadió encogiéndose de hombros—. No sabía siquiera la diferencia entre un meteorismo y un cólico.

Janie le puso los dedos en la mano.

Leo se tensó y ella los retiró.

—No… es que nunca me habías tocado voluntariamente —le dijo él—. Me gusta.

—Ah. Bien —contestó ella con timidez.

Se miraron a los ojos y Janie sintió que se le salía el corazón por la boca.

—Esto no puede ser —dijo Leo poniendo el coche en marcha.

Se metió por un camino desierto y fueron a parar a un prado. Allí, paró, la tomó en sus brazos y la besó con pasión. A ella no le dio tiempo ni de reaccionar.

Janie no protestó ni opuso resistencia de ningún tipo, ni siquiera al sentir su erección, ni ante los sensuales movimientos de cadera de Leo. Lo abrazó y lo besó ávidamente.

Sintió sus manos bajo la blusa, sobre los pechos. Maravilloso. Era perfecto porque se pertenecían uno al otro.

Leo dejó de besarla y la miró a los ojos para ver su reacción mientras la tocaba. Janie hizo una mueca y él paró.

—Perdón —dijo al darse cuenta de que le había tocado el moratón—. No quería hacerte daño.

Janie se inclinó y le besó los párpados. Leo le puso las manos en el cintura, expectante. Janie sintió su deseo. Satisfecha por su repentina sumisión, siguió besándolo. Posó sus labios con ternura sobre sus cejas, sus mejillas, su nariz y su barbilla. Siguió bajando hasta colocarlos sobre la nuez, donde sintió el latir desbocado de su corazón.

Leo deslizó la mano y se desabrochó los botones de la camisa, invitándola a seguir bajando.

Janie le acarició el vello que le cubría el pecho. Sus labios lo rozaron. Avanzó hacia su corazón y, allí, tomó entre sus dientes el pezón masculino. La reacción fue sorprendente.

Leo gimió como si le hubiera hecho mucho daño. Janie se echó hacia atrás asustada.

—¿Leo? —le dijo al ver su cara de angustia.

—Me excita —contestó él estremeciéndose.

Janie no sabía qué hacer. ¿Debía seguir o parar?

—Vas a tener que decirme lo que tengo que hacer. No quiero empeorar las cosas.

—Te vas a sorprender, pero… qué diablos —contestó él tomándola del pelo y acercándole la boca de nuevo al pezón—. Sabes lo que quiero.

Sí, más o menos. Janie volvió a chuparle haciendo que Leo gimiera de placer. Cada vez le apretaba más la cabeza, así que Janie cedió y acabó haciendo lo que él quería. El cuerpo de Leo se estremeció varias veces, con violencia. La apartó y la abrazó con fuerza. Le acarició la nuca mientras Janie, con la mejilla contra su torso, oía su corazón descontrolado.

—Guau —dijo Leo en un hilo de voz.

—¿Te ha gustado de verdad?

Leo se rió.

—¿No has visto lo que me acaba de pasar?

—Sí, te has puesto a temblar.

—Como tú ayer…

—No sabía que los hombres tuvierais tanta sensibilidad en esa zona del cuerpo, como las mujeres —susurró Janie.

—Pues ya lo sabes… No es suficiente, Janie. Tengo que tenerte por completo.

—¿Ahora?

Leo la miró a los ojos y la colocó encima de su potente erección. Janie se apretó contra ella.

—Quiero… dejarte embarazada —le dijo.

Janie se quedó con la boca abierta, sin saber qué decir.

Leo la miró preocupado.

—Es la primera vez que me pasa —dijo él—. Nunca me había pasado con otra mujer.

—Mi padre te mataría —contestó Janie.

—Mis hermanos, también.

Janie no entendía.

Leo la besó con ternura y se rió.

—Esto me pasa por liarme con una virgen que cocina bien.

—No estamos liados —protestó ella.

Leo empujó las caderas de Janie contra su erección y enarcó una ceja.

—Bueno, no estamos demasiado liados —corrigió Janie mordiéndose el labio superior.

—Te miro y me excito tanto que me cuesta andar. Te toco y me vuelvo loco. Sueño contigo todas las noches y me despierto sudando —le dijo mirándola a los ojos muy serio—. Ya no puedo más, Janie. O nos entregamos o paramos esto ahora mismo.

Janie le acarició la cara con amor.

—Adelante. Hagamos todo lo que nos apetezca —contestó sinceramente.

—¿Todo?

Janie asintió colmada de amor.

Leo cerró los ojos y la abrazó con fuerza mientras se besaban con pasión. De repente, Leo se incorporó, la volvió a sentar en su asiento y le puso el cinturón de seguridad.

No la miró mientras se abrochaba el suyo. Janie lo miró sorprendida al verlo poner el coche en marcha y salir a la autopista. Creía que iban a ir a su casa, a compartir la cama de la noche anterior.

Al recordar lo que habían hecho, se volvió a excitar. Estaba fuera de control. Su padre la iba a matar. Miró a Leo y se dijo que daba igual, que merecería la pena.

Leo aparcó el coche frente a la farmacia. Janie pensó que iba a comprar preservativos... pero había dicho que quería un hijo. Leo le abrió la puerta del coche. La ayudó a bajar con delicadeza y la miró de una forma que Janie no pudo descifrar.

La tomó de la mano para cruzar la calle. Janie encaminó sus pasos hacia la farmacia.

—Por ahí no —le dijo Leo dirigiéndose a la joyería.

El dependiente los recibió con una sonrisa.

—¿Los puedo ayudar en algo?

—Sí, queríamos ver alianzas —contestó Leo.

Janie sintió que se ponía pálida y rezó para no desmayarse.

—Elige —le dijo a Janie sin soltarle la mano.

Janie sintió que los ojos se le llenaban de lágrimas y él se inclinó y la besó.

Ella intentó mirar los anillos. La verdad era que no quería nada grande ni ostentoso. Se fijó en una alianza de oro amarillo con unas hojas de parra en platino. El anillo de compromiso era igual, con un pequeño diamante.

—Me gusta este —dijo por fin.

—Yo también me lo tendré que poner, ¿no? —bromeó Leo.

Janie asintió. No podía ni hablar. El amor la embriagaba.

—Muy bien —dijo Leo dirigiéndose al dependiente—. Los tres, entonces.

—¿No son un poco caros? —preguntó de repente Janie preocupada.

—Teniendo en cuenta la cantidad de tiempo que van a durar, no —contestó Leo besándola en la punta de la nariz.

Janie no se podía creer lo que estaba sucediendo. Quería decírselo, pero le daba vergüenza con el dependiente delante. El hombre les tomó las medidas de los dedos y Leo sacó una tarjeta para pagar.

—Próxima parada: el ayuntamiento —anunció Leo mientras iban hacia el coche—. Bueno, más bien, la estación de bomberos, que es donde dan las licencias de matrimonio los sábados, cuando el ayuntamiento está cerrado.

Miró a Janie, que estaba como en otro mundo.

—La verdad es que podríamos hacerlo todo en un día —añadió sacando el teléfono y llamando al doctor Coltrain, cuya clínica estaba abierta los sábados por la tarde. Janie lo escuchó pedir cita para ir a hacerse el análisis de sangre.

—Primero, la licencia de matrimonio, luego los análisis y, con un poco de suerte, el miércoles nos casamos y pasamos la noche más apasionada de nuestras vidas —le dijo con voz ronca.

—Leo, ¿estás seguro?

Él la tomó entre sus brazos y la besó con fuerza.

—Lo siento, cariño. No puedo esperar más...
¡O nos casamos o me voy a vivir a la otra punta del país! ¡No te puedes ni imaginar cómo te
deseo, Janie! —exclamó mirándola con angustia.

Janie lo entendía perfectamente porque a ella
le pasaba lo mismo. Tomó aire. Aquello no era
más que deseo por su parte. Tal vez, un poco de
cariño, pero lo que le estaba llevando a casarse
era que quería acostarse con ella. Leo había re-
petido hasta la saciedad que nunca se casaría.

Leo comprendió lo que Janie estaba pensando.

—Si aceptas, te haré la mujer más feliz del
mundo —le aseguró—. Jamás te engañaré ni te
haré sufrir. Te cuidaré toda la vida —le prometió.

Aquello fue suficiente.

—De acuerdo —dijo Janie con ternura, acariciándole los labios—. Me caso contigo.

Leo le besó la palma de la mano con fuerza.

—Vamos a por la licencia, que la gente va a
empezar a murmurar. De hecho, Evan y Anna
Tremayne ya lo estarán haciendo.

—¿Por qué?

—Porque han pasado al lado cuando nos estábamos besando —sonrió Leo.

—Llevan años casados.

—Espera a que nosotros llevemos años casados —susurró él—. Seguiremos empañando las ventanillas del coche en los aparcamientos.

—¿Tú crees? —sonrió Janie.

—Espera y verás —contestó Leo poniéndose al volante—. Vamos allá.

Pidieron la licencia, se hicieron los análisis y reunieron a sus familias para anunciarles la buena nueva.

—La tía Lydia está de vacaciones en Europa y le dará un ataque como se pierda la boda —les dijo Fred preocupado.

—No pasa nada, estará para el bautizo —dijo Leo viendo sonrojarse a Janie—. Ven mañana a cenar a casa y tráete a Hettie contigo —añadió viendo que Fred no se sorprendía por lo del bautizo—. He invitado a todos mis hermanos para decírselo a la vez.

—Hettie no se lo va a creer. Cuenta con nosotros sobre las seis.

—Muy bien —dijo Leo.

Esperó a que Janie se cambiara de ropa y se la llevó al rancho con él.

Juntos hicieron varias cosas y estuvieron mirando papeles. Sin tocarse.

—Te propongo que no nos toquemos hasta después de la boda. ¿Te parece bien? —dijo él.

—De acuerdo —sonrió ella.

Cenaron en un restaurante y volvieron a casa.

—Me habría encantado llevarte a Houston —le dijo Leo al dejarla en casa de su padre—, pero no con la cara así. En Jacobsville, todo el mundo sabe lo que pasó anoche, pero en Houston, tal vez creyeran que he sido yo… —le explicó besándola—. Te prometo que nadie te volverá a hacer daño jamás —le juró vehementemente.

Janie cerró los ojos y saboreó su beso.

—¿Estás seguro de que te quieres casar conmigo?

—Seguro —contestó él—. Te paso a buscar a las diez y media.

—¿Para qué? —preguntó ella sorprendida.

—Para ir a misa —rió Leo—. Hay que dar buen ejemplo a los niños.

—De acuerdo —contestó Janie riendo también.

—Hasta mañana, preciosa —se despidió Leo dándole un último beso y yendo hacia su coche para irse.

Fred estaba sorprendido de que Leo hubiera llevado a su hija a la iglesia y hubieran vuelto a casa para comer. Hablaron de ganado mientras Janie seguía sin creerse cómo se habían desarrollado los acontecimientos. Fred estaba encantado con la boda y también Hettie.

Leo y Janie se adelantaron a la hora de ir al rancho Hart para la cena. Ella estaba preciosa con un vestido beis y perlas en las orejas y alrededor del cuello.

—Tus hermanos se van a quedar de piedra —apuntó un poco nerviosa.

—¿Después de lo que pasó en el baile de ganaderos? —contestó Leo enarcando una ceja—. No creo.

—Estabas muy borracho —dijo Janie recordando la pelea de aquel día.

—Me acababa de enterar de las mentiras de Marilee y verte aparecer con el maldito Harley no me sentó nada bien tampoco —se defendió él.

—Estabas celoso —dijo Janie.

—Los celos me quemaban, sí —confesó Leo—. Y empeoraron cuando te pusiste a trabajar en Shea's —añadió—. No vuelvas allí, por favor. Pídeme lo que quieras a cambio.

Janie sonrió.

—No pensaba volver. Además, después de la boda, necesitaré tiempo para acostumbrarme a tu rancho.

—Prefiero no hablar de eso ahora.

—¿Te estás echando atrás?

—Claro que no, pero te voy a decir una cosa para que te quede clara: la palabra boda va unida, irremediablemente, a noche de bodas y eso me vuelve loco.

Janie silbó sorprendida.

—Así que vamos a pensar en la cena de hoy y en mis hermanos. Te advierto que los tres van a estar a la que salta para ver si nos dirigimos miradas ardientes y cosas por el estilo. Les encanta.

—Si quieres, podemos ponernos a decir las tablas de multiplicar.

—Buena idea —contestó Leo con sarcasmo.

—En fin, entonces, ¿qué te parece si hacemos bizcochos?

—¿Bizcochos? ¡Acabas de pronunciar la palabra mágica! Claro que sí. Perfecto —dijo Leo acelerando encantado.

Janie sonrió y se dijo que el matrimonio iba a ser una aventura maravillosa.

XI

Allí se presentaron Corrigan, Rey y Cag con sus respectivas mujeres, Dorie, Meredith y Tess, además de Simon y Tira, que tomaron un avión desde Austin. Llegaron justo cuando las chicas del catering se acababan de ir tras dejarlo todo preparado.

Leo y Janie les abrieron la puerta.

—¿Tú también has venido? —dijo Leo sorprendido al ver a Simon.

—Como no me lo creía, tenía que venir a verlo con mis propios ojos —contestó su hermano.

—Nosotros tampoco lo creíamos —apuntó Rey.

Todos miraron a Janie, que se apretó contra Leo, sonrojada.

—Como esté embarazada, te enteras —dijo Cag—. ¿Te has dedicado a pegarle? —añadió mirando el cuello de Janie.

—¡Cómo se te ocurre! ¡Ni está embarazada ni le he puesto la mano encima! —exclamó Leo ofendido.

—Pero al que me hizo esto, sí —intervino Janie agarrándolo de la mano y mirándolo con cariño.

—Me temo que no sirvió de mucho —se disculpó su futuro marido.

—Porque ese tipo es cinturón negro —lo defendió ella—. Sólo Grier pudo con él.

—He oído hablar de él —apuntó Simon—. Ese hombre tiene fama de ser el mejor incluso en Austin.

—Bueno, a lo que íbamos… —intervino Cag—. Si nos ponemos en serio, podemos mandar esta misma noche las invitaciones por correo electrónico.

—Yo me puedo encargar del coro —se ofreció Rey—. Tengo aquí el teléfono del director.

—Podemos comprar el vestido por Internet y que te lo traigan desde Dallas. Sólo necesitamos la talla. ¿Tienes una diez? —preguntó Corrigan.

Janie asintió.

—Aquí llega el padre —anunció Dorie con una sonrisa al ver a Fred.

—Yo me encargo de mandar el anuncio al periódico —dijo Tess—. Llegamos para la edición del martes. Necesitamos una foto.

Tira disparó con su cámara digital.

—¿Qué os parece? —dijo enseñándoles el resultado a Tess y a Meredith.

—¡Estupenda! —contestó Meredith—. Vamos a mandarla desde el ordenador de Leo. Así la tendrán a primera hora en el periódico. También podríamos mandarla a la tele. ¡Venga, vamos!

—¡Esperadme! —exclamó Dorie—. Yo escribiré el anuncio oficial —añadió corriendo tras Corrigan y las demás mujeres.

—¡Eh! —dijo Janie.

—¿Qué ocurre? —dijo Tira—. ¡Ah, sí, el banquete! Podría ser aquí. Vamos a necesitar una tarta. ¡Hay que llamar a un restaurante!

—De eso se encarga Cag —dijo Simon.

—¡Que es mi boda! —protestó Janie.

—Pues claro, preciosa —dijo Tira—. Vamos, chicas.

Las mujeres se metieron todas en el despacho de Leo mientras los hombres formaban un corrillo. Fred y Hettie estaban en la puerta, asombrados por el comportamiento de los Hart.

—Ni caso —le dijo Leo a Janie yendo a saludar a su futuro suegro—. Déjalo todo de su cuenta. Parece ser que va a ser una gran boda, con vestido, banquete y prensa —añadió sonriendo—. Si quieres, estás invitada.

Janie le dio un empujón.

—¡Quiero una boda pequeña y sencilla!

—Díselo a ellos, cariño… pero no creo que te escuchen.

Hettie se echó a reír y Janie la miró.

—¿No te acuerdas de que Leo ayudó a hacerles lo mismo a Dorie, Tira, Tess y Meredith? Se están tomando la revancha.

—Eso me temo —apuntó Leo—. Míralo por el lado positivo. No tendrás que hacer nada.

—Pero, mi vestido… —protestó Janie.

—Tienen mucho gusto —la consoló Leo.

Fred tenía una sonrisa de oreja a oreja. Aquello estaba yendo muy rápido, pero no le sorprendía porque sabía reconocer a un hombre enamorado y estaba claro que Leo Hart lo estaba hasta la médula.

Aquella misma noche, Janie había dado el visto bueno al vestido y había hecho la lista de invitados de su familia.

—Me han dicho que los anillos estarán el

martes —le dijo Leo mientras la llevaba a casa—. Vas a ser la novia más guapa del mundo —añadió con una sonrisa.

—No me lo puedo creer —dijo Janie.

—El miércoles por la noche, no vas a tener más remedio que creértelo —le aseguró él con voz ronca antes de besarla—. ¡Vamos, entra en casa!

Así lo hizo Janie, soñando despierta, mientras él se alejaba por la carretera.

Fue una boda de cuento. Todo fue perfecto. Los anillos estuvieron el martes, el vestido llegó sin problemas, les dieron los análisis y la licencia a tiempo, llegó la prensa, la tarta estaba riquísima… Todo, absolutamente todo, fue maravillosamente bien.

—Eres la novia más guapa del mundo —le dijo Leo mientras la besaba cuando los acababan de casar.

Janie lo abrazó y lo besó con entusiasmo. Salieron bajo una lluvia de arroz y se metieron en casa.

Los hermanos de Leo le indicaron a la prensa que se fuera después de la tarta, hablaron con el coro para que recogiera sus cosas, acompañaron a los invitados educadamente hasta la puerta y, por último, se fueron ellos también con sus esposas dejando a los recién casados solos en su nuevo hogar.

Leo miró a Janie y ambos sintieron que se les aceleraba el corazón.

—Solos —susurró acercándose a ella—. Por fin.

La tomó en brazos y la llevó al dormitorio, donde cerró la puerta con llave. Descolgó el teléfono, cerró las cortinas y volvió a su lado.

—No te voy a hacer daño —le aseguró viéndola un poco nerviosa—. Eres mi más preciado tesoro. Voy a ir despacio, con cuidado, te voy a dar todo el tiempo que necesites. No temas nada.

—No tengo miedo —contestó Janie mientras él le quitaba el velo y las horquillas y las flores del pelo—. Lo que me preocupa es que… me deseas tanto que… ¿y si no soy capaz de satisfacerte?

Leo rió.

—Te estás subestimando.

—¿Seguro?

—Sí —contestó Leo desabrochándole los botones del vestido.

Janie lo dejó hacer.

—Estás preciosa. Me encanta cómo te queda la ropa interior de encaje blanco —dijo Leo observándola con deleite.

—Tú estás muy bien con ese traje —dijo ella.

—¿Y qué tal estaré sin él?

—Vamos a verlo —contestó ella dejándolo en calzoncillos—. Magnífico... —añadió acariciándole el torso.

—No te lo puedes ni imaginar —comentó él quitándose los calzoncillos y haciéndola mirar.

Janie no pudo evitar una exclamación de sorpresa. Aquello estaba mucho más grande que la primera vez que lo había visto.

Leo la tomó en brazos y la depositó en la cama. Se tumbó sobre ella. Le daban espasmos del deseo. Observó el cuerpo desnudo de Janie.

Ella lo vio lanzarse sobre su estómago con la boca, bajar, seguir bajando.

—¡No, espera, para! —rogó.

Imposible. Ya estaba allí. Durante los siguientes minutos, Janie no pudo pensar más, sólo sentir placer.

Arqueó la espalda con lágrimas de éxtasis corriéndole por las mejillas. Sintió un gran espasmo por todo el cuerpo que la dejó tensa como una cuerda. Entonces, se dio cuenta de que Leo se estaba introduciendo en su cuerpo. La tomó de las caderas y empujó.

—¿Te hago daño? —le preguntó moviéndose dentro de ella.

—No... —contestó Janie fascinada.

Leo se levantó un poco para que ella pudiera mirar.

—Mira, mira, Janie. Los dos, juntos.

Janie miró y se maravilló de lo que vio.

—Y no hemos hecho más que empezar —le dijo él—. Te siento como un guante. Vamos, cariño, tómame, méteme en lo más profundo de tu cuerpo, hazme gemir. Vamos, Janie.

Janie estaba fuera de sí de placer. Siguió el ritmo de las caderas de Leo, lo miró y vio que estaba disfrutando tanto como ella.

En ese momento, deslizó la mano entre sus cuerpos.

—¡Oh, sí! —gritó él—. ¡Muy bien, así!

Janie sintió que se moría. Abrió los ojos y lo miró.

—Más… fuerte —le dijo.

Leo obedeció, la agarró de las muñecas, le puso las manos sobre la cabeza y la embistió varias veces mirándola a los ojos.

Janie se movía a su ritmo. En los últimos segundos de locura, se preguntó si podría…

Dejó de ver a Leo con claridad. Le temblaba todo el cuerpo, sintió varios espasmos, no podía controlar su cuerpo.

—¡Ahí está! ¡Ahí está! —exclamó él convulsionándose también.

Gritó de placer y cayó sobre su cuerpo.

Janie sentía que las lágrimas le resbalaban por la cara. No podía respirar. Intentó moverse y, al sentirlo todavía dentro, experimentó un gran placer.

—Mírame —le dijo Leo comenzando a moverse de nuevo—. Si quieres, podemos empezar de nuevo.

—Sí —contestó ella con decisión—. ¡Sí, sí! ¡Por favor!

—Me encanta mirarte —dijo él—. Te podría comer entera, señora Hart. Eres la perfección con la que nunca soñé.

—Lo mismo... te digo —consiguió contestar ella—. Te quiero mucho.

Leo gimió y la abrazó con fuerza. A continuación, la hizo alcanzar cotas de placer nunca imaginadas por Janie, que creyó desmayarse en más de una ocasión.

Cuando terminaron, lo abrazó y le dijo que jamás se habría imaginado que hacer el amor fuera así.

Leo no dijo nada.

—¿Te pasa algo? —preguntó Janie al cabo de un rato.

—He perdido el conocimiento durante unos segundos —contestó mirándola a los ojos—. Creí que me iba a morir intentando entrar más y más en tu cuerpo para satisfacerte.

Janie se sonrojó.

—No estás tomando la píldora y no me he puesto preservativo, así que creo que te acabo de dejar embarazada.

—Dijiste que eso era lo que querías —susurró ella.

—Sí, pero te debería haber preguntado primero.

—Si no te he hecho parar y no he salido corriendo a la farmacia será por algo, ¿no? —dijo ella acariciándole la cara.

Leo rió.

—Estoy exhausto… y yo que te había dicho que podía aguantar toda la noche… ¡Menuda noche de bodas! Si dieran medallas, a ti te tendrían que dar dos —dijo mirando su desnudez.

—¿De verdad? ¿Lo he hecho bien?

—¿Bien? No, bien, no. Maravillosamente. Nunca me lo había pasado tan bien con una mujer.

—Pero si no sabía nada…

—No es cuestión de saber —la tranquilizó él besándola.

—De eso, tienes tú por los dos —bromeó Janie.

—Nunca había visto nada tan bonito. Por eso, he dejado la luz encendida. Tu cuerpo, tu cara… y el placer reflejado en ellos —añadió apretando la mandíbula—. Es la primera vez en mi vida que lo he sentido. Ha sido amor —murmuró—. Esto ha sido hacer el amor de verdad.

—Sí —dijo ella.

—¿Sabes lo que te estoy diciendo?

Janie lo miró a los ojos y, en ese momento, lo entendió. El corazón se le desbocó.

—Me estás diciendo que me quieres —le contestó.

Leo asintió.

—Te quiero. Lo he sabido desde que Clark te agredió y no pude hacer nada para evitarlo. Mientras te curaba las heridas y te secaba el pelo, me di cuenta de que te quería. De ahí a comprarte la alianza, no había nada —le explicó besándola con ternura—. No podía pensar en perderte.

Janie sonrió feliz.

—Yo llevo dos años enamorada de ti, desde aquel día en el que me regalaste una margarita pocha que habías encontrado en el campo. Me tomaste el pelo y me dijiste que era un precioso ramo. Para mí, lo fue.

—Perdona por habértelo hecho pasar mal —dijo Leo sinceramente.

—Ya tendrás tiempo de recompensarme por ello —bromeó Janie besándolo y rozando su torso con sus pechos—. Yo sí que puedo aguantar toda la noche. Cuando te hayas recuperado, te lo demuestro.

Leo se rió.

—Cuando tú te hayas recuperado, te dejaré hacerlo. Te quiero, señora Hart. Te quiero con todo mi corazón.

—Yo también te quiero —dijo Janie pensando en cómo, a veces, los sueños se hacían realidad.

Una semana después, celebraron la Navidad todos juntos, con Fred, Hettie y la tía Lydia. Leo le regaló un precioso collar de esmeraldas, que, según le dijo, iban a juego con sus ojos y ella le regaló un maravilloso reloj con sus dos nombres grabados.

El Fin de Año lo pasaron en el centro cívico de la ciudad, donde se celebró una fiesta que estuvo muy concurrida.

—¡Está nevando! —exclamó Janie de pronto sacando la mano por la ventana—. ¡Pero si aquí nunca nieva!

—Otro sueño hecho realidad —dijo Leo, que sabía lo mucho que a su mujer le gustaba la nieve—. Feliz año, mi amor.

—Feliz año —contestó ella besándolo con pasión ante la atenta mirada de los presentes.

Bueno, al fin y al cabo, eran recién casados.

El nuevo año no trajo buenas nuevas para algunos.

John Clark fue a Victoria a contratar a un abogado para su hermano, pero, como no tenía dinero, decidió robar un banco. Lo pillaron, hubo un tiroteo y murió en el acto.

Jack Clark recibió un permiso para poder ir al entierro de su hermano. A la vuelta, consiguió escapar del coche patrulla.

Janie y Leo llevaban unos cuantos días sin salir de casa, en su mundo de amor y felicidad. Sabían que solo era cuestión de tiempo que lo encontraran y lo detuvieran.

—Tippy no es el tipo de Grier —comentó ella somnolienta porque no dormían mucho por las noches—. Él se merece a una mujer más dulce, no a una arpía.

—¿Y tú qué sabrás de arpías si eres la persona más encantadora de la zona? Después de mí, claro.

—¡Leo Hart!

—Me has dicho que era un encanto —murmuró él—. Me lo has dicho muchas veces. Muchas de ellas, mientras me clavas las uñas en la espalda y juras que no vas a sobrevivir a tanto placer…

Janie lo besó con fruición.

—Tienes razón… Vamos a repetirlo.

Leo pensó que era imposible que llegaran a la cama, pero, bueno, las puertas estaban cerradas, así que…

Una hora después, la llevó en brazos a la cama, exhaustos y sonrientes.

—Espero que Clark se pase unos cuantos años en la cárcel y no pueda acercarse a ti —dijo Leo.

—Ni a ti —contestó Janie—. ¿Te he dicho que ayer me llamó Marilee?

—No.

Janie sonrió.

—No pasa nada. Sólo quería pedirnos perdón. Se va a Londres a ver a su abuela. Le dije que se lo pasara bien.

—No sé si Londres está lo suficientemente lejos.

Janie suspiró y lo abrazó.

—No seas malo. Ella nunca sabrá lo que es ser tan feliz como nosotros.

—Ni ella ni nadie —bromeó Leo acariciándole el pelo mientras Janie se quedaba dormida.

Leo se quedó un buen rato mirándola. Aquella mujer hacía unos bizcochos estupendos, sabía disparar y hacía el amor como una diosa. Se preguntó qué había hecho en la vida para merecérsela.

—Los sueños —dijo ella de repente.

—¿Qué, cariño?

—Los sueños se hacen realidad —murmuró Janie entre sueños.

—Sí, mi amor —dijo él dándole un beso—. Los sueños se hacen realidad.